蔦重の教え

車浮代

双葉文庫

《序》

「うぐっ……がっ、がぼっ……げほっ……ごっ……」

強烈に、苦くて生臭い水が口の中に入ってきた。

く……苦し……助け……お……溺れ……る……。

なぜだ？　なぜ、私は水の中に……？

……そう、確か昨日の夕方、社長から、

「早期依願退職を申請してくれないか？　今なら退職金は倍額出す。そうでなければ、課長職のまま子会社に出向だ」

と言い渡され、その上、部下たちにまであんな——。

失意のどん底のまま、生まれて初めて吉原に足を向けた。長年の食い道楽が高じて糖尿病になり、食事制限を強いられてきたが、こんな時ぐらい、せめて腹いっぱい肉を食って自分を慰めようと思った。それでも、高カロリーの牛肉や豚肉は避け、以前から目をつけていた馬肉を食べようと、一人で吉原大門前にある、『桜なべ 中江』という店に入った。

愛想も恰幅もいいご主人から、桜なべは江戸時代末期、吉原遊廓に行き帰りする人々が〝馬力〟をつけるために食べていた鍋で、関東大震災で崩壊する前は、二十軒以上の桜なべ屋が並んでいたことや、深夜や早朝も客足がとだえず、ほぼ二十四時間営業だったことなどのうんちくを聞きながら、旨い旨いと箸を進め、焼酎をしこたま飲んで外に出た。火照った顔に冬の夜風が心地よかった。昔はこの店の表と裏に川が流れており、この場所が『日本堤』と呼ばれたのは、元は『二本堤』から来ているのだそうだ。

見上げると目の前に、二〇一二年に開業した東京スカイツリーがあった。紫色の光を放ちながら、そびえ立つスカイツリーを見るうち……、なんだか自分も久しぶりにそびえ立ちたくなった。

信号を渡ったすぐ先に、江戸時代は吉原遊廓だったソープ街がある。正直言って、戸惑いはある。……が、旅の恥はかき捨てとばかりに（都内に住んでいて旅もないもんだが）、ネオンきらめく歓楽街に乗りこんでいった。

どうせ女房は日本にいない。何をしたって構うものか。帰ってこないほうが悪いんだ。フランス人と国際結婚して、今はパリに住む娘の出産に立ち会うために旅立ったたまま、すでに二か月。近所づきあいのない都会のマンション生活より、娘も孫もいるパリの新生活が楽しくて仕方がないのだそうだ。

「あなたも会社を辞めて、来ればいいのに」

電話口でこともなげに言った女房に、

「馬鹿！　そんなわけに行くか！」

と一喝した時は、まさか数週間後に、会社から事実上のクビを言い渡されることになるとは夢にも思わなかった。

私は、会社に必要とされている人間だと思い込んでいた。なぜなら、会社を一番儲けさせたのがこの私だからだ。小さいながらもそれなりの広告代理店の営業職に就き、長年、トップクライアントを担当してきた。先方担当者の重役とはウマがあい、よく接待で飲みに行き、ゴルフもした。

一か月前のことだ。その重役が急死した。それも、私と約束したゴルフ場に向かう途中、居眠り運転のダンプにぶつけられて即死だった。間が悪いことに、彼は重役会議がある日に、病気と偽って休みを取って事故に遭った。

私も、うちの社長に呼ばれて事情を聞かれはしたが、私の場合、接待ゴルフは仕事の範疇(はんちゅう)であるし、クライアントの事情はともかく、亡くなったのは不運な事故で、断じて私のせいではない。

クライアントの新しい担当者は生真面目な男だった。酒も飲まねばゴルフもやらず、夫婦して歌舞伎鑑賞が趣味とかで、全く私とは反りが合わなかった。それまで単独で行動していた私は、彼と趣味が合いそうな部下を連れて、打ち合わせに行くようになった。

ある日、別の広告主から歌舞伎のチケットを二枚買わされたので、彼にプレゼントするよう、部下を使いに出した。私はあくまで、クライアントに夫婦で歌舞伎に行ってもらえば良いと思ったまでだ。まさか彼と私の部下が二人でそのチケットを使い、ついでに不倫関係に陥るなどとは想定外の出来事だった。

確かに私の部下は女性だったが、年齢は四十五歳を超えており、化粧っ気もなく、どう見ても……男から見て魅力的な女性には見えなかった。

だが、それらの事故が重なったからといって、私がこれまで社にもたらしてきた利益を考えれば、年内には部長に昇格し、その後は取締役になったって不思議はない。それをあの恩知らずの馬鹿社長が……。

退職を促された後、社長室を出た私は、動揺を隠しきれないまま部署に戻った。ふと、新入社員に資料作りを頼んでいたことを思い出し、彼の後ろに立ったまさにその時、ポーン、とメール受信の音がした。新人君は私に気付かず、即座にメールを開いた。パソコンの画面を、私は彼と同時に読むことになった。

『ゲザ男ちゃん、クビだって！　そりゃそうだよな。会社サボってゴルフ行って、自分の部下をクライアントにあてがっちゃったんだもんな。今度ばかりは土下座じゃ済まないって（苦笑）』

目の前が真っ白になり、頭の奥がガンガン響いた。書かれている文字は確かに日本語なのに、まるで記号を見ているかのように、脳の表層を滑り落ちてゆくだけだった。

「ゲザ男とは……私のことかね？　どういう意味だ？」

ようやく、私は重い口を開いた。新人君はギョッと振り返り、

「申し訳ございませんでした！」

私を見るなり椅子をはねのけてその場に土下座をした。

「土下座の〝ゲザ〟か……」

ショックを隠しきれずつぶやいた。

私は『武村竹男』というたいして立派でもない名前はあるが、断じて『ゲザ男』などという不名誉な名前ではない！

我が社がまだ、ちっぽけな代理店だった頃。新人の私は雨の日も風の日も嵐の日も雪の日も、見込み客のもとに日参し、時には土下座をして仕事を取った。土下座とは、私

にとって勲章のようなものだった。

部下を連れて飲みに行った時、私はよく彼らにこう言った。

「近頃の若いもんは、なんでもかんでも『すみません』で済むと思っていやがる。俺たちの頃はな、土下座をして仕事を取ったもんだぞ。わかるか？　土下座だぞ。たまに意地の悪い奴がいてな。土下座をする俺の頭を足で踏みつけやがった。それでも俺は負けなかった。この悔しさをバネにして、お前らを見返してやるんだと踏ん張って今があるんだ。君らには、そんな屈辱的な真似、死んだってできないだろうな」

ところが、目の前の新人君は、なんの躊躇もなく土下座をしている。しかも気付けば、この一斉メールを送った別の部下も、それを受け取った奴ら……つまりは、在席中の課員全員がデスクに両手をつき、頭を下げて土下座の真似をしていた。

またもや私は思い違いをしていた。彼らにとって土下座は、〝死んだってできないもの〟ではない。未来に希望を持てず、会社に忠誠を尽くせず、仕事とプライベートは別物の彼らにとっては、〝土下座で済むなら安いもの〟なのだ。

気が付けば、ここかしこから忍び笑いが漏れていた。

「もういい……」

辛うじてそれだけ言うと、馬肉を食らうため『中江』に向かったのだ。

スカイツリーにその気にさせられ、信号を渡った。通りを入ってしばらくいくと、巨大なソープランドがあり、その一角に、稲荷神社があった。

私が生まれた長野県諏訪市では、子供の頃は板塀の家が多く、みな尿意をもよおせば、そこいらで立ちションをしていた。使用頻度の高い塀には、赤いペンキで鳥居のマークが描かれていた。描いた方にしてみれば、鳥居を描くことで「神様に小便をかけるとは何ごとぞ！」という戒めのつもりだったのだろうが、子供にとってみれば「立ちションをするならここですよ」というマーキングの意味しかなさず、誰が一番正確に鳥居に当てられるかと、命中率を競ったものだった。

しこたまヤケ酒を飲んで酔っていた私は、子供の頃を思い出し、こともあろうに稲荷神社の鳥居の根元に放尿をした。糖が出て、やけに泡立つオシッコを眺めながら、自分の人生がどこで狂ってしまったのだろうかと考えた。

「あーあ、やり直してぇなぁ！」

叫んだ瞬間、足元の地面がかき消えた。

「おい！　おい若造！　でぇじょぶか!?」

ペシペシと頬を叩かれ、私はうっすらと目を開けた。……と、くっきりとした顔立ちの男が私を覗き込んでいた。

（助かったのか……）

とても長い夢を見ていたような気がする。きっとこれが、〝死ぬ前に走馬灯のように思い出が駆け巡る〟というやつなのだろう。私の場合、今日半日を駆け巡ったに過ぎないが。

「おっ、気付いたみてぇだぜ。なんでぇおい、お歯黒ドブで溺れるなんざ、心中崩れじゃねえだろな。だとすりゃ晒しモンだぜ」

三十代半ばだろうか。歯切れよくポンポン話す男は、ずぶ濡れの着物を着て、額を深く剃り上げている。

（なんだこいつは？　相撲取りにしては痩せすぎだし……時代劇の役者か？　それに、年下のくせに、私のことを若造呼ばわりするとは、いったいどういう了見だ？）

文句を言おうと口を開きかけたとたん、さっき飲み込んだ、苦くて臭い水が胃液と共に上がってきた。

「うげっ……」

吐くだけ吐いてしまうと、私は再び意識を失った。

《第一章》

（ん……なんだ？）

クスクス……と、忍び笑いが聞こえた。うっすらと目を開けると、

「うわっ！」

十歳前後の女の子が三～四人、こちらの顔を覗き込んでいた。みんな着物を着て、前髪を短く切りそろえた変な髪型をしている。中には坊主頭の子もいる。

（なんだこの子たちは？　まさか……座敷わらし？）

「おっ。目ぇ覚めたようだな」

男の声が聞こえたかと思うと、キャッキャとはしゃぎながら、少女たちが部屋を出て行く気配がした。部屋の外で、宴会でも行われているのだろうか？　えらく賑やかで、三味線の音が聞こえている。

そちらを振り向こうとしてギョッとなった。私の手首と足首は、背中側で一つにくくられ、エビ反りになった姿勢で布団の上に転がされていたのだ。しかも、私は裸だった。腰のまわりに、申し訳程度に手拭いがかけられている。

「なっ！　……ビャックション！」

口を開くとともに大きなくしゃみが出た。垂れた鼻水をこすろうにも手が動かせない。

「あーあ、きったねぇなぁもう」

気絶する前に見た、くっきりとした顔立ちの男が、懐から取り出した紙をクシャクシャと手で揉み、私の顔に押しつけた。

「ほら。しっかりかみな」

私は断じて、男の手で鼻水の処理などしてもらいたくなかったが、背に腹は代えられない。思いっきり洟をかむと、男の指がごわごわとした紙の上から私の鼻をつまみ、その下をゴシゴシとこすって、粘液をぬぐい去ってくれた。すっきりしたはいいが、小鼻と鼻の下がヒリヒリと痛かった。ここにはティッシュというものがないのだろうか？

「おめえ、いってぇ何モンでい？」

男がいぶかしげに聞いた。

「それより早く、この手をほどいてくれ！　私は怪しい者じゃない。それに私の服はどこだ？　なぜ裸にされなきゃならんのだ？」

「服？　……この、奇天烈な腰巻のことか？」

男は私のトランクスを広げて見せた。

「なんでこれ、伸びたり縮んだりすんだ？」

「返せ！」

身体を起こそうとした拍子に、はずみで手ぬぐいが落ちた。私は慌ててうつ伏せになって局部を隠した。手足が背中でつながっているため、昔の電車の屋根についていた、菱形のパンタグラフのような格好でもがくしかなかった。

「教えろよ。どういうからくりなんだ？」

トランクスのウエストを伸び縮みさせながら、男が聞いた。

「からくりも何も、ゴムが入ってるだけだろう」

「ゴムって？」

（なんなんだ、こいつは？　知能に問題があるようには見えないが……）

身体をひねり、トランクスに目をこらす男をじっくりと観察した。

額を大きく剃り上げた丁髷頭もヘンだが、なぜか男は痩せぎすの身体に女物の長襦袢を着ている（オカマなのか？）。彫りが深く、イケメンの部類なのだろうが、吊り目気味の三白眼といい、への字に結んだ唇といい、いかんせん顔が怖い。

私の視線に気付き、男がこちらを見た。目が合った瞬間、自分の置かれた状況を再確認し、血の気が引いた。私は〝布団の上〟で〝真っ裸〟で〝縛られて〟いるのだ。

まさか、五十歳をとうに過ぎたメタボのおっさんを!?

「わかった！　教えるから、なんでも教えるから、とにかく私を自由にしろ！」

男は私の顔をじっと見て、真顔で聞いた。

「本当に、心中崩れじゃないんだな?」

「なんで私が心中なんぞ。『失楽園』でもあるまいに」

「シツラクエン? そりゃあどこのお庭だい?」

私はがっくりと身体の力を抜いた。日経新聞での連載時から話題沸騰、映画化&ドラマ化され、社会現象にもなった大ベストセラーなのだが……。

「まあいいや。心中なら敵娼がいるはずだし、出てこねえってこたあ、おおかた生臭坊主の女郎っ買いが、お偉いさんにでも見っかって、慌てて逃げてドブにはまったってなとこだろよ」

男はまたもやわけのわからぬことを言いながら、私の縛りを解いてくれた。

「はぁー……助かった……」

しびれた手首を揉んだとたん、いつもと違う感触に驚いて、自分の手を凝視した。手がスベスベしていた。シミが消え、キメも細かく張りがあって、脂肪がなくなり、手首も明らかに細くなっている。慌てて起き上がると、今度は自分の身体の軽さに驚いた。

……しかもなんと、腹が凹んでいるではないか! 私はもしかしたら、何か月もの間、昏睡状態だったのでは……?

それにしても、この肌の瑞々しさと、全身にみなぎる力強さはなんだ? 気絶している間に、新薬の実験台にでもされたのだろうか?

「今度は腹でも痛ぇのか?」

腹をさすり続けている私を不思議そうに眺め、男が聞いた。

「いや、そうじゃない。ちょっと感激して……。というより、私はどれくらい眠ってたんだ?」

「はて。一刻ばかりじゃねえかな」

「イッコク?……ああ、一刻ね。時代劇に出てくる時間の単位だな。あんた、やっぱり役者だったんだ。ってことは、この部屋は楽屋か?」

「なに言ってんだ? 確かに俺の親戚には中村仲蔵ってぇ『忠臣蔵』の立役者がいるが、俺は蔦屋重三郎ってぇ地本問屋だよ。みなは蔦重って呼ぶけどな」

「ツタジュウ? 草冠の蔦に、一、十、百、の十?」

「いや、重い、って字だ」

「蔦重さんか。私は武村竹男という者だ」

「タケムラタケオ? なんだ、法名ももらってねえのか。……にしても、妙ちくりんな名前だな。じゃ、姓も名も〝タケ〟がつくから、タケでいいか?」

(なめているのか、この男? なぜ年上の私が敬称つきで呼んで、こいつが私を呼び捨てなんだ?)

ともあれここは、穏便にやり過ごそう。

「あ……ああ。よろしく、蔦重さん」

「それとよ、タケ。ここは楽屋なんかじゃねえ。ナカの行燈部屋だ」

「ナカ？」

首をかしげると、男は大げさに驚いて見せた。

「おいおい本気かよ？　お歯黒ドブに飛び込んどいて、ナカが吉原の隠語だってことを、知らねえわけじゃねえだろに。……どこに逃げるつもりだったかは知らねえが、つまりおめえは、大門から一歩も外に出ちゃぁいねえのさ」

吉原と聞いて、私はホッと息を吐いた。

「なんだ、私はまだ吉原にいたのか。突然溺れたんで驚いたが、あれは、酔っ払って夢を見ていただけなんだな」

蔦重はなぜか、憐れむような目で私を見た。

「溺れたのは夢なんかじゃねえ、ほんとにあったことだ。今、俺のと一緒に、おめえの変てこな着物、洗って乾かしてもらってるから」

「へ？　だって、吉原に川なんて流れてないじゃないか」

「だからよぉ、川じゃなくてドブだって」

「ドブったって、人が溺れるほどのものは……」

「あるよ。あれがなきゃ、女郎がいくらでも足抜けしちまうじゃねえか。そうされねぇために、わざわざこさえたドブだよ。堀沿いの女郎が、二階から鉄漿の水を捨てるんで、水が真っ黒になっちまったがな」

……何かがおかしい——。

ゾッと鳥肌が立った。お歯黒ドブだの女郎の足抜けだの、蔦重が言っていることは、まるで……。

バッと立ち上がり、襖を一気に開けた。

「おい！」

蔦重は私の肩をグイっと引き戻すと、ピシャリと襖を閉めた。

「馬鹿野郎！　行燈部屋から裸の男がツラ出してみろ！　女郎が引きこんだ間男と間違われて、袋にされっぞ」

蔦重の怒鳴り声は、私の耳を素通りした。

今、私が見た光景——。

目前に広がっていたのは、着飾った花魁や娘たち、髷を結った男たちや、三味線を持った女たち、大皿料理や酒を運ぶ、下働きの男女……と、そう、私がまだ中学生の頃、親に隠れて夢中で観ていた『必殺シリーズ』に出てきた吉原遊廓が、まさしくこんな感じだった。

（3D映像のドッキリ……なんかじゃないよな。私に仕掛けても、何の面白味もないし……。まさか今の、本物……？　いや……ないない。でも……）

「ああーーーッ！」

『あーあ、やり直してぇなぁ！』

思い出した！　お稲荷さんだ！　お稲荷さんの前でそう叫んで……そしたらバッと地面がなくなって……。いったいなんで……どうして私が……いや、待てよ……。オーマイガッ！　よりにもよって、稲荷神社にオシッコを……！　……だから、天罰が下ったというのか？　……タイムスリップしてしまったと……？

慌てて部屋を見回し、天井近くに祀られた神棚を見つけて手を合わせた。

「神様仏様お稲荷様！　私が悪うございました！　もう誓って二度と金輪際、あなたさまにオシッコをひっかけたりなどいたしません！　ですからどうか、夢なら覚めて！　元の世界に帰らせてください！」

目を閉じて一心不乱に祈り続け、ガッと目を開けると、目の前いっぱいに蔦重の顔があった。

「うわっ」

あとずさったとたん、尻餅をついた。

「おめえやっぱり変だぞ。今からでも番所に突き出すか……」

「ち……ちょっと待ってくれ蔦重さん。今、何年だ？」

「は？　……天明五年の巳年だが？」

「天明……」

（……ってことは、やっぱり江戸時代か。えーっと、何年だったかな？）

くそっ、こんなことになるなら、もう少し真面目に日本史を勉強しておけばよかった
（こんな状況を予想できた人間はまずいないと思うが）。

（せめて何か手掛かりが……。そうだ！）

「将軍は？　今は何代目の誰の治世だ？」

「この馬鹿！」

いきなり頭をポカリと殴られた。

「何をする⁉」

「公方様と言え！　お上に捕まって、江戸を追放されてぇのか、この生臭坊主！」

（……ああそうか〝将軍〟なんて気やすく呼べば、不敬罪になるんだな）

「すまない。あんたの言う通りだ、気をつけるよ。……で、何代目の公方様だ？」

「頭でも打ったのか？　十代目の家治様になって、もう二十五年だぜ」

(そう、確か八代目が『暴れん坊将軍』の徳川吉宗だから、その二代後ってことは……)

「家治様のお祖父様は吉宗様か？」

「なに当たり前のこと言ってんだ？　家治様のお父上が先代の家重様で、そのお父上が先々代の吉宗様だよ」

(よし、ここまではいいぞ。徳川将軍家は確か十五代までだから、だいたい江戸時代全体の三分の二ってとこだな。もう少し絞りこみたいところだが……)

「――あ」

(そう言えばさっき蔦重が、チラッと何か言ってたな。最近目にしたばっかりの単語で……確か漢字が三つ並んだ……。う～ん……あれは確か……)

「わかった！『忠臣蔵』だっ」

蔦重の肩を両手で握り、揺さぶった。

「蔦重さん！　あんたさっき、親戚が忠臣蔵のナントカだって言ってたよな？　な？」

「あ……ああ。俺の甥っ子は……甥っ子っつっても、年の離れた兄貴の息子で、俺より年上なんだけどよ。その甥っ子が、『仮名手本忠臣蔵』の定九郎役を、端役の悪党役から二枚目の立役に仕立て替えた、名人〝中村仲蔵〟だよ」

(でかした、俺！)

心の内でガッツポーズを決めた。

「その『忠臣蔵』の元になった、吉良上野介が浅野内匠頭に切りつけられた事件は、何年前のことだ⁉」

「シーーーッ！」

今度は思いっきり口をふさがれた。痩せているくせに、思いのほか力が強い。

「おめえって奴は全く……考えなしな野郎だぜ……。いいか、お上の御政道に関わることは、気安く触れちゃなんねえって決まりがあるだろうが。ありゃあおめえ、曽我兄弟の仇討ちの話ってことになってんだから……」

「わかった。もう大声は出さないから教えてくれ。松の廊下の刃傷沙汰が実際に起こったのは、何年前のことだ？」

『忠臣蔵』――。

これこそ、私が部下に託した、クライアントとの不倫の元になったチケットに書かれていた歌舞伎の演目だ。別のクライアントから買わされ、誰にプレゼントしようかと考えながら読んだチラシに、

『元禄十四年（一七〇一年）三月十四日――。二筋の刃が、播州赤穂五万石の運命を狂わせた』

という、ヘタクソなコピーが書かれており、

（へぇ。元禄十四年って、一七〇一年だったのか）

と、何気なく脳にインプットしていたのだ。

果たして蔦重は、

「ああ。確か、八十年ちょっと前の話だって聞いてるぜ」

と答えた。……ということは、だ。今、私のいる世界は一七八〇年代半ば。江戸開幕から約百八十年が経ち、〝一夜空（一八六七）しい大政奉還〟つまり明治時代の始まりまであと約八十年という時代に落とされたことになる。

これが一夜の夢なのか、逃れられない現実なのか、いずれ戻れるのか、一生このままなのかはわからないが、自分が歴史上のどの地点にいるかがわかっただけでも気休めにはなる。皮肉にも私は、二枚のチケットによって窮地に落とされ、同じチケットによって、わずかながらも救われたというわけだ。

「で？　『忠臣蔵』がいってえ何だってんだ？」

蔦重が眉根を寄せた。

「言っても到底信じてもらえない、荒唐無稽な話だ」

「いいから教えろよ、なぁ」

「言ったら力を貸してくれるのか？」

はぁ～っと、蔦重は大きなため息をついた。

「……おめえなぁ、わかってねえようだからこの際きちんと言っとくぜ。そもそもおめえが、俺に注文なんざつけられる立場か、ってえの。……いいか、俺はおめえの命の恩人だぜ。しかもまだ、おめえの魂（たま）は俺の手の内にある。このまま見世（みせ）の男衆（おとこし）や番所につき出されても仕方のねえところを、こうして着物が乾くまで匿（かくま）ってやってるのはなぜだと思う？」

言われてみれば確かにその通りだ。蔦重がおそらく、お歯黒ドブとやらに飛び込んでくれたから私は生きていられるのだろうし、この男に見捨てられたら、私はいったいどうなることやら……。

私の脳裏に、『必殺シリーズ』に出てきた数々の拷問シーンが甦ってきた。

【シーン一】

足抜けに失敗して腰巻一丁で逆さに吊るされ、水責めの折檻（せっかん）に遭う遊女。苦悶の表情――。

【シーン二】

幕府のきつい取り調べで、ギザギザに尖った台の上に正座させられ、膝に石の板を積まれる無宿人（むしゅくにん）。脛（すね）から血を流し、うめき声をあげている。

【シーン三】

磔（はりつけ）にされ、ささくれだった竹刀で叩き据えられる、殺しに失敗した仕事人。身体中あざだらけで、ピクリとも動かない。

【シーン四】

四頭の牛に四肢をつながれ、股裂きの刑に遭う女囚。断末魔の悲鳴――。

あああ～～～ダメだ。……怖すぎてとてもこれ以上は思い出せない。どれも私には耐えられそうもないし、口を割っても、信じてもらえるはずもない。ここはもう、この男の慈悲にすがるしかない。

肩を落とし、精一杯しおらしい表情を作って蔦重を見上げた。江戸時代の成人男性の平均身長は一六〇センチなかったと聞いたことがあるが、一六三センチの私より、頭一つ分背が高い蔦重は、この時代では大男なのかもしれない。

「助けていただいて、本当にありがとうございました。自分の立場もわきまえず、生意気を言って誠に申し訳ございませんでした。蔦重さんが私を匿ってくれるのは、あなたが親切な、いい人だか……イテ！」

言い終える前に、頰を思いっきりつねられた。

「イテテテッ。痛いってもう！　離してくださいよ！」

「よう。嘘ついたら針千本って教わらなかったか？　……ハッ、なめられたもんだな。この蔦重が、何の理由もなしに、生臭坊主を助けるお人好しとでも映ったか？」

「なんですか、生臭坊主、生臭坊主って！　勝手に決めつけないでくださいよ。いくら命の恩人でも、こっちこそあなたに生臭坊主だなんて呼ばれる覚えはありませんよ」

痛む頬に涙目になりながら、私は精一杯反論した。

「けど、坊主じゃねえか」

「へ？」

「違うってのか、これで？」

蔦重は畳の上に落ちていた手鏡をヒョイと拾い上げると、私に向けた。

「なんじゃこりゃあ⁉」

二重の衝撃だった。鏡に映った私は、二十代の頃に若返っていた。肌がツヤツヤだったのも、腹が凹んでいたのも、単にスリムになったわけではなかったのだ。

そしてもう一つの衝撃――。

私は……ツルッパゲだった。


『あーあ、やり直してぇなぁ！』

お稲荷さんに放尿しながら叫んだ言葉がリフレインした。つまりこのザマは〝頭を丸めておまえの人生をやり直せ〟という神様からのメッセージということか……。

私はガックリと膝を折った。不思議なもので、腹が凹んだと思った時にはあんなに嬉しかったのに、若返ったと知っても、ちっとも喜べない。これがもし、現代であったなら、新しい恋人を作って、若い奥さんを見つけてやり直すぞ！　などと希望に満ちることもできたのだろうが、勝手の分からぬ世界で、若さを頼みに生きていく自信がない。年配者だったほうが、それなりに敬い、気遣ってもらえたかもしれない、とさえ思う。せっかくツルッパゲなのだから、いっそ仏門にでも入ろうか。でもこの年になって、お寺の修行は辛そうだ……。

「俺がおめえを匿う理由はふたぁつだ」

蔦重はそんな私に権高（けんだか）な態度で、指を二本立てて胸を反らした。

「ひと〜つ！　……俺は地本問屋だ。荒唐無稽な話は大好物でな。たとえ嘘でも、料理のしようによっちゃぁネタになる。それにおめえ見てっと、おかしなことだらけだ。芝居にしちゃぁ手がこみすぎてらぁ」

「はぁ……。私はそんなに器用な人間じゃありませんよ」

「ふた〜つ！」

もう、どうでもいい……。気力を失いかけた私の鼻先に、トランクスが広げられた。

「これがなんで伸びるのか、教えろ」

ハ……。ハハ……ハハハ……。

「ハハハ……フフ……。ヒッ……ヒッヒヒ……」

「おい、どうしたタケ。いよいよおかしくなっちまったのか？」

身体を丸め、ひきつったように笑い出した私の背中を、蔦重がつま先でつついた。私は、目尻にたまった涙をぬぐいながら身体を起こした。その鼻先に、今度は、

・ボールペン

・スマートフォン

・財布

が突きつけられた。

「こいつはいったい何なんだ？　どれも見たことがねえ……」

三つとも、お歯黒ドブに落とされた時に、身につけていたものだ。丁寧に洗ってくれたようだが、スマホはまずお釈迦（しゃか）だろうし、財布の紙幣やクレジットカードも、もちろん使えない。そういえば……。

「あの、私の持ち物はこれで全部でしたか？」

おずおずと尋ねた。

「はぁ？　何が足りねえんだ？　俺がくすね盗（と）ったとでも言いてぇのか？」

「いえ、いいんです。ドブで失（な）くしたのだと思います」

がっかりしながら、何もついていない手首をさすった。

（自然に外れるはずはないんだがなぁ）

そこには、最新式のデジタルウォッチがあるはずだった。『セイコー腕時計100周年記念限定モデル』という、二百本限定で発売されたばかりの商品を、広告代理店勤務の役得でいち早く入手した（長野県諏訪市出身の私は祖父の代から、「時計はセイコー」と言われて育ったし、パソコン周辺機器も、セイコーエプソンの製品で固めてある）。それなりに値が張ったが、スタイリッシュな限定モデルを手に入れたのが嬉しくて、購入以来、肌身離さず身につけていた。そんな大切な時計を失くしたことも痛手だが、あれがあれば、防水性能がある上に、ソーラー充電式なので、ここでどれほど役に立ったかしれない。

蔦重が、私の持ち物を畳の上に並べた。それらを眺めていて、

（ソーラー式！　そうだ、あれがあったじゃないか！）

ふいに思い出した。私は財布をつかむと、中に大切にしまってあった、厚さ三ミリほどの樹脂製のカードを取り出した。長いことしまい込んだままだったので、今は無反応だ。けれどこのカードは希望の光――になるはずだ。電気のないこの世界で生きていく上で、私が未来から来た人間だという証拠になるかもしれない、大切な切り札。

このカードは、今はフランスで一児の母となった一人娘の亜里沙（ありさ）が、まだ中学生だった頃、私の初めての海外出張が決まった時にくれたプレゼントだった。

その時の嬉しさや、娘の可愛さを思い出しながら、私は穏やかな気持ちで、蔦重にこ

れまでの経緯を話し始めた。

　自分が二百年以上先の日本からやってきた人間であること。見かけは二十代だが、本当は五十五歳のおっさんであること。ここに来るハメになった理由と、この先どうなるのか、全くわかっていないことも。

　また、今は無理だが、日が昇ったら証拠を見せることができる、と言ったところ、蔦重はその必要はないと答えた。

「この、ボールペンってぇ不思議な筆だけで十分だぜ。本を作る人間にとっちゃ、墨をつけずに書き続けられる筆ってのは、この世のものとは思えねえ。まるで仙人の持ち物だ。大層なお宝じゃねえか」

　さらに、こうも言った。

「おめえが、神様みてえに全てを知ってるわけじゃねえ、ってのも気に入った。おめえは、日本国の未来ってやつは知ってても、いつどこで火事が起きるとか、誰が怪我するとか死ぬとか、俺がこの先どうなるってことはわからねえんだろ？　……ならいいさ、俺んとこに置いてやるよ。全部わかってる奴にそばにいられちゃ、やりづらくってかなわねえからな。おめえはおめえで俺んとこで働いて、じっくりとてめえの人生、やり直すがいいや」

　ほぉ……と感心した。バブルの頃は、こういうことを言う上司は珍しくなかったように思う。だがその頃は、失敗しても許されるだけの余力と経済力が日本にはあった。責任が重くのしかからないから、ものわかりのいい人間を演じることができたし、自分がそうだと思いこむこともできた。それが今や不況続きの世の中で、こんな豪気なことを言える懐の深い人間は少なくなった。

蔦重には、虚栄や虚勢が感じられない。大きなことを言いながらも、決して行き当たりばったりな人間ではない……ように思う。なぜなら、彼はこうも言ったからだ。

「なあ、おめえがここに来たのって、罰なのかな？」

「違うんですか？」

「いや、試練だとは思うんだが、なんでこの時代に落とされたのかな、ってよ」

「そうですよ。どうせならこの見かけ通り、三十年前にさかのぼってやり直させてくれれば良かったのに……」

「馬鹿。それじゃあおめえ、ズルになっちまわぁ。同じ時間をなぞっていいんなら、しちゃあならねぇことも全部知ってるし、金儲けの方法なんていくらでもあるからな」

「そういうものですかねえ」

「それっくれえ、ちっと考えりゃわかるだろう。……ま、答えはそのうち見えてくるだろうよ。ただよ、一つ言えることは、人生が逆算できるってのは、以前のおめえよりは、確実にマシな生き方ができるってもんだぜ」

「そうですか？」

「そりゃそうだ。おめえの時代にもあるかどうか知らねぇが、たくさんの凧糸の先に、菓子や玩具が結んである、『宝引き』ってぇクジ引きがあるんだよ」

「ああ、わかります。私が子供の頃には、糸の先に果物の形の飴が結びつけてありました。駄菓子屋や夜店でよく引いたものですよ。一番大きなパイナップルの飴が欲しかったのに、いつも小さなイチゴ飴ばっかりで、せめてオレンジでも当たれば……」

「なんの飴だか知らねぇが、『宝引き』はよ、糸の真ん中が束ねてあって、どの景品につながってるかわかんねぇから、なかなかいいのが当たらねえけど、反対側に回って、大当たり引っこ抜きゃあ、外れるわきゃねえだろ？」

「それは確かにその通りですが……」

真理でありながら煙に巻かれたような、もどかしい思いに駆られたその時、いきなり襖が開いたかと思うと、ドサリと風呂敷包みが投げ入れられた。

「ほらよ、蔦重。まだしけっちゃいるが、着られないこたぁねえだろよ」

長い髪を下ろし、足首まで隠れる綿入れのようなものを羽織った女性が、ヒョイと顔を出した。

「助かったぜ、菊乃」

蔦重は早速、風呂敷を解きながら言った。

「いいサ、どうせ今日は厄日だ。さあさ、……早いとこ着替えてわっちの襦袢、返しとくれ」

菊乃と呼ばれた女性は、襖を閉めると片膝をついて、私と蔦重の間に座った。年は二十歳ぐらいだろうか。あどけない顔立ちで、まん丸い輪郭に、小さな目と鼻と口がちょこんとついている。眉が薄く、風貌に反して言葉づかいはひどく乱暴だ。

まあ、現代の女子高生も、口の悪いのには変わりないか、などと思っていると、菊乃は突然私に目を向けた。

「なんだい若いの。存外元気そうじゃないか。水ぶっかけてもピクリともしないから、くたばっちまったかと思ったよ」

「あの……私はタケと申します。……助けていただいて、ありがとうございました」

両手をついて礼を言いつつ、私は噴き出しそうになるのをこらえていた。横顔を見ていた時は髪に隠れて気付かなかったが、菊乃のこめかみには四角い紙が貼られていたのだ。

コントなどでよく、腰の曲がったお婆さん役のタレントが、膏薬を小さく切ってこめかみに貼っているのを見るが、この時代は、若い娘もこんな年よりじみた真似をするのだろうか。

「なんだい？　わっちの顔に、なんかついてんのかい？」

「あの……それ、なんですか？」

私が自分のこめかみを指でつつくと、

「なにって……頭痛止めの練り梅だけど……」

言って菊乃はサッと蔦重を振り返った。

「蔦重、なんかおかしいかい？」

「勘弁してやってくれ。打ちどころが悪かったんだろう、タケはてめえの名前以外、なんも覚えちゃいねえんだ」

着替えを終え、腹に巻いた帯を整えながら、蔦重が言った。どうやらそういうことにしておくらしい。私にとってもその方が好都合だ。未来から来た人間だからと、珍獣のように扱われるのはごめんだ。

菊乃は気の毒そうに私を見て、

「そうかい……。気をしっかり持つんだよ」

と言ってくれた。きっと根は気のいい女性なのだろう。

「今夜のとこは吉原（なか）の店に泊まるが、こいつぁしばらく、俺んとこで面倒見ることにしたからよ。よろしく頼まぁ」

「通油町（とおりあぶらちょう）に住まわせるのかい？」

「ああ。歌麿の邪魔しちゃ悪ィからな。せっかく恋女房と水入らずなんだからよ」

「えっ⁉」

私が思わず声を上げたので、二人が同時に私を見た。

「今、歌麿って……?」

「なんだいあんた、記憶がないのに、歌さんのことはわかるのかい?」

菊乃が聞いた。

「歌麿って、あの、浮世絵の……」

言いかけた私の言葉を無理やり遮り、

「そうそう！　さっき話しただろ?　年明けから大々的に売り出そうと思っている歌麿だよ。今はこの吉原の、俺が以前住んでいた家を貸してやってんだ」

蔦重が声高に言った。

「蔦重は面倒見がいいからね」

菊乃が蔦重の言動を怪しんだ様子はない。

「なあに。いずれ歌麿にはたんまりと儲けさせてもらうさ」

「売れりゃあいいけど。……何せあのご面相だからねぇ」

「おいおい、絵はツラで描くもんじゃないだろう。腕は確かなんだからよ」

と、廊下の方で拍子木が四回鳴った。

「おっと、中引けだ。早ぇとこ行かなきゃ締め出し食らっちまわぁ。……菊乃、悪いがタケに着物一式、貸してくんねぇか？」

「着物？　そうは言われても、男物の着物なんて……。人に借りると怪しまれるからね」

「なんとかならねえか？　こいつの着てたもんじゃあ、目立ちすぎていけねえ」

すると、

「……ああそうだ、あれがあった。ちょいと待っておくれ」

菊乃が部屋を出るとすぐ、蔦重が私に膝を寄せてきた。

「あの、菊乃さんも花魁なんですよね？」

「ああ。今日のところは厄日であんななりしてるが、あれでも白塗りして着飾った日にゃあ、後光がさすってもんだぜ。そんなことよりタケ。歌麿ってのは、二百年以上先から来たおめえが知ってるくれえ、大人物になってんのかい？」

「もちろんですよ！」

息巻いて言った。さっきから、歌麿の凄さを蔦重に早く話したくてうずうずしていた。

喜多川歌麿と言えば、美人画と春画で欧米にまで名をとどろかせた、日本が誇る浮世絵師だ。欧米人は誇張し、巨大化された春画の性器の描写を信じ、その結果、『ウタマロ』が日本男子の性器の代名詞にもなったほどだ。バブル期にロンドンに出張した際、パブで仲良くなったイギリス人に、「日本人のウタマロはビッグサイズなんだろ」と聞かれて困惑したものだった。近年でこそ美術品扱いされているが、私が若い頃は、春画の画集などは猥褻本扱いで、陰部にはぼかしが入っていたり、シルバーのスクラッチ加工がなされているという有り様だった。

そんなエピソードはさておき、蔦重はどうやら、その歌麿を世に送り出すことになる人物らしい。

「凄いですよ、蔦重さん！　歌麿は日本だけじゃなく、ヨーロッパやアメリカでも知られている、最も有名な浮世絵師の一人ですよ。歌麿の他にも、しゃら……うぐっ」

またもや口をふさがれた。

「そこまでだ。……いいかタケ。歌麿ってのは、以前は北川豊章ってぇ画号で、他の版元から仕事を受け、挿絵を描いていた男だ。本絵師の鳥山石燕の弟子だっただけあって、腕は確かだったんだがうだつが上がらなくてな。五年ほど前に、俺が目をかけて引っ張ってきた。歌麿ってぇ画号も俺がつけたんだ。日本橋の通油町に店を出すまでは、吉原の店に居候させて。今は俺があっちに行っちまったもんで、歌麿には所帯を持たせて、こっちの店を任せながら絵を描かせている。これがどういうことかわかるか？」

こくりとうなずく私を見て、蔦重は私の口から手を離した。

「口止めされてるってことはわかります」

「その通り。あいつは俺の子飼いなんだから、おめえに茶々入れられちゃぁ困るんだよ。今夜はこれから歌麿に引き合わせることになるが、そこで『あなたは将来名を成します』なんてことを言われた日にゃあ……あーくそ！　聞くんじゃなかったぜ。……いいか、歌麿は無論だが、今後俺の周りに、おめえの代にまで名が通ってるような奴が現れても、金輪際、口にするんじゃねえぞ」

「混乱するからですか？」

「つまらねえからだよ」

「つまらない、とは？」

「言っただろ？　おめえが俺のことを知らねえから置いてやるんだって。将来有名になる人間や、よしんば人でなくても、将来高値がつく品物なんかをおめえが俺に教えたとしようか。稼ぎたきゃあそいつに張ればいいんだから、人生ズルになっちまう。……俺はよ、今、歌麿を売り出すために、いろんな策を練ってる最中だ。当たるか当たらねぇか、版元なんて商売は博打みてえなもんだが、当たりの度合いを上げようと、これでも精一杯頭ひねってんだ。それをよ、『あなたのやることは大当たり間違いなし』なんて太鼓判押されてみろ。こんなもんでいいかって、あぐらかいちまうだけだろう。歌麿だって、ンなことを聞かされた日にゃあ俺の恩も忘れて、てめえの才覚だけで偉くなったと勘違いすんに決まっててんじゃねえか」

「でもさっき蔦重さん、クジを反対側から引っこ抜けば確実だって……」

「それはよ、人生を逆から考えりゃあ間違いねえってぇ例えで出した話だろ。確実に当たりがわかるってのを喜ぶ野郎もいるだろうが、俺にとっちゃあそんなもん、面白くもなんともねえ。……宝引きの話の醍醐味はよ、じゃあどうやったら裏に回れるかって知恵を絞るとこにあるんだよ。向こうは裏を見せちゃくんねぇぞ」

「そりゃあ、まあ……」

「それに、まともに正面から引いてみろ。大当たりが出ねえ場合だってあるんだぜ」

「大当たりが出ないって、どういうことですか？」

「大当たりの出尽くしたクジなんざ、誰も買わねえだろうが。俺なら、大当たりにつながる一本だけは束の手前のとこで切っちまって、誰にも引けねえようにしとくがな」

「ひどい……」

つぶやくと、蔦重は不思議そうに目を丸めた。

「ひどい？　おめえの世界じゃ、騙される方が馬鹿だってことにゃあならねえのかい？」

「なに言ってんですか？　騙す方が悪いに決まってるじゃないですか」

「ほう。そりゃまたずいぶんとお気楽な世の中もあったもんだ」

「私の世界にも騙す人はいますが、バレれば罪に問われます」

「けどよ、人ってのは失敗したり騙されたりして、怒りや悔しさを腹に溜めるから、なにくそ！　っつって伸びんじゃねえのかい？」

「それはそうかもしれませんが……」

「俺だって、考えなしの力ずくで金や物を奪うのは感心しねえがよ。……俺は、人生ってのは知恵比べだと思ってんだ」

「知恵比べ？」

「ああそうだ。考え抜いた方が勝つのが道理だ。知恵を絞った奴に騙されたんなら、引っかかった方が負けなんだよ。騙されて悔しけりゃ、知恵を絞って騙し返せばいいし、でなきゃあ己の馬鹿を呪って、二度と騙されないように用心すりゃあいい。……あとはそうだな。相手を称えて笑い飛ばすってテもあるがな」

「無理ですよ、そんなこと」

「無理なもんかい。……両国ってとこによ、見世物小屋がいくつも建ってんだ」

「両国なら私の時代にも残っていますよ。年に三回、相撲が観られる場所と、この、江戸の町を紹介した博物館があります」

「ハクブツカン？」

「えーっと、……そうそう、ものすごく大きな見世物小屋のことです」

「なら、『ヘビ女』とか『ろくろっ首』も観られんのかい？」

「そういう胡散臭いのじゃなくて、この時代がそのまんま、絵や人形を使ってリアル……じゃなくて忠実に再現されているんです」

「まんまを写して、何か面白えのか？」

「私は結構好きですよ。ジオラマと言って、何千体という指ぐらいの大きさの人形が、日本橋周辺を歩いていたり……」

「この時代の見世物小屋はよ、みんな作りモンだと百も承知で金を払って入ってく。こないだなんか、ひでえもんだぜ。『大いたち』って看板に書いてあるから入ってみたら、大きな板に、血に見立てた赤い絵の具が塗ってあるだけだった」

「そんなの知恵でもなんでもないですよ。誰も怒らないんですか？」

「『金返せ！』って野次は飛ぶが、顔ではみんな笑ってらぁ。こんくらい馬鹿馬鹿しいことを、平気でやる奴がいるから面白えんじゃねえか」

「そんなもんですかねぇ」

「双六に『あがり』と『ふりだし』があるように、知恵ってもんはよ、『あがり』に行くためだけじゃなく、騙されて『ふりだし』に戻らねえためにも絞るもんなんだよ」

「どうしたら騙されないで済むんですか？」

蔦重はチラリと私を一瞥した。

「ちったぁてめえで考えたらどうだ？　俺は、なんのために大当たりのヒモを切るんだ？」

「最後までクジを売りたいから」

「なんでクジを売りたいんだ？」

「その方が儲かるから」

「儲かると、人はどうなるんだ？」

「どうって……」

私が言いよどんだ時、菊乃が風呂敷包みを手に戻ってきた。

「待たせたね。今年の俄（にわか）（俄狂言）で使った着物だけど、これでいいかい？　わっちが男役を演（や）るってんで上客があつらえてくれた品だ。返却不要、好きにしな」

蔦重が受け取り、風呂敷包みを開けると、いかにも上等そうな着物一式が現れた。

「いいのか？」

蔦重が菊乃を見上げて聞いた。

「ああ。実のところ、それをくれた客ってのが虫唾（むしず）が走るほど嫌な野郎でね。目障（めざわ）りなんで簞笥（たんす）の奥に仕舞いこんだまま、さっきまで忘れてたのさ。どうせ俄が済めば用無しだ。持ってってくれりゃあ清々するってもんさ」

「あの……ニワカってなんですか？」

蔦重との問答は中断するしかないと諦め、私は菊乃に聞いた。

「ああ……俄もわかんないのかい。毎年八月になると通りに屋台を建てて行われる、小芝居や踊りのことだよ。芸者や幇間も集まって、この一月間は、そりゃあ賑やかなもんさ」

「へぇ。観てみたいものですね」

私は慣れない着物と格闘しながら言った。

(えーっと。袷って、どっちが前だったっけ?)

「来年来りゃあいいじゃないか。俄を観るだけなら、お代はいらないよ。あんた、蔦重ンとこを逃げ出したとしても、江戸市中にゃいるんだろ?」

「おい。逃げ出したとしてもってのはなんだ? 聞き捨てならねえな」

蔦重が口を挟んだ。

「へん、しみったれのくせに」

菊乃が蔦重に向かってイーッと歯をむき出した。途端に私は息を呑んだ。菊乃の歯は、真っ黒だったのだ。

(これがお歯黒というものか……)

江戸時代までは、結婚すれば、女性は眉を剃って歯を黒くすると何かで読んだことがあるが、どうやら遊女もお歯黒をするらしい。

蔦重から何度も「お歯黒ドブ」の話を聞きながら、そのことに結びつかなかった私も鈍感なものだが、歯が黒いというのは、思わず目を背けたくなるほどグロテスクで、百年の恋も冷めそうだ。

人妻がお歯黒をするのは、他の男に盗られないための、浮気防止の枷（かせ）のようなものかと思っていたが、遊女が行うということは、そうした方が女の魅力がアップし、男受けがいい、ということなのか？

美意識というものは、時代によって変わるものだという認識はある。事実、私が生きてきた五十数年の間だけでも、女性の眉の太さや形が大きく変わった。下膨れや、眉を剃るのが美しい、というところまでは理解できないでもないが、お歯黒に関しては、全く良さが理解できない。世界中どこを探しても、そのような文化があるとは思えない。

「タケ、何をボーッとしてんだ？　早く着ちまいな」

待ち切れず、蔦重が立ち上がった。

「ちょっと待ってくださいよ。帯って、これでいいんですか？」

旅館に泊まった時にするように、腰のところで帯を蝶々結びしていると、

「おまっ……それじゃあおひきずりじゃねぇか。……ったく、着物もまともに着られねえのかよ」

ブツブツと文句をたれながら、蔦重がすっきりと着付けてくれた。

「頭もなんとかしねえとな。坊主じゃ目立ち過ぎるから……」

蔦重は懐から、白地の裾が紺色に染められた手拭いを取り出し、一方の端を私の耳の

上に当てると、ぐるりと頭を一周させ、頭上に回してもう一方の端を額に押し込んだ。

まるでスイミングキャップを被ったかのように、頭がすっぽりと手拭いで覆われた。

「よし、これでいいだろう」

蔦重はうなずいて菊乃の方を振り返った。

「ありがとよ」

私もぺこりと頭を下げた。自身が着てきたスーツ一式は、風呂敷に包んで持っていくことにした。

「フン、高くつくよ」

「承知。……借りとくぜ」

菊乃がにっと笑った。

「なら今度、わっちの絵姿でも売り出しとくれよ」

「そのうちな。……タケ、行くぞ」

私は蔦重に続いて廊下に出た。

「…………」

「ん？　タケ、どうした？」

蔦重が振り返った。私は、恥ずかしいことになっていた。今やあれほど賑やかだった宴席はお開きになり、その代わり……淫らな声があちこちから聞こえている。静まりかえった部屋もあるのだが、何組ものカップルの声が、一部屋から聞こえてくる場合もあった（いったい、中はどういう状態になっているのだろう？）。

身体が若返った分、反応も早い。私は風呂敷包みをヘソの下で抱え、前かがみになった。突如、

「あ〜〜〜、日本国（にっぽんこく）が寄るようだ……」

通りかかった部屋の中から女性の声が聞こえた。

「今の、どういう意味ですか？」

気まずさを追い払うようにして尋ねた。

「意味も何も、女が気をやる時の決まり文句じゃねえか。嘘っぱちに決まってるがな」

蔦重の目は、完全に私を小馬鹿にしていた。

《第二章》

蔦重に連れていかれたのは、吉原唯一の出入口である『大門』を出て右手側にある、こぢんまりとした一軒の店だった。

蔦重が板戸を叩き、

「おい！　俺だ！　いるんだろ？　開けてくれ！」

怒鳴ると、しばらくしてくぐり戸が開いた。

「旦那、また狂歌でございますか？」

浴衣に綿入れを羽織って出てきたのは、えらくセクシーな女性だった。美人というわけではない。微妙に目の大きさが違うし、八の字眉で、まぶたも腫れぼったい。鼻の形はきれいだが、口元にしまりがなく、だらしない印象を与える。けれど、ハスキーな声には艶があり、動作にしながあるせいか、ゾクリとくるものがある。

しかも、彼女は巨乳だった。浴衣の下はもちろんノーブラなので、胸の形が気になって、目のやり場に困った。

「ちょっと縁があってな、この男を雇うことにしたんだ。一晩泊まるぜ」

蔦重がスタスタと中に入っていき、私は慌てて後に続いた。彼女とすれ違いざま、

「タケと言います。お世話になります。……えーと、お名前は？」

尋ねると、

「りよ……」

白い歯を見せて、つぶやくように答えた。いかん、やっぱり色っぽい。やっと鎮まってくれたというのに……。

「歌麿の女房だよ」

蔦重が補足した。

（結婚してもお歯黒をしない女性もいるのか）

江戸中、お歯黒をした女性だらけだと思い込んでいたので、私は少しホッとした。

「おう、歌、描いてんな。あんまり根を詰めんじゃねえぞ」

店の奥は、二間続きの座敷になっていた。手前の部屋では、一人の男がうずくまって筆を動かしている。男を囲むように四本の燭台が立てられ、周囲には描き上がった絵が散乱していた。

（これが歌麿か――）

はやる心を抑え、早く歌麿が顔を上げやしないかと見つめていたが、彼はまさしく一心不乱の体で、返事をする気配すらない。

蔦重は蔦重で、歌麿の態度に気を悪くする様子もなく、散らばっている絵をひょいと一枚手に取ると、じっくり眺めた。

「生写しもいいが、おりよ一人じゃ中途半端だろう。ちょうど若いの一人連れてきたから、どうだ？　絡ませるか？」

歌麿が顔を上げた。意外だった。さきほど蔦重と菊乃が、歌麿の容姿に何か問題があるようなことを言ってはいたが、それでも私は歌麿のことを、本人の絵に出てくるような優男だと思い込んでいた。ところが実際の歌麿は、ずんぐりむっくりとした身体に、えらの張った大きな顔がのっていて、鷲鼻で吊り目の、陰気そうな顔をした男だった。肌の色は浅黒く、痘痕が目立つ。後世に残る美人画を描く男にはとても見えない。

（……いや、むしろこの男の容姿に対するコンプレックスが、あれほど美しい絵を描かせるのかも知れない）

などと偉そうに考えていると、歌麿は私の全身を舐めるように見て、「頼みます」と頭を下げた。

（え⁉）

ちょっと待て！　私は今、何を頼まれたんだ？　蔦重は歌麿になんと言った？

実物の歌麿に会えたことに気が昂って、ほとんど意識してはいなかったが、歌麿が描いているのは、二本の足を大胆に開いた、墨一色の女性の線画だった。隣の部屋には敷布団のみが敷いてあり、表面が凸凹と波打っている。

……ということは、だ。今の今までこの布団の上で、りよをモデルに歌麿がスケッチしていた……ということだ。

「おりよ」

歌麿が声をかけると、りよは平然と布団の上に身体を横たえた。

「タケ、歌麿が頼むって言ってんだから、早く行ってやれ」

蔦重が私の背中をバン！と叩いて押し出した。

「無理ですよそんな！」

私が引き返そうとすると、蔦重は私を阻むように一歩踏み出し、仁王立ちになった。

「無理って、どういうこった？」

「あなたがた正気ですか？　おりよさんってのは、歌麿さんの女房なのでしょう？　そのような方と私が……その……たとえフリだけとは言え……」

「本気で交合(まぐわ)ったっていいんだぜ」

「まさか！」

「まさかも何も、その方がいい絵が描けるんなら、そうした方がいいじゃねえか。……なあ、歌？」

「はい」

歌麿は表情一つ変えずにうなずいた。

「はいって……なんでそうなるんです？　あなたがたには貞操観念ってものがないんですか？」

「テイソウカンネン？　……ああ、操を守るってやつか。そンなもん、俺らにゃあ関係ねえな」

（嘘だろう⁉　江戸の町人って、フリーセックスなのか？）

驚きのあまり一歩下がると、蔦重はその分、足を進めてきた。

「おい、タケ。おめえにとって、俺は何だ？」

うろたえる私を追い詰めるかのように、蔦重が睨みを利かせた。

「……命の……恩人です」

「よくわかってんじゃねえか。……なら、てめえが何をすべきかわかるよな？　いつものようにやりゃあいいんだ」

「いつものようにって、そんな赤裸々な……。そうは言っても、私には考えられないことなんです。そりゃあ私の世界にも、ごくたまぁにそういう趣向の人はいますが、それはその、そうすることで興奮を求めるタイプの人だからであって、とても私にはそんな性的嗜好は……」

「なにをごちゃごちゃ言ってんだ？　駄目の理由づけなんざぁいらねえんだよ。ここに来るまで、みっともねえ歩き方をしてやがったのは、どこのどいつだ？」

私の頰がカァーッと赤くなった。

「それに何かってぇと、てめえの世界がどうのこうのと言ってるが〝郷に入れば郷に従え〟って言葉、そっちにゃあねえのかい？」

「あります。……ありますが。しかし……」

「しかしも案山子もねえ！　それともなにか？　俺の頼みが聞けねえってのか？」

出た、常套句。蔦重がさらに凄んだが、私が黙ってうなだれていると、

「あーあ、そうかい、わかったよ！　短けぇつきあいだったな。……来い！」

蔦重が私の片耳を引っ張り、戸口に向かった。

「てめえのような恩知らず、このまま番所に突き出してやるから覚悟しな！」

「わあぁあやめて！　いっ！　痛っ！　……わかりました！　やる！　やりますから許して！　お願い！　……します」

私は即座に降参した。蔦重は歩みを止めると、振り向きざまに耳ごと私を投げ捨てた。

（くぅーーーッ！）

耳がちぎれるかと思うほどの激痛に、涙をこらえた。

「ほんっとに！　情けねえ野郎だなぁてめえは。……ったく、先が思いやられるぜ。……おい、歌！　こいつ、好きに使っていいからな。俺はもう寝る。押し入れ借りる

ぜ」

吐き捨てるように言うと、蔦重は奥の間の押し入れを開けて上の段に上がり、内側から襖をピシャリと閉めた。

この後はまさに生き地獄だった。本番こそ勘弁してもらったものの、私は歌麿に命じられるままりよと絡み、さまざまなポーズを取らされた。りよがまた、AV女優並みによがり声を上げ、官能的な表情を作るものだから、私は相当な意志力で己を制しなければならなかった。

歌麿は容赦なく、何度もポーズを変えさせた。りよはまた、隙を見せれば私を撫でまわそうとするので、触れられてはたまらんと、りよの手首をつかみ止めておくのにも必死だった。

朝を迎え、解放された時には精も根も尽き果てて、私は泥のように眠った。

匂いにつられて目を覚ますと、私の枕元には箱膳（はこぜん）が置いてあり、膳にのせられた椀から、湯気が上がっているのが見えた。

「ちょうどお起こししようと思ったところでございますよ。昨夜はありがとう存じました。おかげさまでいい絵が描けそうです。さぞやお疲れになったことでございましょう」

　ニコニコと笑う歌麿は、昨夜、揺らめく光に照らされて、鬼気迫る形相で描き続けていた男と同一人物かと疑うほど、柔和な表情をしていた。

「すみません、寝過ごしてしまって。……あの、蔦重さんは？」

「朝方、帰られましたよ。夕方になったら迎えに来るから、あなたのことは寝かしておいてやれ、と」

「そうですか」

（なんだ、いいところもあるじゃないか）

　私は、寝惚け眼をこじ開けて起き上がった。

「今、何時……ではなくて、えーっと、何どき、でいいのかな……？」

「ちょうど、お天道様が真上に上がったところでございますよ。さあ、早く顔をお洗いなさいまし」

　歌麿は水の入った桶と手拭い、先っぽを房のように潰した木の棒を渡してくれた。

「この棒は何ですか？」

「房楊枝と申しまして、こうやって歯の垢を落とすのでございますよ」

　歌麿は自分の歯に房の方を当てるフリをして説明してくれた。つまり、江戸の歯ブラシというわけだ。

「さあ、冷めないうちにいただきましょう」

洗面を終えた私は居住まいを正し、膳の前に正座した。膳の上にはめざし一匹と沢庵二切れ、しじみの味噌汁と山盛りの白飯がのっていた。膳は漆塗り箱の形をしており、上の台の部分をひっくり返すと箱の蓋になる。一人分ずつ食べ終わった食器をこの箱の中に入れ、重ねてしまっておくのだ。

なぜ私がそんなことを知っているかと言うと、娘婿のジャンが大の日本通で、ジャンがまだ日本の支社に勤務していた時は、江戸東京博物館を始め、深川江戸資料館、江戸東京たてもの園などにも連れていったからで、私自身は江戸にそう興味があるわけではなかったが、日本語が話せても読めないジャンに解説するうち、覚えてしまっていたようだ。

ちなみに女房は女房で、私が会社から横流しした歌舞伎や能や文楽のチケットを、娘夫婦と活用していた。もしまだ娘夫妻が日本にいたなら、私は歌舞伎のチケットを、部下経由でクライアントに届けさせようなどとは思わず、不倫騒ぎが起きることもなかっただろう。日頃のツケが一気に回ってきた感じだ。

「あの……おりよさんは？」

「店番がありますので、交代でいただくことにしております。どうぞ、お気になさらぐは顔を合わせづらい。

少しほっとした。昨夜のことは思い出さないよう努めてはいるが、さすがに起きてすぐは顔を合わせづらい。

「はい、いただきます。……が、御飯が私には多いようです。残しては申し訳ないので、半分に減らしていただけませんか？」

この盛りようは、ゆうに茶碗三杯分くらいはありそうだ。その上、おかずがわずかにめざし一匹と沢庵二切れでは、あまりにバランスが悪くて食べにくい。江戸っ子はみんな、こんなに偏った食事をしているのだろうか？

「食べきれなければ、どうぞそのままお残しください。りよが後でいただきますから」

（……ほう。ほぼ初対面の男の食べ残しを、女房に食べさせても平気なのか？　まあ、ウイルスやバイ菌の概念がないとすれば、こういうものかも知れないが）

ともあれ、食事をいただくことにして、箸を取った。そういえば、昨日の夕方の桜なべ以降、何も口にしてはいない。いろいろなショックで忘れていたが、私は空腹のはずだ。……と気付いたとたん、腹が鳴った。

「さあ、どうぞ」

歌麿が笑いをこらえた。

まずは、しじみの味噌汁を一口すすった。

(旨い！　……なんという旨さだ！　丸々と太ったしじみに、よく熟成され、甘味のある味噌の味。環境汚染にさらされる前の東京では、こんなに旨いものが食えたのか……)

　不覚にも涙が出そうになり、急いで冷や飯をかき込むと、沢庵を一切れ口に入れた。

「あ」と歌麿が何か言いかけたが手遅れだった。沢庵が死ぬほどしょっぱかったのだ。

(塩のかたまりを舐めたって、こんなに塩辛くはないぞ！)

　頭の皮が縮むような強烈な刺激に怒りさえ覚えながら、今度はリアルに涙が出た。きっと何も知らない外国人が、梅干しを一口で食べてしまった衝撃に近いのだろう。

「沢庵を一口で、だなんて、あなた、そんな無茶な……」

　歌麿は呆れている。

(そうか、わかったぞ。江戸の人々は、少ないおかずでたくさん御飯が食べられるよう、こんなにしょっぱい沢庵を作ったに違いない。とすると……)

　私は、めざしの尻尾の方をそっとかじった。

(やっぱりだ。めざしもかなり塩がきいている。冷蔵庫がない時代なのだから、こうでもしないと保存がきかないのだろうが……)

　おかずを少しかじって白飯を頬張る。この配分バランスをつかむと、とてもおいしくいただくことができた。竈（かまど）で炊いた無農薬米の白飯は、精米も浅く、現代の日本の白米のようにもっちりはしていないが、米の味が濃厚で、噛めば噛むほど甘味が増してゆくのがわかった。塩むすびが旨いように、これだけ米が旨いと、塩味だけで十分だ。

（そうか。少ないおかずでたくさん御飯が食べられるようにではなく、米をたくさん食べたいから、おかずを塩辛くしたのかも知れない）

――あ。

蔦重の言っていたことが、少しだけわかった気がした。物事を反対側から見ると、違う解釈が生まれてくる。そういえば、『どうすれば人に騙されないで済むのか？』という問答も、答えを聞く前に菊乃が現れたために保留になったままだった。

気が付けば私は、半分も無理だと思っていた白飯三杯分を、きれいにたいらげていた。

「……すみません。あんまりおいしくて、全部いただいてしまいました」

「それは何より。おりよも喜ぶでしょう。……ささ」

歌麿は空いた茶碗に茶を注いでくれた。

「聞きましたよ。……記憶をなくされているそうですね」

「はい……」

「はじめは少し疑っておりましたが、あなたの食事の作法を拝見して、疑いが晴れました」

「そんなにおかしかったですか？　やっぱり、沢庵の一気食いが……？」

振り返ってみても、そのこと以外には不作法をした覚えはない。

「いいえ、これも」

歌麿は茶碗を指さした。

「飯は茶碗に少し残して茶漬けにし、沢庵のかけらで、茶碗にこびりついた飯粒を洗いながらいただくものでございますよ。そうすればほら、茶碗もきれいになって、一石二鳥……」

お茶で茶碗を洗う？　どこかで経験したような……？

思い出した！

三十年以上前のことだ。新卒採用の新人研修で、会社から禅寺に放り込まれた時に、そうやって三日間、食器を洗わずに過ごしたことがあった。

各人に与えられたのは、茶碗、汁椀、中皿、小皿がコンパクトに重ねられるようになっていて、小風呂敷で包んだ食器セットだった。それに名前を書き、普段は棚にしまっておく。食事時になるとそれらを広げて使い、食べ終われば、汚れの少ない食器から順に、お茶と沢庵で洗っていく。次の食器に洗った後のお茶を注ぎ入れ、洗っては注ぎを繰り返し、ついにはそのお茶を飲み干すのだ。最後は小風呂敷の内側で食器を拭き、出した時同様にまとめて棚にしまう。慣れないうちは、ドロドロになった茶を飲み干すことや、食器を流水で洗わないことに抵抗があったが、水を貴重な物と考えれば合点がいく。

江戸の町は、普通に井戸を掘っても海水が混じるため、玉川（たまがわ）などから水を引く「水道井戸」だと、文京区本郷（ぶんきょうくほんごう）にある、東京都水道歴史館で紹介していた。水道を引くのは百年がかりの大プロジェクトだった上、水道のない地域では、水売りからわざわざ水を買っていたのだそうだ。

江戸は究極のエコシティなどと言われているが、資源やエネルギー源を有限で貴重なものだと考えれば、エコにならざるを得ないのだとわかる。

（有限、か……。考えてみれば、物も、時間も有限だよな……）

物は取り戻すことができても、時間だけは取り戻せない。

歌麿は、使った食器を桶に溜めた水にさっと通すと、手拭いで丁寧にふき始めた。私も見よう見まねで自分の食器を洗い、箱膳の中に収めた。

「さて。私はりよと店番を代わりますが、タケさんはどうされますか？」

「私も店に出してください。いろいろなことを覚えたいのです。それと、書き損じで結構ですので、紙を一枚いただけないでしょうか？」

「反故（ほご）でよろしいのですか？　紙ならここにたくさんありますので、どうぞ」

歌麿は、新品の和紙の束を出してくれようとしたが、

「いえ、そんなもったいない。反故とやらで十分です」

辞退すると、にっこり笑って昨夜のスケッチの中の一枚をくれた。そこに描かれているのは、まさしく私とおりよの姿態で、しかも書き損じとはいえ、これは正真正銘、喜多川歌麿の真筆だ。もし現代に持ち帰ることができたなら、どれほどの価格がつくだろう？ だが私は、歌麿のスケッチにメモを取ることで、この世界でしっかりと生きていく決意をしようと思った。

歌麿が厠に立ったので、チャンスとばかりに着物の袂からボールペンを取り出し、

〝物事を逆から考える〟

昨夜蔦重に教えてもらったことを書いた。蔦重のこの言葉が、まだ腑に落ちているとは言い難いが、そうかもしれないと思える程度の説得力があったからだ。……とはいえ、絵から一番遠い紙の隅に、ボールペンで小さく書きこむあたりが、小心者で煮え切らない私の悪い癖なのだが——。

丁寧にそれをたたみ、ボールペンと一緒に袂にしまった。

（これでよし）

新人の頃の、早く社会に認められたいという意欲に燃えていた自分に戻って、気付いたことをなんでも書き留めておこう。この紙を真っ黒にして、現代に帰る。人にとって

は、ただのゴミにしかならないだろう。だが私にとってのこの一枚を、歌麿の肉筆画以上に価値のある一枚にするのだ。

私には、どうしても帰らなければならない理由があった。考えると腹立たしくなるので極力考えないようにしていたが、私はまだ、画像や動画でしか孫の顔を見ていない。

家をほったらかしにして孫を抱き放題の妻に対しては憎しみさえ覚えるが、私は一人娘の亜里沙を愛している。娘婿のジャンの日本での勤務が終わり、パリの本社に戻ることになったからと移住の報告を受けた時は、いずれそうなるとはわかっていたものの、深夜こっそり男泣きに泣いたものだ。

娘に会いたい。愛する娘が産んだ孫に会いたい……！　このまま会えずに一生を終えるなんて、死んでも嫌だ‼

私はおそらく、罰が当たってこの時代に落とされたのだろうから、お稲荷さんの怒りを解かないことには、元の世界に戻ることなどできないだろう。どうやったら怒りが解けるのか、答えは見えないが、せめて心を入れ替えて真面目に生きているところを見せて、自分の人生をやり直してみよう。

あの、つかみどころのない蔦屋重三郎――。善なのか、悪なのか、冷酷なのか、優しいのか……？　まだ何も判断できる状態ではないが、人を惹き付ける魅力を持った男なのは確かなことだ。

二十も年下の男に〝命の恩人〟を振りかざされて、傍若無人にふるまわれるのは腹立たしい限りだが、蔦重に助けられたのは偶然ではなく、お釈迦様の〝蜘蛛の糸〟のようなもので、お稲荷さんが私に与えてくれた、わずかな慈悲なのかもしれない。少なくとも、あの歌麿を見出したのが蔦重なのだとしたら、それだけでもたいしたものだ。

(私が知らないだけで、実は大人物なのか?)

「では、店に出ましょうか」

歌麿が厠から戻ってきて声をかけた。私は歌麿の後に続き、店に通じる暖簾をくぐった。

大通りに面して、表を開け放した店内は、真昼の日差しで明るかった。りよは旅姿の男二人に、和紙を綴じて作った薄い本を薦めている。男たちは目を輝かせてりよの説明を聞いていたが、やがて二人はうなずき合うと、金を払って立ち去った。周囲にも、同じ本がたくさん積んであった。

「どうぞ」

私の興味の所在に気付いて、歌麿が本を一冊持ってきてくれた。

「これは『吉原細見』といって、廓の地図や、見世ごとにいる遊女の名前を、位をつけて紹介した本でございます。他にも芸者や茶屋、船宿の名前、遊女を揚げた時の代金、ます」

（つまりは吉原のガイドブックというわけか……）

そんなものがあることに感心しながら、私は、ほぼ四六判サイズ（横127ミリ×縦188ミリ）の本の真ん中を持ち、パラパラとめくってみた。すると、「ああっ」と声を上げ、歌麿が本を取り上げた。

「そのように本をぞんざいに扱われてはいけません！　本はこれ、このように下の端をつまんでそっとめくるものですよ」

歌麿はページのめくり方を実演してくれた。

「こうすれば長持ちして、多くの方々に読んでいただくことができます」

「なるほど」

「ここで役立てた後はみなさん国に持ち帰り、江戸土産にされているのでございます」

再び歌麿が渡してくれた本を丁寧にめくっていくと、門の絵が描かれているページに当たった。私にも読める楷書文字で、大きく『大門口』と書かれている。門の上下には塀があり、左右に道が通っていて、細長く区切られた四角の中に文字がたくさん並んでいた。

どうやらこれが吉原の地図らしい。

「ほら、この右下に『細見板元本屋　蔦屋重三郎』と書いてあるのがわかりますか？　これがこの店でございますよ。前のくねった道が衣紋坂で、右に向かえば日本堤、この木が見返り柳。左手の大門口を入ってすぐが待合の辻、通りに面して茶屋が並んでおり、茶屋の裏が廓になります」

地図を指さしながら、歌麿が丁寧に教えてくれた。

さらに紙をめくると、富士山のようなマークの下に、名前らしきものがズラリと並んだページが出てきた。

「こちらが見世ごとの遊女の一覧でございます。右下にあるのが楼主の名前で、右上の入山形に二ツ星がついているのが、見世で一番の売れっ妓の、松の位の花魁ということになります。左下にいくほど位が下がり、印がつかなくなります」

「おう、二十頼むよ」

なるほど、とうなずきながら説明を聞いていると、手拭いを被り、着物の裾を帯にはさんで、黒い股引のようなものを穿いた男が店に入ってきた。帳場にいたりよが応対しようとするのを歌麿が止め、

「私が代わるから、おまえは休んできなさい」

声をかけて立ち上がった。

「二十冊でございますね。毎度ありがとうございます」

私はといえば、りよとは恥ずかしくて目を合わせられず、すれ違いざまに消え入りそうな声で「昨日はどうも……」と声をかけた。クスッと、りよの笑う声が聞こえた。

間もなく、細見を包んだ風呂敷を背負い、男が出ていった。

「今のは細見売りでございますよ。この店は卸売りもしておりますので……」

歌麿は言いつつ帳場に座り、『大福帳』と大きく書かれた紙の束を広げた。時代劇でよく見かける、この時代の帳簿だ。現金でのやり取りではなく、ツケておくらしい。

そう言えば先日、クライアントのひとつである量販店の社長から、三越百貨店の前身である呉服商の三井越後屋が、江戸で初めて（世界でも初めてだったらしい）『現銀掛け値なし』という、つまりツケも値引きもしない正札販売の店を開き、大繁盛させたという話を聞いた。身分も貧富の差も関係なく、誰でも平等に商品が買えるというので、客――特に庶民が安心して買い物ができるようになったという。

現在では当たり前のことかもしれないが、ツケ払いからの脱却は、画期的な商業改革だったようだ。

〝相手の側に立って考える〟というのはマーケティングの基本だが、これも蔦重が言った〝物事を逆から考える〟に通じることのように思う。

「蔦重が本屋を始めたのは、今から十三年前になります。当時はここから大門寄りの四軒先にある、蔦屋次郎兵衛の店先で、貸本業を主体にした『薜羅館』という店を開いたのだそうでございます。その二年後に、版元の鱗形屋さんから、細見作りのお手伝いをするよう頼まれ、翌年には自ら細見作りを始め、八年前に独立して版元となり、この場所に『耕書堂』を開きました。その後は細見の株を買い占めましたので、今や吉原細見といえば、春と秋に出るこの一種類があるのみでございます」

「株って何ですか？」

「おやおや、本当に何もご存じないのですね。株というのはその商売を始めるための、許可をいただくことでございます」

「ああ、相撲で言う、〝年寄株〟のようなものですね」

「年寄株？」

「いえ、こちらの話です。それよりも他の版元が、よく株を手放したものですね」

株とはつまり、権利と受け止めればいいのだろう。売れることが確実なガイドブックを作る権利なんて、持っていれば一生安泰だろうに。

「版元というのは、なろうと思ってすぐになれるものなのですか？」

続けて尋ねた。

「いいえ。版元になるには、版元連中と奉行所の許可を取らねばなりません。その頃のことは、よく存じ上げないのでございますが、容易ではなかったと思われます。吉原は、お上が許可した公娼の色街とはいえ、悪所と呼ばれ、蔑まれる場所でございます。吉原で生まれた蔦重は、とても出がいいとは申せず、いかなる離れ業を使われたものやら……」

「吉原の生まれですって？」

意外な言葉に、私は思わず聞き返した。

「あの、つかぬことを伺いますが、吉原の貸本屋が、日本橋に本店を持つというのは、もしかしてものすごい立身出世なのでは……？」

「その通りでございますよ」

歌麿は柔和な笑みを浮かべて答えた。

驚いた。まるで映画になりそうなサクセスストーリーではないか。ハリウッド映画にたとえるなら、スラム街で生まれた子供が、五番街かウオール街に本店を構えるようなものだ。

「ともあれ、蔦重が関わるようになってから、細見の売り上げが何倍にもなったそうでございます」

「すごいじゃないですか。いったいどうやって？」

「蔦重はまず、古くて間違いだらけだった細見の内容を正しました。ここには二千人近くの遊女がおりますから、人の出入りが激しゅうございます。また当時は、紀文や奈良茂といったお大尽もすでに亡くなり、厳しい倹約令のさなか、吉原全体に勢いがなく、見世がどんどん潰れていたのでございます」

「あの、キブンやナラモってどういう方たちですか？」

「これは失礼致しました。紀文は紀伊国屋文左衛門、奈良茂は奈良屋茂左衛門という、材木商を主にした大商人たちで、互いに張り合い、吉原で豪遊の限りを尽くしておりました」

「紀伊国屋文左衛門と言うと、あのみかん船の？」

歌麿は不思議そうな顔をして私を見た。

「ところどころの記憶はおありなのですね」

「ええ。紀州から江戸に、船でみかんを運んで大儲けした、ということしか覚えておりませんが……」

「そうでございますか。まあ、数々の伝説を残された方々ではありますが……その頃のことを、お知りになりたいですか？」

「いえ、話の腰を折ってすみませんでした。細見の話をお願いします」

「承知しました。……そのような間違いだらけの細見でございましたから、地方から来たばかりの人々はともかく、江戸の人間で、細見をあてにする者はおりませんでした。次第に悪い評判が勝り、馴染みの客が、細見を買おうとする初見の客を止めるまでになりました」

「それはまずいですね」

「はい。鱗形屋さんもこのままではいけない、と焦られたのでしょう。細見の改め方を、吉原のことを熟知している蔦重に依頼しました。これが十一年前のことでございます」

つまり蔦重は、貸本屋を営みながら、吉原のガイドブックの雇われ編集長になったというわけだ。

「細見の信用を取り戻すべく、蔦重は一軒一軒見世を回って、中味を真新しいものに書き換えたそうでございます。蔦重にとって吉原は庭のようなものでございますから、どの見世も細見が正せるのならと、喜んで力を貸してくださったようで。以降は見世の方から、人の出入りを進んで申し出てくれるようになったとか」

私は大きくうなずいた。

「次に、上下二段を使って書くことで細見の丁数(ちょうすう)をおよそ半分にし、浮いた紙の仕入れ代や手間賃を使って、美しい絵柄のついた、細見を入れる外袋を作りました。すると、最初は細見を馬鹿にしていた江戸っ子たちも、中身ではなく、袋欲しさに細見を買うようになったのでございます」

一息つくと、歌麿は茶を淹れてくれた。

なるほど。細見入れという付録を付けることで、蔦重は細見の付加価値を高めたのだ。そういえば現代でも、書店の売り場の一番目立つ場所に置いてあるのは、有名ブランドとコラボしたポーチなど、〝特別付録〟付きのファッション誌だ。もはやどちらが主役かわからないほどクオリティが高い。

私は、茶をすすって口を開いた。

「……で、人々が袋につられて細見を買ってみると、正しい情報が詰まった、使える本になっていたというわけですね」

「工夫はそれだけではありません。蔦重は細見の序文を、その頃〝時の人〟であった、平賀源内に書かせたのです」

「エレキテルの⁉」

私の脳裏に、斜に構えて煙管（キセル）を傾ける、有名な肖像画が浮かんだ。

「はい。発明家であり、学者であり、医者であり、絵や俳句もたしなむ多才なお方で、特に浄瑠璃の作者として人気が高うございました。けれど衆道（しゅうどう）を礼賛（らいさん）した本も書かれるほど、男色（なんしょく）趣味で有名な方でしたので、本来なら女色（にょしょく）の吉原とは無縁のはず。その平賀源内が、浄瑠璃を書く時の『福内鬼外（ふくうちきがい）』の筆名を使って、吉原を後押しする理由がありません。廃（すた）れかけた吉原の楼主たちが金を積むとも思えず……」

「今はもう、平賀源内とはつながりはないのですか？」

つきあいがあるなら是非会ってみたいものだと意気込んで尋ねたが、歌麿は沈痛な面持ちで首を横に振った。

「六年前、酔った勢いで人を殺めて投獄され、そのまま獄死されました。私が蔦屋に入ったのは、その二年後のことでございます」

「獄死、ですか……」

そんな悲惨な最期を遂げていたとは知らなかったが、亡くなったのでは仕方がない。源内を口説いた経緯は、いずれ蔦重本人に聞いてみよう。

「ともあれ、あの源内が細見の序文を書いたということが、大きな話題になりました。あなたも、蔦重の店に住み込みで入るとなればすぐにわかることでしょうが、あれほど人様に可愛がられ、人の縁を生かし、時代を読むに長けた方を、私は存じ上げません」

「……」

私は心底感心していた。『この世は知恵比べ。より深く考えた方が勝ち』と、昨夜蔦重は言っていたが、十年前の蔦重は、どれほど考えて、そんな離れ業をやってのけたのだろう。多少……いや、かなり横暴で暴力的で恩着せがましいところもあるが、たいした男だ。

（細見の話だけでも、メモすることがたくさんあるな……）

歌麿の前で、ボールペンを使うわけにはいかない。後でこっそりメモしようと、頭を整理した。

「次に蔦重は、自身が版元となり、初めての出版物を手掛けたのでございます」

「細見づくりで、出版業に目覚めたというわけですね」

「それもあったでしょうが、蔦重にはこの吉原に、以前の栄華を取り戻させる、という大きな目的がございました。それが吉原に生まれ育った自分の使命だと。……細見の成功により、出版の力でそれが成し得ると、確証を得たのでございましょう」

戸棚の奥から、歌麿は大切にしまわれていた一冊の本を出してきて、私に見せてくれた。

「この本は『一目千本』と申しまして、当時、通人の嗜みとして流行していた、挿花の絵手本帖の体裁で作られております」

「これが、蔦重の最初の本ですか……？」

あまりに意外で、私は間の抜けた声を出した。木蓮や菊や山葵の花などが、様々な形の花入れに生けられた、なんだか格調の高そうな本だ。これがなぜ、吉原の復興に関係があるのだろう？

「まあ最後までお聞きくださいませ。この花の絵を描いたのは、当代一の売れっ子の絵師の北尾重政で、よくもまあ、注文ひっきりなしの重政が、並みいる版元を差し置いて、新参者の若造の依頼を引き受けたものだと……」

「また人脈術か……」

言葉が思わず口をついて出た。

「何かおっしゃいましたか？」

「いえ、独り言です。すみません、最後まで聞きます」

「この本には別の意味がございまして、これこのように、それぞれの挿花の絵の横に、見世と花魁の名が入ってございます」

なるほどよく見れば、絵の横に『玉や　志津山』などと書かれている。

「ここに書いてあるのは、花魁の名前だったのですか……」

「さようでございます。こうすることで、それぞれの花魁の印象を表したのでございますよ。当時の蔦重に本を出す資金などありません。そこで蔦重は、主だった妓楼から出資金を集め、妓楼が贔屓筋へ配る、贈答品を作ったというわけでございます」

「なるほど」

「やがて、この本を持っていることが通人の証、と言われるほど評判が高まったため、『一目千本』に載っているかいないかで花魁が格付けされるようになりました。出資金を出し渋った妓楼の花魁は、どんなに売れっ妓であろうとこの本には名前が載りませんん。蔦重の誘いに乗らなかった妓楼はみな地団太を踏んだそうですが、後の祭りでございます」

うーん、と私はうなった。蔦重は一冊の本によってステータスを作り上げ、花魁のランキングさえ入れ替えたのだ。『ペンは剣よりも強し』とはよく言ったものだ。

「また、『一目千本』で蔦重は、それまでの本にはない試みを行っております」

「それはいったい……？」

歌麿は、本の後ろのページを開いてくれた。

「このように、蔦屋で扱っている他の本の案内を載せたのでございますよ。今ではどこの版元も、当たり前に行っておりますが……」

「蔦重が最初に始めた、と……」

もしかしたら、世界でも初めての試みなのではないだろうか？

「また、吉原名物の菓子など、引札（ひきふだ）で出すような内容を本に載せたのも、蔦屋が初めてだったかと……」

つまり、資金がなかった蔦重は、スポンサーを集めて本を作ったというわけか。現在ではスポンサーなくして雑誌は作れない状況だが、それを最初に思いついたのが蔦重だったとは……。

「なお、『一目千本』は三年後、版木から遊女の名を削り取り、『手毎（てごと）の清水（しみず）』と題目を変え、正式に挿花の手本帖として発布されました」

「さすが……」

つぶやいたきり、二の句が継げなかった。あまりにもぬかりない……というか、ウルトラC連発の、鮮やかな手口ではないか。何らかのきっかけで、出版物が歳月を経て再版されたという話はよく聞くが、遊女の評判記だった配り物を、華道書として販売するとは。

「『一目千本』の成功により、今度は……」

「まだあるのですか？」

歌麿はふっと息を吐いた。

「あなた自身がおっしゃったではありませんか。吉原の貸本屋から、日本橋に地本問屋を構えるということは、よほどの出世ではないか、と。もちろん、そこまでになるにはまだまだ逸話がございますよ。蔦重は店を大きくしただけでなく、当初の目算(もくさん)通り、吉原を文化発祥の魁(さきがけ)の地とし、廃れかけていたこの町を復活させたのですから」

歌麿の話はどんどん熱を帯びていった。たぶんいろいろな恩もあるのだろうが、心底蔦重を尊敬しているらしい。

歌麿の言葉に誇張がないとしたら、蔦重は立派な時代の先駆者だ。蔦重がいなければ、現代の吉原ソープ街もなかったかもしれない。

……待てよ。ソープ街がないってことは、私が〝時間流し〟の刑にも遭ってなかったということで……いや、やめよう。悪いのは私だ。

「勇さん、タケさんを案内してあげたら？」

りよが昼食を終えたらしく、店に戻ってきた。

「ああ、そうだな」

「ユウさん？」

私が尋ねると、

「私の本名でございますよ。勇助と申します」

歌麿が答えた。

「日のあるうちに、吉原をご案内致しましょう」

「ありがとうございます。実は、行ってみたいところがあるのですが……」

「うわっ……」

表に出てまず感動したのが、真っ青な空に、富士山がくっきりと見えていることだった。高層ビルがなく、空気が澄んでいると、景色はこうも違うのだ。昨夜は空を見上げる余裕などなかったが、きっと夜空にはプラネタリウム級の星空が広がっていたことだろう。

また板塀に囲まれた吉原の周りは、見渡す限り田んぼが広がっている。日中は肥溜め(こえだ)

の臭いや、不要な藁を焼く香り、煮炊き物の匂いなどが混じり合い、ストレートに鼻腔に入ってくる。私は素朴で安全な空気を、腹一杯吸い込んだ。

「参りましょうか」

坊主の女犯は禁じられているので、ハゲ頭のままではまずい、と私は頭巾を被らされていた。

歌麿は、五十間道を左に歩き出した。大門の手前には、番所が設けられていた。時代劇で観たことがある。吉原担当の同心が一人と、他に当番が何人か詰めていて、人の出入り……特に女郎の足抜けを厳しくチェックしている場所だ。蔦重に助けられた時、何度も「突き出すぞ！」と脅された番所はここだったのだ。

（あれ？　確かここって、現代では交番になってたよな）

江戸時代の番所が、そのまま現代の交番になっているとは心が躍る。さらにこの、高さ四メートル×幅八メートルはありそうな大門をくぐれば、昭和生まれの男なら皆憧れる花魁に会えるのだ。

（おおっ、広い！）

さすがに昼間は静かで、人影もさほど多くはないが、まっすぐ奥まで続く大通りと、線対称に左右に伸びる道は迫力があった。太秦映画村や日光江戸村といったテーマパークと違って、こっちは本物なのだ。

「こちらでよろしいですか？」

歌麿が連れてきてくれたのは、大門から奥に進んですぐ、京町二丁目という通りの、右奥にある九郎助稲荷だった。鳥居には『蒼稲魂』と書かれた額がかけられている。

「あれは俳諧師、宝井其角の書でございますよ」

「俳諧師って、俳句を職業にする人ですよね」

「ええ。……ここは縁結びの神様ですが、こちらで良かったのでございますか？」

「はい。吉原にはあと幾つ、稲荷神社があるのですか？」

「あと四つでございますよ。九郎助稲荷は南の守り神で、大通りを挟んで反対側の奥にあるのが西の開運稲荷、ここからドブ沿いに真っ直ぐ行ったつきあたりが東の明石稲荷、そして対面にあるのが北の榎本稲荷、大門を出て日本堤に向かい、高札場の手前にあるのが、最も由緒ある玄徳稲荷です」

「はあ……。申し訳ありませんが、それ全部、案内していただいてもよろしいですか？」

私は懇願した。吉原の隅々を回るのだから、結構な距離になるとは思うが、自分がどのお稲荷さんを怒らせてしまったのかわからないのだから仕方がない。とにかく、稲荷神社を全部回って、まずは詫びを入れよう。

「それしきのことで、遠慮などなさらないでくださいまし。なぁに、半刻もかかりませんよ」

　半刻というのがどれほどのものかと思ったら、一時間近くはかかっただろうか。五か所の稲荷神社を回り終え、蔦屋に戻った時には、私はかなりへばっていた。目に入るものの全てや風の匂いさえも新鮮で、テンションが上がり過ぎたせいもある。

　吉原のメインストリートに当たる仲の町は思いのほか広く、人が多いのに驚いた。真っ昼間っから武士だの職人だの商人だのがぞろぞろと歩いており、それも観光や冷やかしばかりではなく、朱塗りの格子の向こうでは、遊女がきちんと正装して座っていて（小柄で肩幅がないせいもあるだろうが、みんなとても幼く見えた）、客が堂々と見世に入っていく。

　やはり江戸の貞操観念はイカれている。真っ昼間から遊廓通いなど恥ずかしくはないのだろうか？

　いやしかし、蔦重が教えたように、逆から考えれば我々の方がおかしいということになる。幕府も認める合意の上の性の売買がなぜ悪いのかと問われれば、きちんと答えられる自信がない。もし我々が江戸人のおおらかさを持ち合わせていれば、少子化問題も少し違ったのかもしれない。……などと考えていると、

「見世に登楼られるのなら話をつけますが……。その代わり、描かせてくださいまし

ね」

と歌麿が目を光らせる一幕もあり、肝が冷えた。

かと思えば、お歯黒ドブ沿いにある長屋見世は悪臭もはなはだしく、一間区切りの部屋に住み、客も取る、病に冒された女郎をたくさん見た。彼女たちは一切幾ら（ひときり）という、砂時計ならぬ線香が燃えるまでの時間を切り売りするのだそうだ。女性たちがあっけらかんとしているところは救いだが、病んだまま塀の外に一歩も出られない状況を思えばいたたまれず、心が疲弊（ひへい）した。

店に戻り、蔦重が迎えに来るまでにはまだ時間があるというので、りよの提案で銭湯に連れていってもらうことにした。江戸では、『湯屋（ゆうや）』と呼ぶらしい。

歌麿は、「廓の内風呂を使えば遊女たちと一緒に入れますが……」と勧めたが、とんでもないと断った。いっぱしに色欲はあれど、私は小心者なのだ。

湯屋は、番台で入浴料を払うのは銭湯と同じだが、歌麿は月払いで入り放題になるという木札を持っていた。

私が全く湯屋の作法を知らないので、歌麿は、記憶喪失がそこまでひどいのかと気の毒がってくれた。罪悪感が残るが致し方なし。

脱衣所では、風呂敷を床に敷いて（風呂で敷くから〝風呂敷〟というのだと初めて知った）その上で着物を脱ぎ、脱いだものをいろは四十八文字が書かれた棚に置く。鍵などないので、この時に自分の棚を記憶しておかなければならない。洗い場は水はけが良いよう、床板がV字形に傾斜しており、底辺に当たる部分には隠し溝が通されていた。

歌麿が桶を持って、三助がいる溜め湯の前に並ぶのに従い、私も桶に湯を入れてもらった。湯船に入る前にここで身体を洗うのだそうだ。

銭湯と大きく違うのはここからで、板張りの壁の奥に湯船があった。それも、入り口はなぜか鳥居を埋め込んだようなデザインの門になっており、場違いに豪華な牡丹（ぼたん）と獅子の浮かし彫りがほどこされ、鮮やかな色が塗られている。……が、屈（かが）んで入らなければいけないほど門が低い。

「なんですか、この門は？」

「これは〝石榴口（ざくろぐち）〟と申しまして、熱気が逃げて湯が冷めないように、入り口を低く作ってあるのでございますよ」

「ザクログチ？　不思議な名前ですね」

「ああ、洒落（しゃれ）でございますよ。鏡を磨くのに石榴の汁を使いますでしょう？　そこで、屈み入（い）るのと、鏡に要る、をかけたのでございます」

「使いますでしょう?」と言われても、そんなことすら知るわけはないが、なんとまあ、ひねったネーミングであることよ。

歌麿に続いて石榴口をくぐると、湯殿には小さな窓が一つあるだけで、かなり暗かった。湯気が充満していることも手伝って、どこに人が入っているのかもわからない。

「冷え者でござーい」

歌麿が声をかけ、人がよけた隙間に入ったので、遅れてはならじ、とすぐさま後に続いた。

久しぶりの湯船は嬉しかったが、なんだか底がザラザラしている。相当土や砂が溜まっている感じだ。この分では、もはや湯は濁りきっているのかもしれない。

だんだんと暗さに目が慣れてきて、隣の人の輪郭が見えたとたん、心臓が跳ね上がった。洗い場までは別々なのに、なんと、湯船は混浴だったのだ。私の隣には若い女性が入っていて、その前後を年配の女性たちがサンドイッチ状態でガードしている。

まあ、この暗さでは見えていないも同然かと思いながら鼓動を抑えていると、何やら前方にいる中年女性の動きがおかしいのに気付いた。女性のやや斜め後ろには、男がピッタリと張りついている。

(これはまさか……)

間違いないぞ、この気配。女性は痴漢に遭っている。私は振り返って歌麿の肩をつついたが、歌麿は静かに首を横に振り、顎で中年女性の方を示した。

再び振り向くと、女性は痴漢を嫌がっている様子がなく、むしろこの状況を楽しんでいるようだった。合意の上、というわけだ。

（全くもう！　ここまでなんでもアリなのか、江戸よ）

女性の息遣いがだんだん荒くなってきた。

（………！）

マズい。これは相当にマズい。それでなくても頭に血がのぼっているというのに、これでは湯船を出られない。

「タケさん、そろそろ上がりませんか？」

歌麿が聞いた。

「いや、私はもう少し……」

「では、先に出ておりますので、出る時は声をかけてくださいまし」

「はい……」

なんとか冷静にならねばと、私は稲荷詣での道すがら、歌麿に聞いた蔦重の功績の数々を思い返していた。後でメモに記さねばならない。

『一目千本』を成功させた蔦重は翌年、妓楼からの求めに応じて、『急戯花之名寄（にわかはなのなよせ）』という、花魁の紋入りの提灯が描かれた贈答用の本を作り、その後、豪華の極みとも言える『青楼美人合姿鏡（せいろうびじんあわせすがたかがみ）』という大判の本を出版したのだそうだ。

これは生け花や提灯にたとえたのではなく、遊女たちそのものが描かれた本で、花魁道中や宴席、部屋でくつろぐ様子などが描かれていた。絵は北尾重政に加え、彼と人気を二分していた、勝川春章（かつかわしゅんしょう）という二人の絵師に描かせたらしい。表紙は布張りで金粉を散らし、序文を蔦重自身が書き、巻末には遊女の俳句が掲載されるなど、明らかに妓楼をスポンサーにした本である。

そういえばバブル時代、各企業が配布用に、競って豪華なカレンダーを制作していたことを思い出した。凝った用紙を使い、インクも基本の四色に加え、金、銀、マット、特色、ホットスタンプなど使い放題。レリーフのように型押しされたものや切り抜かれたもの、『飛び出す絵本タイプのものもあり、毎年全国カレンダー展に行くのが楽しみだった。私が担当した中にも、「どうしてもあのカレンダーが欲しいから売ってくれ」というように、見知らぬお客様からご連絡をいただくこともあった。

蔦重は、そういったプレミアムの価値を、十二分に計算していたようだ。企画を立ててスポンサーを付け、持てる力を発揮して、期待以上の結果を出す。

誰に教えられたわけでもなく、なぜここまでできるんだ？　これが、考え抜くということなのか……。

……あれ？

なんだか頭がボーッとしてきたぞ。いかん、そろそろ出ないと。

私は湯船から出ようと立ち上がった。その途端、目の前が真っ暗になった。

「キャーッ！」

「うおぅ！」

遠くでたくさんの悲鳴が聞こえた。

《第三章》

「おい！　タケ！　しっかりしろ！」

（……ん……）

ピシャピシャと頬を叩かれ、私はうっすらと目を開けた。

うわ……またこの顔だ。彫りの深い三白眼……ああ、蔦重だ。私はお歯黒ドブで溺れて……あれ？　またここからやり直しなのか？

「おっ、目ぇ開けたぞ。タケ！　俺がわかるか？」

さらに頬を叩かれ、

「わかりますよ、蔦重さんでしょう」

私は腕で顔をかばいながら起き上がった。

「う……」

ズキンッと鋭い頭痛に襲われ、頭を押さえてうずくまると、

「この大馬鹿野郎！」

蔦重は容赦なく、私の後頭部をはたいた。

「何するんですか⁉」

「何するもクソもねえ！　どれだけの騒ぎになったと思ってんだ？　人様に迷惑かけやがって！」

「……そうでした……」

改めて周囲を見回すと、男たちが輪になって、私と蔦重を取り囲んでいた。私はまたもや真っ裸で、腰には手拭いがかけられていた。起き上がった拍子にずり落ちたが、額と足首とを濡れ手拭いで冷やしてくれていたようだ。

蔦重の隣に控えていた歌麿が、私に白湯(さゆ)を渡してくれた。

「どうぞ。ゆっくりお飲みくださいませ」

「ありがとうございます」

「申し開きもございません。記憶をなくして湯屋に不慣れなタケさんを置いて、先に出るべきではありませんでした」

歌麿は深々と頭を下げた。

「やめてください。……悪いのは私です」

「そうだタケ。おめえが悪い。ガキじゃあるまいに、なんでまたのぼせるまで湯に入ってやがった？　そんなに風呂が嬉しかったのか？」

実年齢では二十も年下の蔦重に、頭ごなしに叱られている自分が情けない。

「いろいろと、その……考え事をしていて……」

「考え事だぁ？」

「はい……」

まさか、『痴漢に遭って悶える熟女に欲情して出られませんでした』などと本当のことは言えない。私は姿勢を正して両手をついた。

「みなさん、お騒がせして申し訳ございませんでした！」

男たちは「良かったな」「気ぃつけろよ」といった声をかけてくれながら、三々五々に散っていった。

「あの……ここはどこですか？」

湯船で倒れたはずなのに、ここは洗い場でも脱衣所でもない。湯屋には他に部屋などなさそうに見えたが、私がいる部屋は畳敷きで、壁には何やら商品広告らしきものや、芝居の演目が書かれた紙が貼られていた。奥の棚は荷物置き場になっていて、風呂敷包みがいくつも並んでいる。私たちの周りでは、風呂上がりらしき男たちが、煙管片手に囲碁を打ったり、本を読んだり、菓子を食べたりしてくつろいでいた。

「ここは湯屋の二階だ。野郎側の脱衣場にだけ階段がついていて、こういった部屋があるんだ」

「どうして男の方にだけ……？」

「あっちにンなもんあってみろ。誰も家に帰らねえぞ」

なるほど。女性がおしゃべり好きなのは、いつの時代も同じらしい。

「あれは何ですか？」

ふと気になって、私は床にはめられた格子状（こうしじょう）の窓を指さした。

「なぜ、床に窓があるんです？」

「まあ見てなって」

ちょうど一人の男がやってきて、格子窓に向かって屈みこむところだった。

「おっかあ！　ガキがグズるんでそろそろ帰るぞ！」

「あいよ！」

下から女性の声が返ってきた。

「まさか！」

私は這うようにして窓に近づき、下を覗いた。

「!!!」

驚くべきことに、窓の下は洗い場だった。女たちが無防備に、身体や髪を洗っている。声を掛け合うためとはいえ、二階から女性の裸が覗き放題だなんて、今の時代では考えられない。そもそも混浴なぐらいだから、江戸の女性はヌードを見られることに抵抗はないのだろうし、男性は男性で、女性のヌードを見たぐらいでムラムラとくることもないのだろう。羞恥心のないところに、エロスは生まれないのかもしれない。

（早くこの状況に慣れなければ。このままでは私一人が助平扱いだ）

「そんなにここが珍しいか？」

背後から蔦重の声が聞こえ、私は振り返った。

「二階に上がるにゃあ入浴料とは別に銭がかかるが、世間の流行り廃りや、噂話が拾えて便利なもんだぜ」

「男たちの社交場というわけですね」

「商売柄、世間の評判は常に耳に入れておきたいんでな。俺は出かける先々で、できるだけいろんな町の湯屋に行くようにしている」

蔦重がドヤ顔で言った。情報収集を怠らないのはさすがだが、この男が言うと、逐一ムッとくる。

「そんなことよりタケ。今から接待だ。おめえ、何の芸ができる？」

「は？」

「芸だよ、芸」

ここで蔦重は声をひそめ、

「二百年以上も先の世界から来てんだから、何か俺たちにできねえ凄い芸の一つや二つ、あるだろう？」

私だけに聞こえるように耳打ちした。

「そんなこと急に言われても……」

「何言ってんだ、おめえが昨日急に現れたんじゃねえか。宴席が終わるまで、適当にそこいらでも見物してろって言うつもりだったんだが、こんなんじゃ危なっかしくて野放しにできねえ。連れていってやるから、こう、座がパーッと盛り上がるような派手な芸、ねえか？」

「宴会芸ねぇ……」

私はうーん、と考えこんだ。カラオケは得意な方だが、この時代の人が知っている歌など一つも知らないし、ギターなら少しかじったことはあるが、三味線なんてとても弾けない。

「奇術とか手妻とか、ビックリするモンがいいな」

「テヅマって？」

「手妻ってのは、何もないところから毬が出たり、水が出たり……」

「ああ、手品のことですね」

これまでは、手品や手相見で女性の気を引く男のチャラさを馬鹿にしていた私だが、こんなことなら一個ぐらい覚えておけばよかった。考えてみれば、ワンタッチで火や明かりがついたり、冷蔵庫で氷が作れたりすることは、この時代の人にとっては奇術なのだろうが、文明の利器に頼らなければ何一つできないというのは情けない。せめてマッチの一箱でもあれば……。

「何にもねえならあれはどうだ？　ボールペンとかいう、墨をつけずに書き続けられる筆。あれでなんか書いて見せたら喜ばれるぜ」

「嫌ですよ！　あれは私には必需品です。珍しがられて、取り上げられでもしたら困ります」

「そうか。なんもできねえとなると、おめえを同席させる理由がねえんだがな……。仕方ねえ。おめえ、おりよと留守番してろ。……いいか、蔦屋を一歩も出るんじゃねえぞ。今夜中には日本橋に帰れるようにするから」

「いえっ、それは困ります。私も連れていってくださいよ！　隅っこでじっとしてますから」

フェロモンの塊のようなりよと二人きりなんて、冗談じゃない。

「ダメだ。役立たずに用はねえ」

「そんな……」

「私からも頼みます」

歌麿が助け船を出してくれた。

「歌、今宵の席は、おめえにとっても大事な披露目だ。こいつにぶち壊しにされても構わねえってのか？」

「そういうわけでは……」

　その時、ハッとひらめいた。あったではないか、江戸でも使える文明の利器が。

「そうだ蔦重さん！　私は、そろばんなしで計算ができます」

「暗算ってことか？」

「かなり厄介な計算でも大丈夫です。それが芸になりませんか？」

　蔦重は私の顔をじっと見た。

「よし。それじゃあ念のためにボールペンも持ってこい。もしも暗算にしくじったら、すぐにそいつに切り替えるんだ」

「え？」

「いいか、おめえが連れていってくれって頼んだんだからな。土壇場（どたんば）になって、俺に恥かかすんじゃねえぞ」

「……」

　なんだろう、このしてやられた感は。

「時間がねえ。行くぜ」

　蔦重が階段を降りていった。

「ちょっと！　私の着物は？」

「ここにございますよ。さあ」

菊乃がくれた着物に袖を通し、ふんどしを締める間もなく、歌麿とともに蔦重の後を追った。

「歌麿さん。どうも腑に落ちないんですが、どうして私は芸を披露しなきゃならないハメになったのでしょう？　言いだしっぺは蔦重なのに、いつの間にか私が頼んだことにされているし……」

耕書堂の一間で、歌麿に紋付を着付けてもらいながら言った。

「ああ、それがあの方の手なのでございますよ」

歌麿は困ったような笑みを浮かべて続けた。

「蔦重はあなたに、『何かできないか？』ではなく、『何ができるのか？』と聞きました。似ているようで、この二つの質問は微妙に意味合いが違ってまいります。『何かできないか？』ですと、できないことが前置きになりますが、『何ができるのか？』はできることが前置きとなります」

「どういうことでしょう？」

「『何かできないか？』と聞かれたら、『できません』と堂々と答えることができますが、『何ができる？』と聞かれて『できません』とは答えづらいでしょう？」

「確かに。できないことが申し訳ないような気になりますね」

「その通りでございます。つまり蔦重はあなたに、『できる』という期待をかけて問いかけたわけですから、あなたは期待に応えるべく、なんとかしなければと思わされてしまったのです」

「もしかして……蔦重は最初から、私のボールペンを……」

「ボールペン？」

「いや、何でもないです」

いかんな。文明の利器は、できるだけ隠しておかなければ。

「いずれにせよ、何か魂胆があってのことでございましょう」

「魂胆、ですか……」

悪口にさえ取られかねない言葉のチョイスに驚いて、私は思わず歌麿の顔を見つめて聞き返した。歌麿は蔦重に心酔しているものとばかり思っていたが、蔦重に対して、何か不満があるのかもしれない。

「これは言葉が悪うございました。〝目算(もくさん)〟と言い換えさせていただきます。蔦重は常に目標を掲げ、そのために何をすべきかということを考え続けております。今宵の宴席にあなたを連れていくのも、ただの親切心でないことは確かでございます」

まさか、私が未来から来た人間だとバラすつもりじゃないだろうな……。蔦重に対する不信感がむくむくと芽生えてきた。

「さあ、急ぎましょう。ぼやぼやしていると、まだ雷が落ちますよ」

歌麿に急かされ、私はカードを懐に忍ばせた。

私が連れてこられたのは、『大文字屋』という妓楼の二階にある座敷だった。座敷の入り口ではこの見世の主人と女将が並んで客人たちを出迎え、蔦重が席に案内するという段取りだ。

なんでも今夜は、『吉原連』という、蔦重と歌麿が参加している狂歌の会の集まりなのだそうだ。来年出版予定となっている、一冊丸々歌麿の絵で構成された狂歌絵本の根回しのため、蔦重が亭主役となり、文人たちを接待するらしい。

周囲からの視線を遮るために、座敷の隅に二枚の衝立をくの字に立て、その内側で、私は歌麿とともに控えていた。スーツを着ろと言われなくてホッとした。少なくとも、未来人としての私を見世物にする気はないようだ。

座敷は、遊興を目的に造られた部屋だけあって、床の間や欄間の細工が凝っており、襖には鮮やかな雌雄の孔雀の絵が描かれている。壁の色が朱色に塗られているのも何やら淫猥な感じがする。妓楼で宴会ということは、遊女が接待するに違いなく、その現場に立ち会えることに、私の好奇心は膨れ上がっていた。

（そういえば、バブルの頃はいろいろな接待をしたし、されもしたなぁ……）

当時三十前後だった私は、もろにバブルの恩恵を受けた世代と言えるだろう。広告費がジャブジャブ使えたこともあって、今となっては馬鹿げているとしか言いようがないが、評判のラーメンを食べるためだけに、飛行機や新幹線を使って札幌や博多に行ったり、撮影にかこつけて海外で豪遊したり。

極めつけは「ピンドンコン」だ。ピンクのドン・ペリニヨンと、コニャック（ヘネシーXOなど）をアイスペールにドボドボと注ぎ、ストローを二本挿して男女（主に、客＋ホステスorホスト）で飲むカクテルで、一杯なんと数十万〜百万円という代物だった。

日本中が総・成金状態で、戦中生まれの親の苦労談を聞いているだけに、頭の片隅で（こんな贅沢が許されるはずがない）と感じつつも、勧められるまま「乗らにゃあ損！」とばかりにはしゃいでいた日々だった。

いかに金を使うかに知恵を絞った私たち世代が、いかに節約するかを強いられているそれ以降の世代に、消極的だの覇気がないのと言っても、反感を買うだけなのがよくわかる。

「俺が呼ぶまでそこにいろ」

蔦重に命じられるまま、私は次々に入ってくる客の姿を、二枚の衝立の隙間から覗き見ていた。客人は、年齢も身分もまちまちな男たちだったが、みな上等そうな着物を着ており（現代の着物に比べると羽織がやけに長く、着付けもゆったりしていて、裾が床についている）、小物に至るまで遊び心が感じられた。

一見全身こげ茶色なのだが、近くで見ると凝った柄が織りこまれていたり、漆黒の着物に帯だけが真っ赤だとか（切腹をイメージした、〝腹切り帯〟という着こなしらしい）、手に提げた巾着袋の組み紐が驚くほど手が込んでいたり、ちらりと見えた羽織の裏地に春画が描かれている、といった具合だ。

（これが江戸の、粋や通というものか……）

また、客に対峙した時の、蔦重の態度の変わりようは見事だった。

「ああ、これは倉橋様、先日はありがとう存じます。おかげさまでわたくしし、……」

終始柔和な、人懐っこささえ感じる笑みを浮かべ、言葉遣いも歌麿以上に丁寧で、大げさに笑ったり驚いたり、感心してみせた。常に自分を下に置き、相手を褒め殺す。傲慢で横柄で短気で身勝手な、普段の蔦重とのギャップに、私はただただ驚くばかりだった。

「いつもこうなんですか？」

隣にいる歌麿に小声で尋ねた。

「こうとは？」

「愛想が良すぎて、なんだか気味が悪いと申しますか……」

私が蔦重の方に目配せをすると、歌麿はああ、とうなずき、

「蔦重は七つの時に、この近くの茶屋に引き取られて、幼い頃から小間使いや下働きといった接客を仕事にしてきましたからね。今の方が自然な姿で、むしろ伝法（でんぽう）なしぐさや言葉遣いは、後から身につけたものなのではないでしょうか」

意外なことを言った。

（嘘だろう？　普段はわざと下品にふるまっているってことなのか？　いったい何のために……）

「それよりもほら、蔦重がことさら丁寧に接する方々をよくご覧になり、覚えるようにしてくださいませ。よほどの大人物か、気の合わない方なのでございますよ」

「え？」

（口腹別男（くちはらべつお）ってわけか。ちょっとがっかりだな……）

「どうしてですか？　気が合わないのなら、ビジネスライクに……じゃなくて、普通に接していればよいではないですか？　なにも無理に媚びなくても……」

「いえ、決して媚びているわけではありません。気心が知れないからこそ、用心されているのでございます。相手の意に沿わぬことをして、隙や借りを作りたくないというの

が一つ。また、必要以上に丁寧に接していれば、敵視されることも、今以上に親密になることもなくて済みます。つまり、『他人行儀』という幕を張って、相手との距離を保つのでございます」

目から鱗が落ちる気がした。私なんぞは、新しいクライアントを、気が合わないからと部下に押し付けた挙げ句、足元をすくわれた。気が合わないからこそ、せめてもう少し相手のことがわかるまで、気を遣っていなければならなかったのだ。

（傲慢で身勝手なのは、私の方だ……）

「さらにもう一つ、大きな理由があります。接待名人の蔦重と気が合わないということは、何かしら癖のある相手であることが多うございます。そういう方は、たとえ本人はどうあれ、思わぬ大人物とつながっている可能性が高いと考えられます。枝の先に果実あり。事実、蔦重を狂歌の会に紹介してくれたのも、私を蔦重に会わせてくれたのも、そういう方たちでございました」

「なるほど。苦手だからと適当にあしらっていては、こういう機会も持てなかったというわけですね」

「さようでございます」

『気の合わない人間ほど丁寧に接する』か。よし、これもメモしておこう。

「おかげさまで勉強になります。私は若輩者の上に記憶もなくしておりますので、このような〝人づきあいのコツ〟といったものを、ぜひこれからもお教えくださいまし」

私が頼むと、歌麿は「かしこまりました」とうなずいた。その時、

「お誘いいただき、ありがとう存じます。ですがあいにくその日は外せない用がございまして……」

蔦重の声が一段と大きく響いた。

「ああ、あれもコツの一つでございます」

歌麿が声をひそめた。

「あれが？　単に誘いを断っているだけのように聞こえますが……」

「受けた誘いが有益か無益かを瞬時に判断して、即座に断る、というところがコツでございますよ。恐らく蔦重に先約などないと思われます」

「〝嘘も方便〟ってことですか？」

「それだけではございません。話を受ける時は、即答した方が良い場合と、熟考した方が良い場合がございますが、断る可能性が勝っている場合は、躊躇してはなりません。回答を引き延ばせば延ばすほど、いざ断った時に、相手は自分が何かの後回しにされたと、気分を害するものでございます」

「確かに……そうかもしれません」

自分が誘う側だったとしたら、やはり待たされた挙げ句断られたらムッと来るだろう

し、人数を合わせなければならない場合などは、返事を待つ間、次の手が打てなくて困ることもある。

「礼を尽くした上ですぐに断れば、相手は他意を感じることもなく、本当に都合が悪いのだと思ってくれますから、失礼には当たりません」

「なるほど。すぐに断っては相手に悪い、などと考えるのは、むしろ逆効果なのですね」

「無用な気遣いにございます」

これも大きな気付きだった。せっかく誘ってくれたのだからと、なんとか都合をつけて行こうとして結局行けなかった場合、答えが出せない時間というものは、相手にとっても自分にとっても、いつまでも片付けられない重しのようなものだ。行ける確率が低いのなら、一旦断っておいて、後で行けた方が喜ばれるし、そこで定員オーバーになったとしても、縁がなかったものとあきらめればよいのだ。

「今、私が教えていただいたようなことを、歌麿さんは蔦重から学んだのですか？」

気になって尋ねてみた。私自身、会話や気配りというものに対して、これまであまりにも無防備だったのではないだろうか。

「はい。蔦重と出会った頃の私は、絵を描くこと以外、何もできぬ不器用者でございました。無口で無作法で身なりも構わず、なぜ誰も私の絵を認めてくれないのだと、不平不満を口にするばかりで……。そんな私に蔦重は、〝世間様〟というものの怖さとありがたさを教えてくれました。江戸で成功したいのなら、まずは通人の集まる場で、恥ずかしくない身なりと立ち居振る舞いを身につけろ、と」

「へぇ……」

どっしりと落ち着いていて、物腰も上品な今の歌麿からはとても想像がつかない、かつての姿だった。

「私の天分は画工、つまり職人でございますから、蔦重のような商才や、世渡りの術は、どれほど努力しても身につけられようとは思っておりません。そういったことは蔦重に任せ、私はただただ蔦重の教えに従い、命じられたことを行うのみでございます」

歌麿の揺るぎない物言いに、さすが後世に名を残す男は違うものだと感心した。だが……。

「いくら蔦重に商才があるとしても、よくぞあの傲慢な男に対して、それほど従順な気持ちになれましたね。……いえ、あなたを馬鹿にしているわけではなく、懐の深さに感じ入った次第で……。私自身は蔦重に命を救われ、ここを放り出されたら生きる術もない身の上ですから従ってはおりますが、あなたには元々、蔦重に借りなどなかったわけでしょう？」

私が尋ねると、歌麿は不思議そうな顔をして私を見つめた。

「感謝……していらっしゃらないのでございますか？」

途端にグッと息が詰まり、バツの悪さに思わず目を伏せた。

「……助けてもらっておきながら、なんと恩知らずな奴だと思われたでしょうね。……そりゃあありがたいことだと思っていますし、蔦重が只者ではないこともわかりますよ。けれど正直言って、蔦重の人としてのありようが尊敬できないと言いますか……。こう、首根っこをつかまれて土下座させられているような気分で……実際に何度も手を出されていることもあって、心から感謝する気持ちになれないのです。……こんなこと、言える立場じゃないのですが……」

歌麿はふっと表情を崩した。

「そのようにご自分を卑下なさらないでくださいまし。タケさんのおっしゃることはわかります。私自身、最初は蔦重に反発して、何度も鼻をへし折られた身でございます。ですが蔦重は、タケさんが自分の思い通りにいかないからと言って、癇癪を起こして手を出しているわけではないと思いますよ。あなたのためを思って、根底に〝情〟があるゆえの行いなのではありませんか？　私もそのことに気付くのが遅れたために……。最初から素直に蔦重の進言を聞いていれば、私が世に出るのに、五年もかからなかったでしょうに」

歌麿のこの告白を聞いて、私は蔦重から、『決して歌麿に、将来有名になると言うな』と言われた時のことを思い出した。理由を聞くと、『てめえの才覚だけで偉くなったと勘違いするから』と。それを聞いた時は、そんなに恩に着せたいのかとげんなりしたものだが、もう一歩踏み込めば、その勘違いが本人のためにならないから、と解釈できる。

「私はね、タケさん。褒められると調子に乗って、つけ上がるタチなのだそうでございますよ」

　まるで私の心を読んだかのように、歌麿は微笑んだ。

「蔦重の本質は、一朝一夕（いっちょういっせき）で理解できるものではございません。善人とは申しませんが、一旦懐に飛び込めば、頼り甲斐のある方かと……」

「信じて……いいのですか？」

「はい。ただし蔦重の懐は、居心地の良いものではございませんよ。甘えは許されませんし、学ばない人間は容赦なく捨てられます」

「はぁ……」

「蔦重という人は、厳しい環境の中で自分の生きる場所を模索してきた方でございます。養子と言えば聞こえはいいですが、茶屋の養子など、給金のいらない下男も同じ。そこからいかに這い上がるか。それを考え続けたゆえに今があるのでございます」

「辛い生い立ちだったというわけですか」

歌麿はうなずいて続けた。

「両親の離縁をきっかけに、茶屋に置き去りにされたのでございますよ。十代半ばからは妓楼の男衆として働いていたと聞いております。……私は蔦重に出会った当初、『世の中の全ての人を、悪人だと思え』と教えられました。聞いた時は、なんと荒んだ心の持ち主だろうと驚きましたが、そうではありませんでした。周りを全て悪人だと思えば、甘えが消え、人に騙されなくなります。また、善人に出会って親切にされた時には、期待していなかった分、感謝の気持ちが何倍にも膨れ上がります」

私は、ほうっと感嘆の息を吐いていた。

〝性善説〟と〝性悪説〟。人は生まれながらにして善か悪か、誰もが一度は議論したことがあるテーマだろう。

一見、〝性善説〟の方が平和主義的で聞こえはいいが、どちらが正しいかではなく、どちらが生きてゆくのに都合がいいかと考えれば、蔦重の言うように〝性悪説〟を取った方が、人に足元をすくわれたり、裏切られたり、過度な期待をかけなくて済む。それだけなら寂しい人生だが、喜びが増すというのは気付かなかった。マイナスからスタートすれば、プラスへの振り幅が大きくなるということか。

「歌麿さんのような理解者が側にいて、蔦重もさぞや心強いことでしょうね」

私は意気揚々と言った。二人の関係がとても理想的に見えたのだ。すると歌麿は、

「とんでもないことでございます。私の頑固が過ぎて理解が及ばぬばかりに、蔦重にはずいぶん面倒をかけてしまいました。よくぞここまで見捨てられなかったものだと思いますよ」

恐縮して言った。この言葉を謙遜と捉え、

「それはやはり、歌麿さんの才能を見込んで……」

と持ち上げようとしたところ、

「腕がいいだけの人間など、いくらでもおります」

「失礼ながら、世辞などいらぬとばかりに、私の言葉は遮られた。私は今のところ、蔦重があなたのどこを見込んだものか、見当がつきかねております」

「………」

グサリときた。歌麿が細々と面倒を見てくれるのをいいことに、また、蔦重に仕えている者同士という連帯感が芽生え、親しくなったつもりでいたが、それが全くの一方通行だったと思い知らされた。

「ですが、蔦重が人を見る目は確かでございます。蔦重があなたの面倒を見ろと言うのなら、私はその命に従うまでのこと」

つまり、蔦重の命令でなければ、私など相手にしない、と宣言されたわけだ。歌麿は、私のことを認めてなどいなかった。しかも、歌麿の目は正しい。私に、蔦重に見込まれるほどの素質などありはしない。ただ一点、私が未来から来た人間だという以外には——。遊女の接待だのなんだのと、浮かれていた自分が情けなくなってきた。

すっかり意気消沈していると、客人が揃ったらしく、歌麿が蔦重に呼ばれて衝立から出ていった。

客は総勢八人だった。

ありがたいことに、歌麿は立ち去り際、今夜の出席者の名を書いた、ハガキサイズの紙を渡してくれた。いつの間に書いたものか、極細の線で丁寧に書かれた文字は、五十五歳の元の身体であったなら、老眼のせいで読めないほどの細かさだった。さすがは絵師の筆さばきと感心した。

席順通りに書かれた紙と(見たところ、年齢順に並んでいるらしい)、衝立の隙間から見える客人を見比べながら、私は必死で彼らの名前を覚えようと奮闘した。ややこしいのが、彼らが本名以外に、別名をいくつも持っていることだ。作家がペンネームを、絵師が画号を持つように、狂歌を作る時はこの名前、戯作を書く時はこの名前、というふうに名前を使い分けているようで、歌麿は紙に、「別名・本名と職業・注釈」を明記してくれていた。

まず上座にいるのが、吊り目で口がへの字に曲がった細身の老人で、歌麿メモにはこう書いてあった。
『戯名・志水燕十
狂名・奈蒔野馬乎人
本名・鈴木庄之助―幕府御家人
○絵師・鳥山石燕先生のもとで学んだ、歌麿の兄弟子』
つまりこの人物が、歌麿を蔦重に引き合わせた張本人ということだ。
次が、色白でのっぺりした顔立ちの初老の男性。
『戯名・朋誠堂喜三二
狂名・手柄岡持と浅黄裏成
本名・平沢常富―秋田佐竹家留守居役』
後で知ったのだが、戯作者名の「朋誠堂喜三二」は「干せど気散じ」のもじりで、「武士は食わねど高楊枝」と同じ意味なのだそうだ。
三人目は、ぽっちゃりした丸顔の男で、眉が太く、大黒様のような福々しさがあった。

『狂名・朱楽菅江
本名・山崎景貫―御先手与力
○狂歌三大家の一人で、『朱楽連』を率いる』
狂歌名の「朱楽菅江」は「あっけらかん」のもじりだろう。

四人目は、四十歳ぐらいの、神経質そうな男。
『戯名・恋川春町
狂名・酒上不埒
本名・倉橋格―駿河小島松平家家臣
○絵師・勝川春章の弟子』
これも後で知ったのだが、「恋川春町」は挿絵も自身で描く人気の戯作者で、藩の上屋敷が小石川春日町にあったことと、師匠の名にちなんでつけたペンネームなのだそうだ。
このように、丁寧に八名分の解説が書かれていたが、七番目に、見覚えのある人物の名があった。
『狂名・四方赤良
狂詩名・寝惚先生

本名・大田南畝（おおたなんぽ）—旗本
○狂歌三大家の一人。『山の手連』を率いる

大田南畝と言えば教科書にも載っており、『蜀山人（しょくさんじん）』という名前で数々の戯作や狂歌を書いた人物のはずだが、まだこの時点では『蜀山人』を名乗っていないのだろうか。見かけは蔦重と同じぐらいの年回りで、下膨れで大きな目をした男だった。

こうしてみると、ほとんどが武士である。江戸の文化は町人文化というイメージがあったが、少なくとも文学に関しては、戦がなくなり、暇を持て余した武士たちによるサロン文化と言えるのではないだろうか。

歌麿が客人の一人一人に挨拶して回ると、いよいよ宴席が始まった。まずは菓子皿が運ばれてきて、振袖新造（ふりそでしんぞう）と呼ばれる花魁見習いの若い娘たちが、薄茶を立ててもてなしてくれた。次に禿（かむろ）と呼ばれる少女たちが酒を運び、男衆によって酒肴のセットを載せた大皿が、足つきの膳で運ばれてきた。

新造が酒肴を取り分け、客人に運ぶ。飲み食いするのは客人ばかりで、新造や禿は手をつけない。床の間の前の席が空いたままなのは、恐らく後から来る花魁の席なのだろ

うが、客人より遊女が上座に着くとは不思議なしきたりだ。

皆が見守る中、歌麿が座敷の中央に毛氈を敷き、大きな紙を広げて、梅に鶯の絵を描いた。その絵が床の間に飾られると、出来栄えの見事さに、皆が一斉に歌麿を褒めそやした。

「さて皆様、いよいよ皆様にお力添えを賜りました、狂歌絵本集の売り出しが迫ってまいりました。本日は皆様へのお礼と、売れ行きを祈願しての前祝いの会を催させていただきたいと存じ、こうしてお集まりいただきました。どうぞ御酒を召し上がりながら、思いつくままに歌を詠んでくださいまし。ここにおります歌麿が、即座に絵をつけさせていただきますゆえ」

蔦重が言った。

（なるほど、狂歌会での歌麿のお披露目とは、こういう趣向を言うのか）

酒と肴でいい気分になった客人が空で句を詠むと、歌麿が聞き取った句と作者名をさらさらと半紙の上部に書きつけ、次いで空けておいたスペースに挿絵を入れる。描き上がった紙は順繰りに客人の間を回り、その間もどんどん歌が詠まれてゆく。こうして、人気作家たちが詠んだ狂歌がまとめられ、追って本になるという仕組みなのだろう。

客人からすれば気分よく遊ばせてもらえ、蔦重からすれば、遊興費用さえ持てば、原稿料など払わずに大衆が求める本が出版でき、歌麿からすれば、名だたる文人に認められた絵師、という肩書がもらえることになる。まさに〝三方よし〟の関係だ。

（うまい商売だなぁ……）

つくづく感心した。

最初は勢いづいて次々と詠まれていた句が、だんだんと途切れ始めた。客人たちも、そろそろ歌を詠むのに飽きてきたらしい。

（いよいよ私の出番か）

いつ蔦重に呼ばれるのかとドキドキしながら、懐に入れた薄いカードを握りしめた。

と、

「おお、待ちかねたぞ蜻蛉（かげろう）」

朋誠堂喜三二が言った。目線を追うと、ちょうど花魁たちが入ってくるところだった。皆、豪華な衣装に身を包み、大きく結いあげた髪に、後光が射すごとく鼈甲（べっこう）の簪（かんざし）を何本も挿していた。それぞれ整った顔立ちはしていたが、広告代理店勤務という職業柄、女優やタレントやモデルを生で見慣れている私からすれば、なで肩で身体が小さい割には頭が大きく、目鼻立ちののっぺりしたこの時代の美女には心が動かなかった。

ところが、最後に入ってきた蜻蛉と呼ばれる花魁は一味違い、異様な迫力があった。細面で彫りが深く、太めの眉にくっきりとした二重の大きな目、一文字に結んだ唇は、

（男じゃないのか？）

と疑りたくなるほどの美青年顔をしていた。ヘアスタイルも一風変わっており、蜻蛉だけは両サイドの髪を結い上げることなく、胸元まで垂らしていた。

衣装がまた異様だった。シアトル美術館所蔵の『烏図屏風』を思わせる、金地に漆黒のカラスが織り込まれた打ち掛けに、前で大きく結んだ帯は、なんと骸骨の柄だった。それも、花札の十一月の二十点札『柳に小野道風』の絵柄が、まるでレントゲン写真のように表現されていたのだ。昼夜逆転の発想なのか、濃紺の闇夜をバックに、黒い柳の枝葉と傘、白骨化された小野道風と蛙の姿が立体的に刺繍された、なんとも凝った衣装だった。

花魁というものは、空気を華やがせるものかと思っていたが、この蜻蛉花魁は空気をピンと張りつめさせる。伏し目で無言のまま床の間の前に立った蜻蛉は、しばらく歌麿の描いた『梅に鶯』の絵を見上げていたかと思うと、不意に首を九十度曲げてこちらを見た。

「ヒッ」と喉が鳴った。蜻蛉からは私の姿は見えないはずだが、衝立を透かして丸見えにされている気分だった。ピタリと合った視線を外すこともできず、私は蛇に睨まれた

蛙のように身体をすくませていた。

時間にすればわずか数秒のことだったに違いないが、永遠に続くのではないかと思われた間は、蜻蛉が方向転換して席に着くことで解放された。

「待たせんしたな」

言って蜻蛉は、隣にいる喜三二に酒を注いだ。

蜻蛉に気を取られていた間に、気が付けば歌麿は絵の道具を片付けて末席に着いており、それぞれの客の間に花魁たちが座っていた。芸者や幇間も入ってきて、賑やかに酒宴が始まった。

(私の出番は？　いったいいつになったら呼ばれるんだ？)

まだかまだかと緊張し続けていたせいで、またさきほど蜻蛉にガンを飛ばされてビビッたせいで、私の喉はカラカラだった。幸い腹は減らないが、厠にも行きたくなってきた。ひょっとして蔦重に忘れられているのではないかと不安に駆られた時、

「お兄さん、これどうぞ」

衝立の裏から禿が現れ、旅館の宴会で出てくるような、一人用の膳を運んできてくれた。大皿から取り分けられた肴と、燗酒もちゃんと添えてあった。

「蔦重さんが、今のうちに腹ごしらえしておくように、って」

(忘れられてはいなかった……)

ホッとしたのはいいが、空きっ腹にいきなり酒を入れるのは危険だ。

「すまないが、お茶かお水を持ってきてくれないか?」

頼むと、「あい」と返事をしたものの、少女はその場を動こうとはせず、じっと私の顔を見つめている。

「あの……お茶を……」

もう一度言ったが、反応がない。真っ直ぐな瞳にたじろぎながら、

「言っていることがわからないかな?」

問いかけると、プイッとそっぽを向いて行ってしまった。その後ろ姿を見て、

(そうか！ チップだ)

と思い当たった。少女は〝心付け〟を待っていたのだ。

(野暮な客だと思われただろうな……)

とはいえ、私は金など持っていないのだから、わかったところでどうしようもない。

案の定、お茶が運ばれてくる気配はなく、私は仕方なく酒を注いだ。と、琥珀色の液体が出てきて驚いた。少し口に含むと、甘く、雑味があり、まるで紹興酒のような味がした。恐らく精米の加減や濾過技術の問題だろう。これはこれで悪くはないが、スッキリした辛口の日本酒を好む私としては、この時代の酒には少々失望を感じた。

(これなら焼酎の方が良かったな……)

せっかく身体も若返って、糖尿病を気にせず飲み食いできるようになったというのに。

しかし今は、喉を潤してくれるものがあるだけでもありがたい。私は酒を三杯ほど立て続けに飲むと、膳にのった玉子焼きを食べ（甘くどっしりしていて、お菓子のようだ）、とこぶしの煮付けと、かまぼこを一切れ咀嚼し（これらがやけに美味かった）、残りの酒を飲み干した。ほっと人心地がついたところに、

「タケ、準備はいいか？」

頭上から声が降ってきた。見上げると、蔦重が衝立の上から私を見下ろしていた。

「は……あの……お手水（ちょうず）に行きたいのですが」

「手水だぁ？　我慢できねえのか？」

「いえ……大丈夫だと思います」

「大丈夫なんだな」

蔦重が凄んだ。

「はい……」

やっぱり行きたいです、と言える雰囲気ではなかった。それにこの尿意は、明らかに緊張から来るもので（こんなこともあろうかと、座敷に入る前に膀胱は空にしてある）、本当に厠に行ったところで、申し訳程度にしか出ないのは目に見えている。

「よし」

　蔦重がその場を離れ、下手に向かうのが衝立の隙間から見えた。

「さても御一同様。実は私、昨日奇妙な男を拾いました。記憶をなくしているというので蔦屋で面倒を見ることにしたのですが、この男に一つ特技がございまして、それを皆様にご披露したく、本日ここに連れて参りました」

「ほう。どのような特技じゃ？」

　長老格の志水燕十が尋ねた。

「まずはご紹介致しましょう。……タケ、出てきなさい」

「はい」と返事をした私は、衝立の陰から出て、蔦重の斜め後ろに座って手をついた。

「タケと申します。どうぞお見知りおきくださいませ」

　畳に鼻先がつくほど頭を下げると、

「そなた、なぜ頭を丸めておるのだ？」

　と尋ねる男がいた。私はわずかに顔を上げ、上目遣いで声のした方を見た。恰幅が良くてギョロ目の大田南畝、後の蜀山人だ。

「大田様、頭を丸めているのではございません。タケは生まれついての無毛症でございます」

　蔦重が答えた。

「病と申すか。それは不憫な……」

どうりで。座敷に入るなり、蔦重が頭巾を取れ、と言ったわけだ。少しでも同情を集めておけば、私の芸がお粗末でも、多少は大目に見てもらえる。

「で、蔦重。この男、何ができるのじゃ？」

志水燕十が口を挟んだ。ずいぶんせっかちなタチらしい。

「はい。そろばんを使わずに足し算ができますする」

ほう……、と一斉に声が漏れた。

「記憶の代わりに授かったものか、どうやら特別な才覚があるようで……。皆様には順に、お好きな数を言っていただきます。それをタケが足して参りますゆえ、どなたかタケの答えが正しいかどうか、そろばんを弾いていただけませぬか」

蔦重が周囲を見渡した。

「それなら私が。これでも帳簿はつけ慣れております」

大文字屋の主が名乗り出て、皆がさもありなん、と笑った。

「また一つ、お願いがございます。タケはあがり症でございまして、皆様に見つめられると緊張して計算ができないと申します。よって、皆様に背を向けるご無礼をお許しくださいませ」

蔦重にはあらかじめ、タネを明かしてある。そうでないと納得しなかったし、私としても、共犯者がいないと、何かトラブルが起こった時の対処に不安が残る。

私は一礼をし、座ったままくるりと後ろを向き、一同に背を向けた。

「待って。本当にそろばんを隠し持っていないかどうか、検分させていただくわ」

なぜか女ことばを使う恋川春町が、神経質そうに眉間にしわを寄せて近づいてきた。

（いかん！）

懐に入れておいたカードを、慌てて帯と帯の間にねじ込んだ。

「お立ちなさい」

春町に命じられ、私がその場で立ち上がると、春町は私の着物の袂や懐を改めた。

「何も持っていないようね」

春町が納得して席に戻ったので、私も再び襖の方を向いて座った。

（危なかった……）

帯の間から、そっと樹脂製のカードを取り出した。娘の亜里沙が、私の初めての海外出張に合わせて買ってくれた、ソーラーパワーの電卓だ。今なら百円ショップでも買えるシロモノだが、当時は千円は下らず、娘の小遣いで買うには思い切ったプレゼントだったと思う。

掌で包むようにしてカードを周囲からガードし、「C」ボタンを押した。ところが――。

（ダメだ、暗すぎる）

光量が足りず、液晶に表示された数字が薄くて読めない。

「蔦重さん」

後ろ手に蔦重の袖を引っ張って、声を殺した。

「なんだ？」

蔦重がいぶかしげに聞いた。

「明かりをください。暗すぎて、文字が読めません」

チッと舌打ちするのが聞こえ、蔦重が禿に行燈（あんどん）を持ってこさせた。

「これでどうだ？」

私の前に行燈を置いて、蔦屋が尋ねた。

「はい、大丈夫です」

ちょうど良いタイミングで帳場からそろばんが届き、大文字屋に手渡された。

私のパフォーマンスが始まった。

「ではまずは三桁から」

蔦重が促し、志水燕十から順に、三桁の数字を思いつくままに口にした。

「七百二十五」

「百九十三」

「三百六十六」

「四百……」

皆、考えながらゆっくりと言ってくれるので、電卓を押す時間は十分だ。ミスタッチさえしなければ余裕だろう。

「……二百十一」

八人目が言い終えた。

蔦重が私に聞いた。

「合計は？」

私が液晶部分に記された数字を読み上げると、大文字屋の主が、

「三千四百九十九」

と告げた。私はホッと胸をなでおろした。

「ご名答」

燕十が言い、

「まずまずじゃな。だがまだ、こんなものではあるまい」

と蔦重がうなずいた。

「無論、今のは小手調べでございます」

「では一気に、五桁の数字で参りましょう」

「五桁とな」

燕十が唸った。

「はい。もう一度、燕十先生からお願い致します」

「よし。……二万八千七百四十六」

「七万一千九百八十七」

「一万二千……」

最後の一人が言い終えたとたん、私が間髪を容れず、

「三十五万二千六百四」

と答えると、

「ご名答！」

と大文字屋が高らかに言った。

「おおーっ」と感嘆の声が上がり、「見事でありんすなぁ」などと近くにいた花魁が微笑んでくれたものだから、私はすっかりいい気分になっていた。安堵のあまり、さきほど呑んだ日本酒の酔いが、一気に回ってきた感じだった。

その時、

「今、そなたが答えた、三十五万二千六百四文というのは、銀に直すと何匁だ？　ま

た、金に直すといかほどになる？」

と大田南畝に聞かれ〝？〟が飛んだ。私がポカンと見つめ返していると、

「なんだ、両替はできぬのか」

南畝はつまらなそうに言った。

もちろん、レートさえわかれば電卓に不可能はない。だが、昨日の今日で私が知ったのは、何銭単位の湯屋の入浴料ぐらいのもので、匁や金の単位など、まるでわからないためお手上げだった。私は、助けを求めるように蔦重を見た。

「確かに大田様のおっしゃる通り、足し算ができたところで、両替ができねば商売の役には立ちませぬな」

蔦重がしれっと言うのでギョッとした。

（おい、どっちの味方だよ？）

心中でつっこみつつ、不安に駆られた時、

「ですが先程も申し上げましたように、タケは記憶をなくしております。つまり、両替の目安となる知識がないわけでして……。タケ、金一両は四千文で、四千文は銀六十匁、千匁が一貫だ」

と教えてくれた。

「ち、ちょっと待ってください。もう一度お願いします。金一両がいくらですって？」

電卓と一緒に帯にはさんだボールペンを急いで取り出し、蔦重がゆっくりと繰り返してくれたレートを掌に書き込むと、すぐさま電卓をはじいた。

まず金への換算は、三十五万二千六百四を四千で割ればいいから……。

「三十五万二千六百四文は、金八十八両で、六百四文が余りとなります」

「ご名答」

十文字屋が言った。

次に、銀だ。四千文が銀六十匁ということは、一匁は六十六・六六六……文だから、それで三十五万二千六百四を割ってと。千匁が一貫だから……。

「銀では五貫と二百八十九匁で、四文が余ります」

「ご名答！」

一斉に拍手が起こった。

（乗り切ったぞ！）

踊り出したいような気分だった。

「タケさん、あなた凄い特技がおありだ。見直しましたよ。先程のご無礼を、お詫び致します」

歌麿が私の方に膝を進め、そう耳打ちしてくれた。実際は特技でも何でもなく、亜里沙がくれた電卓のおかげで、カンニングもいいところだが。

（なに、終わりよければ全てよし、だ）

蔦重を見ると、無表情ではあったが、心持ち満足げに見えた。自分が役に立てたことが本当に嬉しい。

周囲を見回していると、ただ一人、蜻蛉花魁がつまらなそうにあくびをかみ殺しているのが目に入った。衝立越しに目が合った時からそうだったが、どうも私は、彼女に舐められているというか、馬鹿にされているような気がする。

（あのすました女を、どうにか感心させられないものか……）

そう考えた時、一つだけ、バブルの頃に覚えた数字のゲームを思い出した。これなら電卓も必要ないので、堂々と正面を向いて披露できる。

「あの、もう一つだけよろしいでしょうか？」

皆がシンとなった。

「なんだタケ、他にも何かできるのか？」

蔦重が聞き、私は自信満々にうなずいた。

「ある計算式で、私は皆さんの生まれた月と日を当てることができます」

みんな黙ったまま私の話を聞いていたが、内心は驚いているに違いない。

「たとえば……蜻蛉さん」

私の呼び掛けに、蜻蛉が愁いを帯びた目を向けた。

「あなたの誕生日を当てますので、今から申し上げる計算をしていただいてよろしいでしょうか？」

「………」

返事がないのを承諾と受け取り、私は先を続けた。

「まずは、あなたの生まれた月に四をかけてください」

「………」

蜻蛉は、隣に座る喜三二を見た。喜三二は何やら難しい顔をして、私を見ている。

（まさか、掛け算ができないわけじゃないだろうな？）

不安に駆られながらも、

「よろしいですか？　では次に、その数字に九を足して、二十五をかけてください。暗算が難しいようでしたら、そろばんを使っていただいて構いません」

問題を進めたが、蜻蛉は喜三二の肩に手を置いて、彼の横顔を見つめたままだった。だんだんと空気が重苦しくなってくるのを感じたが、始めてしまったものを途中でやめるのも憚（はばか）られる。

「最後に、その数字に生まれた日を足してください。……答えはいくつでしょうか？」

「………」

沈黙が続いた。誰ひとり、咳払い一つしなかった。喜三二が、肩に置かれた蜻蛉の手をギュッと握ってうなずいた。蜻蛉はゆっくりと私を見た。

「あちきは……自分が生まれた日など知りんせん」

(……え?)

呆気にとられた瞬間、側頭部に衝撃を受け、ふっ飛ばされていた。「キャーッ」と、女たちの悲鳴が上がった。

「こんっの、大馬鹿野郎が!」

こぶしを握り締めた蔦重が立ちはだかっていた。すぐさま私の胸倉をつかんで引きずり上げると、

「調子に乗ってんじゃねえ! 使用人の分際で、松の位の花魁相手に、なんてこと聞きやがんだ!」

唾を飛ばさんばかりに怒鳴りつけた。

(え? え? え?)

一体 何をしでかしたんだ? 蔦重の剣幕が凄すぎて、疑問は湧けども声が出ない。

「蔦重、それぐらいで許してやりなさい。ここのしきたりを何も知らないのでは、無理もあるまい」

意外にも、取りなしてくれたのは先程からせわしなく口を挟んできた志水燕十だった。

「知らねえなら知らねえで、分をわきまえて大人しくしてりゃあいいんだ。それをこいつは偉そうに……」

蔦重が再びこぶしを振り上げ、「ヒッ」と私は目をつぶった。

「おやめください！」

歌麿の声がした。拳骨が飛んでこないので薄目を開けると、歌麿が蔦重の身体を後ろから羽交い締めにしていた。

「離せ、歌！」

「離しません！　タケさんもほら、早く花魁に謝って！」

蔦重の手が胸から離れたのをいいことに、私は四つん這いになって蜻蛉花魁の前まで進み出た。

「誠に、申し訳ございませんでした！」

畳に額をすり付けながらも、謝らなければいけない理由が理解できてはいなかった。

天国から地獄とはこのことだ。皆から喝采を浴び、歌麿に見直され、蔦重の役に立ったと喜んだのも束の間。私がいい気になったせいで、宴席が台無しだ。

（歌麿さんの、大事なお披露目の場だというのに……）

蔦重に殴られたところも、ジンジンと痛んできた。

（いったいどう償えばいいんだ……）

穴があったら入りたい。自分など、消えてなくなってしまえばいい——。不覚にも涙が滲み、畳の上に落ちた。……と、

「そなたの先程の答えだが、合計から二百二十五を引けばよいのではないか？」

と問いかける者がいた。この声は、江戸時代きっての知識人、大田南畝だ。

（……なんという男だ）

この騒ぎの最中、ゲームの種明かしを導き出していたというのか。

「はい、その通りでございます！」

私は涙声で答えた。この逃げ場のない状況を変えてくれるのなら、藁にもすがりたい気持ちだった。

南畝が見抜いた通り、このゲームは、四桁の数字ならなんでも当てられる。前半二桁と後半二桁の数字をそれぞれX、Yとし、「（X×4＋9）×25＋Y」の式に当てはめれば良いのだ。

種明かしには、数式を分解するとわかりやすい。

（X×4＋9）×25＋Y
＝（X×4×25）＋（9×25）＋Y
＝

（X×100）＋225＋Y

＝

100X＋Y＋225

……が答えとなるので、千と百の位であるXの二桁と、十と一の位であるYの二桁を求めるには、合計から、邪魔な二百二十五を引けばよいということになる。

バブルの頃はこのクイズで、「誕生日」や「生まれ年」を当てたり、さらにエスカレートして「初体験の年齢」などを当てて盛り上がったものだ。

当時、懇切丁寧に説明を受けてやっと理解できた数式だったが、クイズを聞いただけで突き止めるとは素晴らしい頭脳だ。

「なるほど、おもしろい謎かけだ。そなた、なかなかの算術巧者と見た。……どうだ、神田明神（かんだみょうじん）にずっと手こずっておる算額（さんがく）が奉納されておってな。今度一緒に解きにゆかぬか？」

「はっ……はい！」

何を言われているのかはわからなかったが、南畝は明らかに助け船を出してくれていた。私は感謝の思いでひれ伏した。

「喜三二殿。蜻蛉も、ここらで許してやってはいかがです？　この男、道理を知らぬだけで、たいした逸材ですぞ」

喜三二はゴホンと咳払いをした。

「まあいいだろう」

「……歌、連れて帰れ」

蔦重が言い放ち、歌麿は私を立ち上がらせて、外に連れ出した。

「歌麿さん！　本当に、申し訳ございませんでした！」

地面に手をついて土下座した。

「お立ちください、着物が汚れますよ」

「あなたの大事な晴れ舞台を……私は……」

将来的に、歌麿が〝世界の歌麿〟でなくなったら私のせいだ。

「全く……あなたを見ていると、昔の自分を見ているようでございます」

歌麿は楽しげに言った。

「は？」

「申しましたでしょう。私は、褒められるとつけ上がるタチだと。……まあ、世の中の大半はそのようなものでしょうが……。私もそれで、ずいぶん蔦重に叱られて参りました。おかげさまで今は、どんなに褒められようと舞い上がらず、冷静に対処できるようになりましたが……」

「ですが、宴席をぶち壊し、あなたをあの場にいられなくしたのは私です」

歌麿はしゃがみこんで、私の両肩を握った。

「それがわかっていらっしゃるなら、今回はよしとしましょう。それに私は元来、あのような席は好みませぬゆえ、解き放たれてホッとしております」

私は首を横に振った。

「……なぐさめは結構です。蔦重があれほど怒るからには、私はよほどのことをしでかしたのでしょう。何が悪かったのか、今もってわからないのはお恥ずかしい限りですが……」

「そのことでしたら、道々教えて差し上げますから、まずは店に戻りましょう。ほら、皆が見ておりますよ」

歌麿の言う通り、妓楼の前でしゃがみこむ私たちを、人々が遠巻きに見ながら通り過ぎていく。

「イタッ」

歌麿が私の側頭部に手を当てた。

「ああ、瘤(こぶ)ができておりますね。早く戻って冷やさないと……さあ」

歌麿にうながされるまま立ち上がり、歩き始めた。

「私のどこがいけなかったのでしょうか？　いい気になって出しゃばったことは反省しておりますが、そもそも蜻蛉花魁へのあの質問の、何が皆様の怒りを買ったのか……。どうかお教えください」

トボトボと歩きながら、歌麿の背に問いかけた。歌麿は速度をゆるめ、私と歩調を合わせてくれた。

「まずは吉原のしきたりからお話しせねばならないでしょうね。……吉原の妓楼において、花魁は客人より格上の存在とされております。花魁が上座に座るのもその表れで、〝初会〟と呼ばれる初対面の引き付けの場などは、お大尽であっても口も利けぬものでございます。ましてや蜻蛉は松の位にいる、最高級の花魁。蔦重の言った通り、使用人が気安く話しかけられる存在ではございません」

「はぁ……」

（現代にたとえると、憧れと敬意の対象となる、大女優のようなものか。アイドルのように、過剰なファンサービスをする必要もない……）

「次にタケさんの質問の内容についてですが、これは吉原に限ったことではなく、一般的な礼儀として、初対面で相手の生まれについて聞くことは無礼とされております」

「そうだったのですか」

「あと二つ、職業と地位を尋ねてもいけません。そのような予見なしに、相手の人となりを見極めてつきあいなさい、というのがこの教えでございます」

だとすると、職業と肩書がバッチリ印刷された名刺の交換なんて、江戸の人々にとっては無用の習慣だろう。

「また、これは私にとっても謎だったのですが、生まれた月日がなぜそれほど大事なのでしょうか？　そのようなこと、気に留めぬ者がほとんどでございますし、特に遊女ともなれば、地方出身の貧しい農家の娘が多うございますから、月日ばかりか、何年に生まれたかもわからぬ場合があるほどで……」

……そうだった！

江戸時代は、月の満ち欠けで日付が決まる太陰太陽暦（たいいんたいようれき）を採用していることに、この時代に来てすぐに気づいた。その時に思い出したのだが、歴史上の人物の年齢表記に時々ズレがあるのが気になって、学生時代に調べたことがあった。この時代は一か月が何日あるか、その年によって違う。たとえば四月三十日生まれだと、次の年の四月は二十九日までしかない場合も往々にしてあるため、誕生日が設定できない。

よって現在のように、生まれた年をゼロ歳とし、誕生日ごとに歳を重ねてゆく満年齢ではなく、この時代は生まれた時を一歳と数え、元旦に年齢が加算される数え年方式を取っていた。極端な話、大晦日生まれだと、生後二日目で二歳になる、という勘定だ。

私が子供の頃はまだ、「○○さんは、数えでいくつ」という会話が大人同士の間で生きていた。

悄気（しょげ）る私に、歌麿は続けた。

「ただし江戸生まれであれば、人別帳で自分がいつ生まれたかを知ることはできます。したがって、蜻蛉が自分の誕生日を知らぬということは、地方の貧しい生まれだったのかもしれません。つまり蜻蛉は、皆が見ている前で、あなたから恥をかかされたというわけです」

「それは……まずいですね」

「さらにもう一つ」

「まだ、あるのですか……？」

思わずため息が出た。私はいったい、いくつの過ちを犯したのだ？

「蜻蛉は、朋誠堂喜三二先生が贔屓にしている花魁です。先生は、年配者でもあり、現在最も多くの戯作を蔦屋から発布しておられます。つまりは、今日の客人の中で、蔦重が最も気を遣うべき大事なお方なのです」

「げっ……」

（蔦屋の看板作家というわけか……。その愛人に恥をかかせたのだから、蔦重があれほど怒るわけだ）

「私が思うところは以上でございます」

歌麿は、言うだけ言うと口をつぐんだ。

「我ながら……ひどいもんですね……」

「はい」

私は歌麿の両手を握って向きあった。

「歌麿さん、私はこれからどうなるのでしょう？　蔦重に折檻されるのでしょうか？」

「折檻、でございますか？」

脳裏に、昨夜の行燈部屋で回想した、『必殺シリーズ』の数々の拷問シーンが甦ってきた。悪くすれば半殺し……、なんてこともあるかもしれない。

「それとも、蔦屋を追い出されるのでしょうか？」

「はて、両方かもしれませんよ」

「両方……」

虚ろに目線をさまよわせた。

（どうせ追い出されるのなら、折檻の前に逃げ出した方がマシか……）

投げやりな気持ちになりながら、吉原大門前の蔦屋の暖簾をくぐった。

「おりよ、戻ったよ」

歌麿が奥に向かって呼び掛けると、「はぁい」と声がして、水が入った桶を持ったり

よが現れた。首から手拭いを垂らしている。歌麿が桶と手拭いをヒョイと受け取ると、

「悪いが、手拭いをもう一本頼む」

手拭いを水に浸けて絞った。

「さあ、タケさん。これで瘤を冷やしてください」

「あ……はい、ありがとうございます」

濡れ手拭いを受け取り、側頭部に当てた。

「ささ、ここに座って。瘤を冷やしている間に、足を洗って差し上げましょう」

「めっそうもない！　そんなことを歌麿さんにしていただいたらバチが当たります。どうか、歌麿さんが先に……」

それに私はまだ、今のうちにここから逃げ出そうかどうしようか、迷っている最中だった。

「わかりました。では……」

歌麿が上がり框に腰かけ、桶に足を入れたところに、ちょうどりよが手拭いを持って戻ってきた。りよはすぐさましゃがみこみ、歌麿の足を洗った。その様子を見ていると羨ましくなってきた。女性に足を洗ってもらえるチャンスなど、二度とないかもしれない。ひとまず逃げ出すのはやめにして、歌麿に続いて足を洗ってもらうことにした。

（腹も減ったことだし、蔦重が帰ってくるまでに、腹ごしらえだけでもできればいいが

……。ここを出ていくのなら、いくらか金も持っていないと不安だ。果たして歌麿は貸してくれるだろうか？）

などと算段していると、

「りよ、飯は残っているか？」

歌麿が聞いた。

「ございますが……召し上がってこられなかったのですか？」

りよが聞き返した。

「うん、ちょっとな。タケさんもほとんど召し上がっていらっしゃらないだろうから、茶漬けでも用意してくれないか？」

「かしこまりました」

（さすがは歌麿さんだ。気が利くなぁ）

ありがたく思いつつも、

「いえ、私はとても、食事が喉を通る状態ではございませんので……」

一応辞退した。「そうおっしゃらずに……」と、勧めてくれるのを期待してのことだ。すると歌麿は、

「いずれにせよ、腹は満たしておいた方がいいですよ」

と微笑んだ。

(いずれにせよ、って……)

歌麿はさきほど私のことを、昔の自分を見ているようだと言ったけれど、本当にこの男には、何もかも見透かされているような気がする。取りつくろっても無駄だと大人しく膳に着き、にんじんの糠漬けと梅干しを頼りに、茶漬けをかき込み始めた。

食べ始めて五分もしない頃だろうか、

「すみません、お代わりをお願いします」

木製の茶碗をりよに差し出したところに、

「ほーお。……いい身分だな」

背後でドスの利いた声が聞こえ、硬直した私の手から、茶碗が落ちて転がった。

(嘘だろう？　帰ってくるのが早すぎやしないか？)

「お帰りなさいませ」

歌麿が両手をついて頭を下げ、りよはすぐさま洗い桶を取りに行った。

「お早いお帰りでございましたな」

歌麿が顔を上げた。

(全くだ)

恐る恐る振り返ると、蔦重はこちらに背を向けて、上がり框に腰かけていた。

「おまえたちが帰った後、座がしらけたんでな。早々に床入りしてもらうことにして、後は女将に任せてきた」

「そうでございましたか」

歌麿が和やかにうなずいた。

「……ところでタケ。おまえ、こんな時に飯が食えるとは、見かけによらずたいした度胸だな」

蔦重は座敷に上がるなり、私の首根っこをつかんで引っ張り上げた。

「いえ、あの、これは……」

首をすくませ、しどろもどろに答えていると、

「旦那も召し上がります？」

ことをなげに、りよが尋ねた。

「ああ」

蔦重は答えると、急に興味をなくしたかのように私を解放した。羽織を脱ぎ、胡坐（あぐら）をかいて帯から煙草（たばこ）入れを取り外し、一服し始めた。

「あの……今日はその、申し訳ございませんでした！　自分が何をしでかしたか、歌麿さんから聞きました。蔦重さんの顔を潰し、歌麿さんのお披露目の邪魔をしてしまい、面目次第もございません！」

私は蔦重の前にひれ伏した。

「……」

蔦重はこちらを見向きもしない。よほど怒っているのかと思いきや、ぼんやりと煙を吐き出している。

「あの……叱らないのですか？」

「ん？　ああ……」

どうでもいいような、投げやりな返事だ。

（なら、さっきの脅しはなんだったんだ？）

肩透かしを食らったような気分で、私は煙の行方を目で追いながら尋ねた。

「……私は、お暇を出されるのですか？」

「暇？　まだ雇ってもいねえぞ」

（そういうことではなくて……）

「えーっと、……私はここにいて、いいのでしょうか？」

「あー……。飯食ったら、今夜は本店に帰るぞ。いいな」

「いいな、って……私が行ってよろしいんですか？」

「来るんだろ？」

「ええまあ……できるなら」

「なら、今のうちにしっかり食っとけ」

蔦重の真意がわからず、私は心細くなって歌麿を見た。と、歌麿は噴き出しそうになるのをこらえている。

「歌麿さん、これはいったいどういうことです？」

歌麿はたまりかねて笑い出した。

「タケさん、あなたは私たちに、きちんと謝罪されました」

「許してもらえたのですか？　本当に？　あれだけのことをしたのに？」

「だってあなた、何も知らなかったのでしょう？」

「じゃあなぜ、さっきはあんなに……」

凄まじい剣幕で蔦重に殴られたのだ？

「蔦重があしなければ、あの場の収まりがついたと思われますか？　そこまですることはないというほど叱ったからこそ、あなたに同情し、庇う人が現れたのでございます。それに、使用人を厳しく躾けているという、蔦重の信用にもつながりますからね」

「じゃあ……歌麿さんが蔦重を止めたのは……？」

「芝居でございます」

「私が折檻されて、追い出されるかもしれないというのは……」

「戯言でございます」

生真面目に答え、歌麿は慇懃に頭を下げた。私は、口をポカンと開けて、ゆっくりと蔦重を振り返った。

「二度目はねえからな」

蔦重がつまらなそうに言った。

「はい！　二度と出しゃばったりいたしません！」

「あーあ、今日は疲れたぜ……」

出された茶漬けに手をつけず、蔦重はゴロリと横になった。

（良かったー!!!）

気が付くと、私の両目から涙が溢れ出ていた。ここを出ていくのなんのと強がりながら、私の心はこんなにも不安がっていたのだ。それにしても、二人とも人が悪い。

（なんだかなぁ……）

明日から蔦屋で働くことに一抹の不安を覚えながら、それでもこの寒空に追いだされなかったことを、神様に……いや、お稲荷さんに感謝した。

《第四章》

翌朝から早速、蔦屋での奉公が始まった。本店がある日本橋の通油町は、吉原の五十間通りにある店と違って通りが広く、両側に、家具、塗物、瀬戸物、米、茶、紙、器、傘、呉服、菓子、蕎麦屋……など、さまざまな商店や飲食店が並んでおり、行商人なども行き来して、大いに賑わっていた。アーケードのない商店街のような感じで、表通りは商業スペースだが、路地に入ると長屋……つまり居住スペースが並んでいる。

表通りの一角にある蔦屋本店は、富士山形に蔦の葉の家標と、『耕書堂』と書いた暖簾がはためく、間口が五メートルほどの、こぢんまりとした店だった。表には『通油町紅絵問屋　蔦屋重三郎』と書かれた箱看板が置いてあり、入り口の脇には、現在発売中の書籍名と作者名が書かれた板が並んで掛けられている。

店に向かって左側には、斜めになった大きな板が置かれ〝錦絵〟と呼ばれる多色摺りの浮世絵版画が一枚ずつ、見やすく並べられていた。後ろの壁には紐を渡し、まるで洗濯物を干すかのように、錦絵がぶら下げられている。〝竹ばさみ〟と言って、現代の洗濯バサミのようなものが、すでにこの時代にはあったのだ。

正面には二段になった棚が置かれ、各種書籍がたくさん重ねられており、上がり口に腰かけて、客たちが商品を吟味できるようになっていた。

また右奥では、〝しくみ〟と呼ばれる製本作業が行えるスペースが取ってあった。各ページを外折りにして、ページ順に揃える〝丁合(ちょうあい)〟、まとめた紙を断裁する〝化粧裁(けしょうだ)ち〟、表紙をかけて背表紙部分を糸でかがる〝綴(つづり)〟といった内職仕事を、店番をしながら、手の空いた者が行えるようになっていた。

客層は男性の比率が高く、特に参勤交代で故郷に戻るお侍などが、土産にと買い求める姿が目立った。

戯作者が文章を書き、浮世絵師が挿絵をつける読み本（黄表紙(きびょうし)と呼ぶらしい）は高価なものなので、貸本屋が買い付けに来ることも多い。

蔦屋の奉公人は、番頭が一人と、手代と呼ばれる若い衆が三人、十二～十七歳の小僧が三人で、彼らはいわば、営業と販売部門を担っている。

店の奥には作業場があり、蔦屋で販売する出版物の版木を彫る彫師たちと、それを摺る摺師たち、それぞれの見習いといった通いの職人たちが雇われていた。製造部門の正社員に当たるわけだが、彫摺(ちょうしゅう)にかけては外注することも多く、時には流れ者の職人を期間限定で雇うこともあるという。

他に女中が二人、住み込みで働いており、蔦重の家族を始め（驚いたことに、蔦重には妻がいた！）、皆の食事や洗濯など、奥向きの生活面の世話をしていた。

蔦重の仕事ぶりはパワフルでワンマンだった。日々忙しくあちらこちらに出かけており、店頭にいることなどほとんどなかった。夜も接待や集会に出ることが多く、なかなか蔦重の近くに付いて学べないのはジレンマだったが、私の存在が足手まといでしかないうちは我儘も言えない。先日の狂歌の会のような失敗は、二度とご免だ。

早く仕事を覚えなければと、私は懸命に働いた。せっかく若返らせてもらったのだから、健康な肉体を活用しないとバチが当たる……というよりバチが〝増える〟。

私の場合、見た目の年齢からすれば手代に当たり、本来なら接客や業者とのやりとりも行うべきなのだが、他の手代たちのように小僧から叩きあげられたわけではなく、加えて記憶喪失という設定なので、責任のある仕事を任されるわけはなく、小僧たちに交じって掃除や書庫整理をするところから仕事を始めた。

ここでも娘の亜里沙からプレゼントされた、カード型ソーラーパワー電卓に助けられた。専門用語を知らない上に、楷書で書かれた文字ならともかく、基本の変体仮名が読めない私は、本来なら小僧たちに馬鹿にされても仕方のないところだった。だが、そろばんを使わずに計算ができるというただ一点において秀でていたため、周囲の人々にいたわられながら仕事を覚えることができた。

実際のところ、仕事は何もかも新鮮でおもしろかった。掃除一つにしても、井戸まで行って竹釣瓶(たけつるべ)で重い水を汲み上げなければならないし、畳に茶殻(ちゃがら)を撒いて箒(ほうき)で掃く、などという面倒なことをしなければならないのだが、工場で造られた大量生産品を見慣れた私にとっては、道具の一つ一つが自然素材のハンドメイドで、それもかなり精巧な作りであることに、手を止めて見入ることもしばしばだった。箒や笊(ざる)、器の一つ一つが贅沢品に見えた。

　特に感嘆したのは、出版物における技術力の高さである。

　私が以前担当したクライアントの一つが、店内に美術館を併設している百貨店だった。展覧会ごとに内覧会には足を運んでいたため、美術品全般に関してある程度の知識は持っていたが、ここで浮世絵の彫摺の作業を見て、私は今更ながらに、この時代の出版物が全て木版画でできていることの大変さを知った。

　私が会社に就職した頃の出版界はまだ、活版印刷が生きていた時代だった。金属でできた文字を一文字ずつ集めて木枠に並べ、輪転機にセットして印刷していたのだ。それからすぐに写植文字に変わったが、紙焼きを切り貼りして特殊な糊で台紙に貼りつけ、それを焼いてフィルムを作っていた。文字を修正するのも、紙焼きを切って貼り直すところから始めなければいけないので一苦労だった。

　それが今や、パソコンを使って文章を書き、デザインし、データを送れば印刷ができるという、当時から比べれば魔術を使ったとしか思えない時代になったが、木版で印刷物を作るという手間は活版印刷の比ではなく、私の想像を絶する匠の技の結晶だった。

文字の一つ一つ、髪の生え際の毛一本一本を反転させて板に彫り込むという作業は、小学校の工作の時間に作ったイモ版どころの話ではない。普段何げなく見ていた錦絵も、一ミリの間に髪の毛三本が彫られ、目詰まりさせずに摺られている技術や、色を一色ずつ、何色も重ねて摺っていながら一ミリのズレもない技術を見て、欧米の人々が、なぜあれほど浮世絵収集に熱狂したか、その意味がわかるような気がした。

現在でも日本の町工場が、ロケットの先端部分や数ミクロンの注射針、微妙に厚みを変えて削られる万年筆の軸など、世界に真似できない優れた技術を持っているという話をよく聞くが、この完璧を求める探究心と集中力、手先の器用さは、世界に誇れる日本人のDNAではないかと思う。

(日本人って、素晴らしい……！)

身体の芯が震えるような感覚を味わった。

そんなこんなで一日の仕事を追えた後は、読み書きを集中的に学んだ。本屋で働いていながら変体仮名が読めないではシャレにならない。

変体仮名は、崩す前の漢字を覚えると、読み解くのはそう難しいものではない。ただし一音に対して文字が一つとは限らないため、複数個の文字を覚えなければならないのがやっかいだった。

たとえば、「い」は「以」と「伊」を崩した文字があり、この時代の人は一文節に同音が混じった場合、違う文字を使いたがるため、「いいだこ」を変体仮名で書くと、「以伊多古」という漢字を崩した文字が使われる。それも、どの文字を使うかは個人のセンスなので、人によっては「伊以多古」と書いたり、「以々多古」と書く人もいる。

元の漢字の意味を無視した表音文字は、なんのことはない、昔の暴走族の定番フレーズ『夜露死苦』と考え方は同じで、それを一筆書きにしただけのことである。コツがわかってくるとクイズ感覚で楽しめ、文字がどんどん読めるようになっていった。


蔦屋で働き始めて十日目の午後――。私は作業場で、〝ドーサ引き〟という作業を手伝っていた。これは木版を摺る時に、色がムラなく摺れるよう、刷毛を使って、膠と明礬を溶かした液を和紙に塗り、コーティングする作業だ。

「歌麿ンとこへ行くからついてきな」

作業場を覗いた蔦重が、私に声をかけた。

「はい！」

嬉しさのあまり、持っていた刷毛を小僧に押しつけ、忠犬ハチ公さながらに、尻尾を振る勢いで作業場を飛び出した。

蔦重とマンツーマンで話せるチャンスをずっと覗(うかが)っていた。ここ数日間の奉公で、蔦重には聞いてみたいことが山ほどあった。

日本橋から吉原まではおよそ五キロメートルの距離だから、話す時間はたっぷりあるはずだ。もちろん、歌麿にも会いたかった。

奉公人の分際で主人と肩を並べて歩くわけにはゆかないので、預けられた荷物を背負い、私は蔦重の後をついて歩いた。

「佐助はしっかり面倒を見てくれてるか？」

最初に口を開いたのは蔦重だった。佐助というのは蔦屋の手代の一人で、私の教育係にと蔦重から指名された、二十歳前の青年だ。

「はい。おかげさまで、ずいぶん文字も読めるようになりました」

私は小走りになりながら、前を歩く蔦重に大声で答えた。蔦重の足が速い上に、往来は人でごった返しているため、ついてゆくのがやっとだった。蔦重は立ち止まってヒョイと振り返り、私を眺めた。

「ほお。ちぃとの間にいい面構(つらがま)えになってきたじゃねえか」

「早くこちらの世界に慣れなければと思いまして。……もう、あのような思いはまっぴらです」

「あのような思いってのはどんな思いだ？　俺に殴られて悔しかったか？」

「……いえ。私のせいで人が傷ついたり、迷惑をかけるのが嫌なのです」

「まあ、それも大事だが……」

蔦重は、再び前を向いて歩き始めた。

「いいんだぜ、俺を恨んでも。怒りや悔しさってのは、何よりの力になるからな。大事なのはその時の感情を覚えているこった」

その瞬間、歌麿の言葉が甦った。蔦重がここまでになれたのは、親に捨てられ、養子先でこき使われた、不運な生い立ちのせいだと。

「まさか……そのために、わざと私に辛く当たられたのですか？」

私が切迫した声で聞くと、

「はぁ？　なんで俺がおめえに、そんな気ィ遣わなきゃなんねんだ。馬鹿馬鹿しい」

蔦重は呆れたように答えた。

「そりゃあそうですよね」

否定されてホッとした。この歳で、そこまで人間ができていられては困る。

「………」

「………」

聞きたいことはたくさんあるのに、いざ二人きりになると何から話していいのかわからない。それきり会話は途絶え、私はひたすら蔦重の後を追った。

「あのっ……、この荷物の中身は何ですか？」

人混みを抜けたところで、思い切って蔦重に声をかけた。会話の糸口をつかむためとはいえ、あまりにも間抜けな質問をしてしまった。

（初デートじゃあるまいし……。いくつだ、俺は？）

ああ、と蔦重は少し歩をゆるめ、話しやすいように距離を詰めてくれた。

「そりゃあ正月に売り出す、狂歌絵本の下絵だ。『絵本江戸爵（えほんえどすずめ）』って言ってな、歌麿に描かせた江戸の名所絵に合わせて、お歴々が詠んだ歌を添えてある。年明けには他にも、北尾重政先生に頼んだ『絵本吾妻抉（えほんあずまからげ）』って名所ものと、『絵本八十宇治川（えほんやそうじがわ）』てえ武者絵（むしゃえ）の狂歌絵本が用意してあってな、三作同時に売り出す予定だ。こいつも、絵の直しがないか歌麿に確かめたら、いよいよ彫りに入るぜ」

蔦重にしては珍しく、子供のように目を輝かせて言った。

「先日の会で、歌麿さんが即興で絵をつけられていたものは、本にしないのですか？」

「以前はそんなこともやってはいたが、今はもう、狂歌を主体にした本は流行らねえよ。歌麿が描いたモンは、あのまま作者にくれちまったよ。客人たちがそれぞれに、あの絵をどこぞでみせびらかしてくれりゃあ、それはそれで歌麿のいい宣伝になるしな」

「なるほどそうですね」

うなずきつつ内心では、「あなたが無料(ただ)でプレゼントしたものは、私の時代なら一枚数百万円はするのですよ」と言いたくてうずうずしていた。

蔦屋で働き始めて驚いたことだが、錦絵一枚の値段というのは、かけ蕎麦一杯の値段と変わらないぐらい安い。錦絵を美術品ではなく、単なる印刷物と考えれば、現代でもアイドルやスターのピンナップが五百円前後で売られているので、相場としては同じなのかもしれない。しかし、現代で江戸時代の錦絵を購入しようとすると、数万〜数千万円することを思えば、カテゴリーとして、こんなに値段が高騰した品物は珍しいのではないかと思う。

「その点今度の三作は、狂歌師の蔦唐丸(つたのからまる)、つまり俺が発案した新しい形の本だ。絵が主体で、狂歌は添え物になる。だから、北尾先生にも歌麿にも、時間をかけて存分に腕を揮(ふる)ってもらったのさ」

「それは楽しみですね」

「俺がなんで、狂歌絵本を作ろうと考えたと思う?」

蔦重が私の顔を見て、ニヤリと笑った。

「歌麿さんを売り出すためじゃないんですか?」

「それだけなら錦絵を描かせた方が早ぇさ。……まぁ、まだ歌麿の美人画は、清長の真似の域を脱しちゃいねえがな。歌麿も早いとこ、てめえなりの女が描けるようになりゃあいいんだが」

「清長って？」

間違いなくそうなりますよ、と言いたいのを我慢して、私は聞いた。

「鳥居清長っつって役者絵の大家だが、美人画も大評判でな。……もともと錦絵ってのは、俺が十五かそこらの時に発明されたんだが、初めて見たときゃあ、そりゃあ驚いたもんだ。それまではせいぜい墨・紅・緑の三色でしか摺られてなかったもんが、いきなり手で塗ったみてぇに色が増えたんだぜ」

この感覚はなんとなくわかる。私も、白黒テレビしかなかった少年時代を過ごしているので、初めてカラーテレビを観たときは魂消たものだ。

「なんでこんなことができるんだって思ってよ、俺はつてを頼りに平賀源内に会って、当時錦絵を作っていた作業場を見せてもらった」

「平賀源内⁉」

出た！　歌麿から、吉原細見の序文を平賀源内が書いたと聞いた時から、彼の話題が出るのを待っていた。少年の頃から、蔦重は源内と知り合っていたのか……。

「源内を知ってんのか？　……まあ、あれだけ多才な男なら、おめえの時代にまで名前が残っていても不思議はねえがな」

「どうして平賀源内が、錦絵の発明に関係あるのですか⁉」

私はタイミングを待ちきれずに聞いた。

エレキテルを作ったことと、学者や作家、コピーライターだったという話は聞いたことがあるが、錦絵にも絡んでいたとは初耳だ。

「もう二十年も前になるがな。あの頃は、通人たちの間で毎年、絵暦交換会ってのが流行ってて、どこの連の絵暦が一番いいかって品評会が行われた」

絵暦……つまり、カレンダーのコンクールが開催されていたということか。

「一等を狙った旗本が金にあかせて、鈴木春信ってぇ新進気鋭の絵師と、凄腕の職人たちを集め、平賀源内の仕切りで、贅を尽くした絵暦作りを依頼した。そん時にできたのが多色摺りの浮世絵版画ってわけだ」

「そうだったんですか」

「春信の絵暦は一等になり、それに目をつけた版元が、暦の部分の板を削って美人画として売り出した。錦織の帯のように美しいってんで、錦絵って名前をつけてな」

「へぇ」

「源内の名前は表に出ちゃあいなかったが、通人の集まる吉原に暮らしゃあ、そんくらいのことはわかる。……で、源内に会って作業場に連れていってもらい、錦絵が摺られてゆくのを見て……。俺が出版に関わる仕事をしようと思ったのは、きっとあれがきっかけなんだろうな」

「わかります！　蔦屋の作業場に入って、私も感動しました。あんなに繊細で複雑な線を、彫ったり摺ったりできるなんて。……みなさん、凄いです」

「まあ、職人ならあれっくらい、当たりめぇだがな。そのために何年も修業してんだからよ」

「でも、私が何年修業しようが、あんなことができるようになれるとは思えません」

「そりゃあそれぞれの天分ってモンだろう。あいつらはああやって、コツコツと毎日同じことやってんのが性に合ってんだ。俺にはンなこと我慢できねえが、何か考え出したり、策略を練ったりしていると、時を忘れるくれえにおもしれえ。各人の天分が違うからこそ、世の中は回ってんじゃねえのかい？」

「向き、不向きがあるのはわかりますが……」

「天分ってのは、お天道さんが与えてくださった才覚だ。俺は、そいつを大事に使わねえ奴は嫌えだ。……タケ、おめえの天分は何だ？」

（私の天分……？）

私は言葉に詰まってしまった。

「なんでい、五十五年も生きてて、思いつかねえか？　何が得意で、何が好きなんだ？いつも何を褒められてた？」

うーん、と私は腕を組んだ。

「そうですね……褒められていたことと言えば、つきあいがいいことと、物怖じしないこと。場を盛り上げるのも得意で、よく幹事を買って出ていました。……好きなのは……っと、飲むことと食べることが好きで、有り余るほど金があったら、世界中のうまいもんを食べ尽くしたいって思っていました。あとは……職業病なのかもしれませんが、目新しいことは何でも観たり経験したくなるタチでして。そうそう、読書や映画も好きですよ」

「エイガ？」

「ああ、映画じゃわからないですね。えーっと……そうだ、動いて音が出る、紙芝居のようなものです」

「ほう。なら、苦手なことは何だ？」

「苦手なことは……人と争うことと、誰でもできる決まった作業をずっとやり続けること、でしょうか」

「そうか。……まあ、あれだな。今のおめえの話からすると、この時代でおめえの天分を活かせる仕事は、幇間だな」

「幇間？」

「ああ、男芸者だ。人好きで盛り上げ好きで目新しいものが好き。争いを避けて、変化を求めている。幇間ってのは、臨機応変に、どんな話題にでも乗れなきゃいけねえからな。世辞が言えて、いくつか芸を身につけりゃあ、うまくいくんじゃねえのか。宴席に侍（はべ）ったり、客の供をしてりゃあ、旨いモンにもありつけるしよ」

「はあ……」

複雑な気分だった。幇間という職業を馬鹿にするわけではない。私は実際、浅草から出る屋形船での接待で、もはや日本に数人しかいないという幇間の芸を堪能したことがある。落語、小噺（こばなし）、踊り、手品、襖（ふすま）を使った一人芝居などなんでもできて、軽快な口調で自分を貶（おとし）め、人を気分よく持ち上げる術は見事だったが、その時、

（無礼な酔客もいるだろうし、気疲れの度合いが半端じゃないだろうな。とても私には無理だ……）

と思ったのだ。それに、私の中では幇間と言えば、お調子者のおべっか言い、という意味で使われ、決して褒め言葉ではない。まあ、私の仕事ぶりは、部下たちからはそのように映っていたわけだが……。

考えてみれば、長所と短所なんて物の言いようで紙一重だ。

「けどいいか。俺はおめえに、幇間になれって言ってるワケじゃねえぜ。己の天分を知った上で、仕事に活かせ、ってこった」

「はい」

私は大きくうなずいた。

「それと、いい機会だから教えておいてやる。天分に甘えちゃならねえ。人ってのはたいがい、得意なモンや好きなモンで大きな失敗をするもんだ」

「どういうことです？」

逸(はや)る心を抑えて次の言葉を待った。

「好きだから、得意だからできて当然だと思ってなめてると、足元をすくわれて痛い目を見ることンなる。……おめえだってそうだったじゃねえか。こないだはなんで失敗した？」

その途端、蔦重に殴られた側頭部が、ジンと疼(うず)いた。

「……そうでした。宴席を盛り上げようとして……」

「言葉通り、痛い目に遭ったよな」

「はい……」

「ありゃあおめえ、できる自信があったからやったんだろ？」

「ええ」

「後で考えりゃあ、準備もねえのに無謀だったと思わねえか？」

「……その通りです」

「もし、そういうことが苦手な野郎だったらどうしたと思う？」

「まず、出しゃばらなかったでしょうし、どうしてもやらなきゃいけないのだったとしたら、あなたの指示を仰ぎました」

「そういうこった」

蔦重は、私の坊主頭をポンポンと叩いた。


そういえば、私はかつて、ＣＭのコンペで大失敗をしたことがあった。

血気盛んな三十代の半ばのことだ。私が担当していたスポンサーの新作ＣＭで、海外の大物女性ミュージシャンを起用することが決まり、コンペとなった。昔から彼女の大ファンだった私は、「この業界で、私以上に彼女のことを知っている人間などいない」という自信のもと、部下たちを巻き込み、どうすれば彼女の魅力を最大限に引き出すＣＭが作れるかという観点で、寝る間も惜しんでプランを練った。

結果、自信満々で挑んだコンペは惨敗した。それも五社競合の中で、真っ先に落とされたのだという。プレゼンに勝利して、直接憧れの彼女と仕事をする、という夢も消え果てた。結果を聞いた時はショックのあまり、ヤケ酒をあおり続けた。恥ずかしくて部下は誘えなかった。

後日、採用になったＣＭを観て愕然（がくぜん）とした。ブラウン管の向こうの彼女は、ミュージシャンであることなど無関係に、商品名にかけたベタな駄洒落をしゃべらされていた。

彼女のファンにとっては冒瀆とも取れるＣＭだったが、話題性はあった。

私は舞い上がるあまり、広告の基本をすっ飛ばしてしまったのだった。ＣＭとはあくまで商品を売るためのもので、彼女を売る必要はない。彼女を使っていかに商品を売るかを考えなければいけなかったのだ。これなどまさに、〝好き〟と〝得意〟で失敗した例だろう。

『人は、得意なことで大失敗する』。これは大きな気付きだった。

「ありがとうございます！　思い当たることがたくさんあります」

「だろ？　お天道さんが与えてくれた天分に感謝して、才覚に胡坐をかくことなく、真面目に向き合っていりゃあ、道を逸れた時に教えてもらえるしな」

（教えてもらえる？　誰に？）

一瞬、カーナビの『ルートを外れました』という機械音声が聞こえた気がした。

「それは……どういうことでしょうか？」

「何かがヘンだと感じる時や、悪い予感がする時があるだろう？　あれがそうだ。ありゃあお天道さんが〝気ィつけろ〟って教えてくだすってるんだよ。その声を素直に聞いて、ちゃあんと手を打ちゃあ問題ないが、悪い予感を気のせいだとか、まあ大丈夫だろう、なんてほっとくと、後で大変な目に遭うことになる。そん時は何事もなくても、実はてめえの知らねえところでえらいことになってたり、評判を落としていたりするもんだ。お天道さんからすりゃあ〝だから教えてやったのに〟ってとこだ。……ンなことを何べんも繰り返してみろ。言うことを聞かない奴は可愛くねえってんで、だんだん声もかけてもらえなくなるぜ」

「……なるほど」

蔦重の話が多少スピリチュアルがかってきたことに戸惑いを感じないではないが、私がここにいること自体が神憑り(かみがか)なのだから、天の存在を信じるも信じないもない。けれど今の話で、蔦重が私の話をすんなり信じてくれた理由がわかった気がした。現代人には希薄になってしまった〝信心〟を、彼らは素直に持ち続けているのだ。

(天に可愛がられることが、成功の秘訣ってわけか……)

やはり、蔦重の話はおもしろい。

「それであの……、さきほどの話の続きなのですが、平賀源内が『吉原細見』の序文を書いてくれたのは、その時以来、縁が続いていたからですか？　それと、蔦重さんが狂歌絵本を出す本当の目的ってなんですか？」

「おう、ずいぶん話が逸れちまったな。それについちゃあ、下絵を見せてから話してやるよ」

「わかりました」

「………」

(あれ? 平賀源内は?)

蔦重は前を向いたままで最初の質問に答える気はなさそうだった。忘れたフリをしているのか、わざと答えないのか?

そういえば歌麿が、源内は衆道趣味だから、吉原には縁がないはずだと言っていた。源内と初めて会った時、蔦重は十五歳。今の顔立ちから想像するに、ドS顔の美少年であってもおかしくはない。

(まさか、色仕掛け……なんてことは……)

いや、ないない。私はおぞましい妄想を振り払うように、首を横に振った。

やがて蔦重と私は、大川(隅田川のことだ)端に出た。雄大な川面に、陽の光がきらめいている。今は冬場なので寒々しいが、堤防沿いにずらりと桜の木が並んでいるのは現在も同じだ。ここに桜を植えさせたのは八代将軍・徳川吉宗で、質素倹約を奨励する傍ら、こうして金をかけずに楽しめる花見の場所を各地に作ったのだという。

もっともこの頃はまだ、白い花だけが先に咲く、けぶるようなソメイヨシノは誕生しておらず、花と葉が一緒に開く、山桜系の桜が植えられていたはずだから、花見の景色はずいぶん違うのだろう。

不意に私と蔦重の目の前を、黒い影が横切ったかと思うと、天高く舞い上がった。

——トンビだ。

二人とも立ち止まり、トンビの動きをしばらく目で追った。

「ああやってよ、空から町を見下ろせたら、さぞや気持ちいいんだろうな」

蔦重には珍しく現実逃避した発言に思え、私は蔦重の横顔を凝視した。

「なんでい、変な顔して？」

蔦重が視線に気付いて振り返った。

「いえ……。あなたでも、何かを羨ましがることなんてあるんだな、と思って……」

「ハハ、なるほどな。……けど、もし俺が、人間以外の何かに生まれ変われるとしたら、選ぶのは鳥……それも鷲だな」

「鷲、ですか」

「ああ。姿かたちは鷹の方が様子がいいかも知れねえが、人に飼われるのはご免だし、トンビみてえに、人の食いモンをかっさらうようなみっともねえ真似はしたくねえ。鷲なら天敵もいねえし、最高じゃねえか、なあ」

言って蔦重は、私の背中をバン、と叩いた。

「まあ、蔦重さんらしいといえばらしいですが……」

「おめえなんざぁさしずめ、娘っ子に可愛がられる、尻尾の短けぇ三毛猫あたりが望みだろうよ」

「なんですか、それは」

どうやら蔦重は、完全に私を助平扱いしているようだ。確かに、そう思われても仕方がないほどの失態を繰り返してきてはいるが……。

「戯言(ざれごと)はさておき。商売をする時ってのはよ、〝鳥の目〟で見るようにすりゃあ面白いもんだぜ」

「鳥の目？」

「ああそうだ。実際にてめえが見ている目と、相手からてめえがどう映っているかってえ目、最後に、天から全部を見通す鳥の目だ。この三方から物事を見りゃあ、失敗しないし、騙されねえし、新しい考えも湧くってもんだ」

……なるほど。現実を見る目と、逆から見る目、俯瞰(ふかん)で見る目、ってことか。三方向から物を見る癖をつけると、確かにたくさんのアンテナが伸ばせそうだ。

蔦重から教えを乞えたことが嬉しく、またこれをきっかけに、やっと聞きたかったことが聞ける状況になってきた。

「あの……、店に『富本節(とみもとぶし)』や『往来物(おうらいもの)』といった本がたくさん置いてありますが、地本問屋と聞いていたので、ああいう堅い本も作っておられるのは意外でした」

『富本節』とは江戸で大人気の浄瑠璃の一種で、蔦屋では正本（演目のガイドブックのようなもの）と稽古本を扱っている。また、『往来物』とは手習いの教科書のことだ。

「青表紙を作るのは資金繰りのためだ。ちょうど株が手に入ったんでな」

「ちょうど、というのは？」

「おめえ、本当に何でも知りたがるな」

蔦重が呆れ顔で言った。

「すみません、鬱陶しいですか？」

「いや、構わねえよ。学ぶ気のある奴は嫌いじゃねえ。……ちょうど、女房の実家の伊賀屋ってのが、富本節の稽古本の株を持ってたんだ」

「それって、持参金目当ての結婚ってことじゃあ……！」

言ってしまって、私は思わず両手で自分の口をふさいだ。

「……なんだか知らんが、おめえが思ってるようなことじゃねえさ。女房の親父ってのがもう年でな。隠居をしたいんだが株を手放すのは惜しいってんで、向こうから薹の立った娘に株をつけて、縁談を持ち込んできたんだ。俺にしてみりゃあ、こんなうめえ話、断る理由はねえからな」

（どちらからアプローチしたかの違いだけで、私の想像とさほど変わらないじゃないか）

思いつつ、伊賀屋にとってちょうどいい頃に、若くて独身でやり手の版元になっていたのは蔦重の実力なのだから、天が味方して当然か、と納得した。それにこの時代、結婚相手は親や世話人が決めるのが当然で、恋愛結婚は圧倒的に少なかったはずだ。

「なんにせよ、長く堅実に売れるモンを作っておかねえと、半歩先行く本は作れねえからな」

「半歩先？」

「ああ。一歩先じゃあ速すぎて、世間様はついてこれねえ。その点、半歩先ならじきに周りは追いついてくる。ただし、追いつく速さが読めねえのと、仕掛けに手間がかかるんで、その間を持ちこたえさせるモンが必要なんだ」

「………」

蔦屋で働くようになってしばしば感じることだが、蔦重は決して山師（やまし）ではない。今の話でもわかるように、何か新しいことを始める時には、必ず保険をかける慎重さがある。

特に人の出入りに関しては厳しい。たとえ物売りでも、見慣れない人間からは買わせないし、新入りの職人などは、身元の保証がないと、飛び込みでは決して雇わない。そのくせ、自分がこれと目をつけた相手は、問答無用でスカウトする。

金の使い方も極端だ。接待や見栄を張る部分には惜しみなく金を使うが、表に出ないところでは細かく節約を強いる。つまりケチ……というか、無駄金を使うことを嫌うのだ。

棒手振り（ぼてふ）が売りに来る魚も、朝獲りのものは高価だからと、午後、その日の売れ残りを持ってこさせ、量が多い時には干物や塩漬け、味噌漬けにして保存させる。魚売りにすれば、毎日の売れ残りを全て買い上げてもらえるのだから、買い叩かれた底値でも嬉しい。万事がこの調子だが、だからといって、奉公人が日々貧しい食生活を強いられているかといえばそうではない。

蔦重は、料亭での会食などがあった時、残り物を全て折詰めにさせて持ち帰るのだ（妓楼での残り物は、遊女や禿が後で食べるのでそのままにするのだとか）。自身は、接待の場ではほとんど料理に手をつけないため、深夜店に戻ってから、起きている奉公人たちを集めての夜食会となる。多少干からびていようがなんだろうが、元は最高級の食材を使った手の込んだものなので、食べたことのない料理が味わえるとあって、みんな大喜びだ。こういう楽しみがあるから、蔦重がケチでも文句は出ない。

気の置けない内輪の人間ばかりなので、この時ばかりは蔦重もリラックスして食事を楽しむ。蔦重を始め、みなの好物は、残り物の刺身をしばらく練り胡麻と酒、みりん、醤油を混ぜたタレに浸けておき、湯通しして温めた飯にのせて、お茶か出汁（だし）をかける〝づけ茶漬け〟だ。

私も必ず夜食会にはご一緒させてもらうのだが（万が一寝てたら起こしてくれと頼んである）、お茶が番茶か煎茶かで味が変わるし、薬味も山葵、辛子、一味唐辛子、陳皮、黒胡椒（江戸に来てビックリしたことの一つだが、この時代、黒胡椒はさまざまな料理に使われている）と、組み合わせを変えることによっていろいろな風味が楽しめ、飽きることがない。自分が食いしん坊だから言うのではないが、やはり、食の楽しみというのは人を幸せにするものだ。

「富本節の株のことは納得しましたが、蔦重さんはそもそも、『吉原細見』の株をどうやって手に入れられたのですか？」

財力がある今ならともかく、一介の貸し本屋が、吉原のガイドブックの編集長となり（ここまでは蔦重の生い立ちを考えれば理解できる）、その後版権を手に入れて独自に出版できるようになったからくりは、理解の範疇を超える。

「歌麿は、そんなことまで話したのか？」

「いえ、私がしつこく聞いたのです」

蔦重の声が心持ち低くなったような気がして、私は慌てて取り繕った。

「まあ、別に構わねえけどな。……あれはよ、鱗形屋が勝手に自滅したんだ。鱗形屋の手代が大坂で評判を取った本をそっくり真似て、無断で江戸で売っちまった」

「盗作……ってことですか」

「ああ。大坂の版元から訴えられて身代が傾き、俺の手間賃が払えねぇなんてケチなことを言いやがるから、俺は腹ぁ立てて発行人を降りた。すると、俺の腕を見込んでくれた株持ちが、独自の細見を作れって、俺に株を譲ってくれたんだ。出世払いでいいからってよ。……鱗形屋の細見なんざ、すぐに蹴散らしてやったがな」

（なんだ……）

なんとなく、陰謀めいたものを感じていたので、蔦重が正々堂々と細見の株を手に入れたと知って気が抜けた。……と思ったのも束の間、次に出たセリフに仰天した。

「まあ、大坂の版元に『盗作されてるぞ』って教えたのは俺だけどな」

「ええっ⁉」

「なんだおめえ、なんでそんなに驚くんだ？」

「だってあなたは……鱗形屋から仕事をもらってたんですよね？」

「それがどうした？　出版人が盗作するようになっちゃあおしめえだ。版元の風上にも置けやしねえ。それにあれは手代が勝手にやったたってことになってるが、嘘に決まってらぁ。鱗形屋孫兵衛（まごべえ）ってのはタヌキ親爺でな、店を潰したくないからってんで、罪を手代になすりつけたに違（ちげ）ぇねえ。……ざまあみやがれだ」

（なんと……）

これは立派な策略ではないのか？　蔦屋重三郎、恐るべし——。

「歌麿さん！」

先に様子を見てくるように蔦重から命じられた私は、吉原大門前の店に入るなり、店番をしていた歌麿に声をかけた。

「ああ、タケさんもご一緒でございましたか。いかがです、蔦屋の仕事は？」

「おかげさまで、毎日いろいろなお手伝いができて楽しいです」

「それはようございましたね」

「はい。特に作業場の職人さんたちの仕事は、見ていて飽きません。歌麿さんの描く絵も凄いですが、それを彫るのも摺るのも、大変な仕事ですね。私は今日、初めてドーサ引きという仕事をさせていただきましたが、この紙に歌麿さんの絵が摺られるかもしれないと思うと、緊張しました。それに……」

歌麿の返事を聞くのももどかしく、私が続けざまにまくしたてていると、「ゴホン」と後ろで咳払いが聞こえた。

「タケ、嬉しいのはわかるが、俺は様子を見てこいって言ったんだ。戻ってこねえから、俺まで着いちまったじゃねえか」

「す……すみません！」

「で？　積もる話はもういいか？　俺は歌麿と仕事をしたいんだが……」

「はい！」

私は背中に背負った荷物を降ろした。風呂敷を解いて、A4サイズぐらいの木箱を取り出し、蔦重に渡した。蔦重は、箱の中から紙の束を出して、歌麿との間に置いた。邪魔にならないよう、後ろに控えていたが、

「タケ、側に来て、おめえも見てみろ。下絵をじっくり見るのは初めてだろう？」

蔦重が声をかけてくれた。

「よろしいのですか？」

私は膝を滑らせて蔦重に近づき、隣に座った。

二人が見ていたのは、屋台に群がる人々の絵だった。派手な市松模様の屋台の看板には、『作すし』と書いてあった。木箱に整然と、菓子のようなものが並べられているが、これが鮨なのだろうか？　木戸の向こうでは二匹の野良犬が争っていて、子供たちが石や棒を手に、犬を止めようとしていた。上の部分に書かれた文字を、私は一文字一文字確認しながら、まずは右のページの句を読んだ。

『夜や冷し
　人にやなれし

通り町
ゆき合の間にも
鮨やうるらん
　白川与布祢』

（白川与布祢……ああ、白河夜船（しらかわよふね）にかけたのか。うまいペンネームだなぁ）

感心しつつ、左の句に進んだ。

『夕はてに
おまんをほめて
通り町
つめておしあふ
見せのすし売
　菊賀三昧』

（やった！　全部読めたぞ）

この絵が日本橋の通町（とおりちょう）を描いたものであることと、一枚の絵に対して、二人の人間が狂歌を寄せているのがわかった。

「どうだ？」

蔦重が聞いた。

「凄いです。人々がみんな生き生きとしていて、丁寧で。こんなに細かい絵が、版画になるのですね」

「まあ、一苦労ではあるな」

「この屋台で売られているのが鮨なのですか？」

「ああ。こいつは『阿万鮨（おまんずし）』って言ってな、上方から伝わった箱鮨を売ってんだ。夕方になると人が押し掛ける、名物屋台だ」

「ここに書いてある『おまん』というのは、鮨屋の名前でしたか」

「夕ケさん、字が？」

　歌麿が聞いた。

「はい。一から勉強し直して、読めるようになりました」

「よく励まれましたな」

蔦重には一度も褒められたことはないが、歌麿はすぐに褒めてくれるので嬉しい。

（まるでアメとムチだ）

　鬼の蔦重、仏の歌麿——。なんだか刑事ドラマで尋問される、容疑者の気持ちがわかるような気がした。役割を分けた刑事二人から、揺さぶりをかけられている感覚だ。

「ここんとこだが……」

　蔦重が歌麿に言った。

「これじゃあ犬がじゃれ合っているようにしか見えねえ。描き直しだ」

「承知しました」

こうして、二十枚以上の絵が検分されていった。


「……で、どれくらいで直せる？」

一段落ついて、蔦重が尋ねた。

「一刻もあれば……」

「そうか。なら待たせてもらうぜ。……そういやあ、りよはどうした？」

「はい、実家から使いが来て、本日は酒屋の手伝いに……」

「おりよさんの実家は、酒屋なのですか？」

実家がお堅い商家とは意外だった。なんとなくだが、あの崩れた雰囲気から、父親がアル中でDVを受けて育った不幸な娘……というようなイメージを抱いていた。

「ええ。吉原の中にある、酒屋の娘でございますよ」

「取引するうちに、いつの間にかねんごろになっちまったんだ。おかげで酒にゃあ不自由しねえけどな。……なぁ？」

蔦重が歌麿に同意を求めた。歌麿は黙って台所に行き、一升徳利（いっしょうどっくり）と湯呑（ゆのみ）を持って戻ってきた。

「どうぞ。お待ちの間、おやりになっていてくださいまし」

「おう、悪ぃな。……タケ、なんかつまみと、そうだな。鮨でも買ってこい」

蔦重が財布を差し出した。

「あいすみません。おいでになると伺い、食材は買ってあったのですが……」

歌麿が恐縮して言った。

「それでしたら、私が何か作りますよ。台所をお借りして構わないですか？」

私は意気揚々と申し出た。妻がフランスに行っている間に自炊を始めてみたのだが、これが思いのほかハマってしまった。仕事柄、接待三昧で舌が肥えていた分、コツを覚えると料理の腕が上がるのが早かった。なにせ、こういう味にしたいという理想……というか、目標が定まっているのだから。旨いものを知らずに、旨いものを作ることはできない。

二人から異議が出なかったので、私は早速台所に立って、食材をチェックした。桶に里芋と大根と葱、それに油紙に包んだ鴨肉の薄切りが入っていた。

(里芋を煮て、鴨と葱は煎り焼きにして、大根のサラダでも作るか)

下ごしらえを終え、竈の火を起こすための火種をもらいに座敷に上がり、火鉢を覗いたところへ、歌麿が紙の束を差し出した。

「どうぞ。焚き付けに使ってください」

「あ、どうも……」

受け取って、竈にくべようとして手が止まった。それは、今しがた蔦重と検分していた狂歌絵本の下絵だった。新しく描き直したために不要になった数枚の下絵を、歌麿は燃やせと言ったのだ。

（これは……もったいなさ過ぎる）

先日メモ用にもらった不要のスケッチとは違い、こちらは版画の下絵として描いた本気の絵だ。スケッチは悪くすると歌麿の真筆と証明されないかもしれないが、こちらは『絵本江戸爵』とやらが出版され、今の世に残っていたとしたら、同じ作品の修正前の直筆として信憑性も高まり、さらに価値が上がる。

（燃やすぐらいなら……）

私はそれらの絵を丁寧に折りたたみ、誰にも見られないようにそっと懐に忍ばせた。

《第五章》

「旨(うめ)え。やるじゃねえか、タケ」

蔦重は、鴨の煎り焼きを頬張るなり言った。鉄鍋に鴨肉の薄切りを並べて火にかけ、脂が滲み出してきたところで肉をひっくり返し、筏(いかだ)に切った長葱を加えて焼く。仕上げに醤油を回しかけて、汁気がなくなるまで煮詰めたら完成だ。軽く粉山椒(こなざんしょう)を振りかけてある。

歌麿の描き直しを待つ間、蔦重と私は酒を酌み交わしていた。酒を一口飲んだ蔦重は、次に里芋の煮っ転がしを口に入れ、ゆっくりと咀嚼(そしゃく)した。

「うん、こいつも旨え」

良かった——。料理歴わずか二か月。自分が作ったものを人に食べてもらったのは初めてだったが、「旨い」と言われることが、こんなに嬉しいものだったとは……。

(兄貴の気持ちが、初めてわかったよ……)

私の実家は、長野県諏訪市で小さな食堂を営んでいる。『日の丸食堂』というベタなネーミングで、現在は両親が引退し、長男夫妻が跡を継いでいた。薄利もいいところで、末っ子の私は、なぜあんな、大変なばかりで儲からない仕事を兄が継ぐ気になったのかと不思議に思ったものだが、こういう喜びがあったのかと、四十年以上経った今になってようやく理解できた。思い返してみれば、『日の丸食堂』の料理は素朴で旨かった。レパートリーは少なかったものの、きちんとした出汁を引いていたし、味噌も漬物も手作りだった。

人間は、子供の頃の食生活で味覚音痴になるかどうかが決まるというが、私がそうならないで済んだのは、両親が毎日、手作りの和食を食べさせてくれていたおかげだろう。また、味の違いがわかるからこそ、食べることがこんなに好きになったのだとも思う。食べる楽しみのない人生なんて、つまらない。

ある時、平成生まれの新人君を、オムライスで有名な、昭和初期から続く老舗の洋食屋に連れていったことがあった。

「旨いだろう？」

私が得意げに聞くと、

「……課長。今後のこともあるので、思いきって言わせていただきます。僕は、正直言って食べ物に全く興味がないんです。おいしいとかまずいとかいうこともよくわかりませんし、食事はただ、腹を満たすために口にしているだけで、食事に使う金も時間も惜しいぐらいです。わざわざ連れてきていただいて申し訳ありませんが、僕にとって、二千円もするオムライスは無駄でしかありません。ですから今後はこのようなお気づかいはなさらないでください」

と言われ、苦々しい気分でご馳走したことがある。聞けば彼は、両親が共働きの鍵っ子で、毎日インスタントやレトルト食品、スナック菓子を食べて育ったのだそうだ。

我々が味覚を感じる〝味蕾(みらい)〟という舌にある器官は、喫煙や刺激物や老化で機能が衰えるというが、そういえば彼はいつも、大量の七味やタバスコを料理にかけていた。

部下にしてみれば、味覚音痴だからと言ってそれが不幸なことだとは思っていないはずだ。これは酒が飲めるか飲めないかと同じことで、酒が飲める人間は飲めない人間のことを「こんな楽しみを知らないなんて……」と不幸扱いしようとするが、逆に、飲めない人間は「お酒にかけるお金があれば、もっといいものが食べられるのに……」「酒を飲んで酔っ払うなんてみっともない」などと思っているかもしれない。

ＩＴ長者に味覚音痴が多いと聞くが、これなど、食べる時間をプログラミング等に費やした結果なのだろう。

とはいえ、我々日本人は、世界が「旨味」の存在に気づくはるか以前から、旨味を意識した食生活を送ってきた民族だ。鰹節、昆布、干し椎茸で取った出汁は、それぞれ違う種類の旨味成分が入っており、合わせて使うことで旨味が何倍にも膨れ上がるのだと聞いたことがある。

今や日本のシェフは世界中で活躍しているし、世界各国の料理が、現地の標準以上のレベルで味わえる国というのも珍しい。せっかくこれだけ贅沢な味覚を持ち、豊かな食文化を築いてきた日本に生まれながら、大金を稼いでも食べる楽しみに使わないのはもったいない、と思わざるを得ない。

旨いものがあれば争いは起きないというが、食はコミュニケーションにおいても有効で、大きな役割を果たす……ということは、人格形成にも関与する、ということだ。

（兄貴は、誇れる仕事をしてきたんだなぁ……）

そう思うと嬉しくなり、私は蔦重に、自分の実家が小料理屋のようなものであること、自分はまだ料理初心者だが、こうして喜んでもらえて本当に嬉しい、ということを伝えた。

「……タケ、おめえは明日っから、お勝手を手伝え」

一通り話を聞いた後、蔦重が命じた。

「え？」

「俺は昼間、おめえの天分は幇間（たいこもち）だ、なんて言ったけどよ、おめえ、納得してなかっただろう？　その点、料理人なら……」

「私が料理人に？　でも、私は……」

「まずは聞けや。てめえの道をてめえで塞いでどうする？　〝でも〟とか〝しかし〟なんて言ってる奴は金言を逃すし、人様に可愛がってもらえねえぞ。知ってる話や納得できねえ話でも、ひとまず〝なるほど〟って聞いてから判断したって遅くはねえだろうが」

「なるほど」

「そう、それだ。俺の話を聞く気になったか？」

「はい。教えてください」

「よし。……てめえが好きでやってる仕事が人に喜んでもらえるなんてよ、こんな目出てぇことはねえと俺は思うぞ。それこそ天分を活かす、ってやつだ。俺が版元なんて商売を始めたのも、てめえの好きと、人様を驚かしてえ、喜ばしてえって気持ちが合致したからだ」

「はい」

「それに、一通りこの時代の料理を覚えておきゃあ、晴れててめえの時代に帰れた時にも、役に立つじゃねえか」

確かに。版元の仕事や彫摺の技術を覚えたところで（そもそも向いてないし）、元の時代で役に立つとは思えない。

「まあとにかく、四の五の言わずやってみろって。向いてなきゃあねえで、別の道を探しゃあいい」

「はい……」

(料理人かぁ……)

正直、考えたこともなかった選択肢なので、急に言われても迷いは残る。けれども、し、元の世に戻れないとしたら？……私はこの世界で生きる道を探さねばならない。二度目の人生を、リストラに遭い、部下に嘲笑われ、家族に顧みられないような人生にするのだけは、絶対に嫌だ。

「蔦重さん。初めて会った日、あなたは私に、人生を逆算すれば、今より確実にマシな人生になる、とおっしゃいましたね？」

「ああ。言ったが、それがどうした？」

「あれからずっと考えているのですが、まだ答えが出ません。いったいどういうことなのでしょうか？」

私が首をかしげると、蔦重はやれやれといった感じで、人さし指を湯のみに入った酒に浸し、お盆の上に何やら書き始めた。

「いいか。まずはてめぇがいずれこうなりたい、ってぇ人生のてっぺんを思い描くんだ。双六で言う『あがり』ってやつだ」

言いながら、楕円を書いて、中に『あがり』と書いた。

次に楕円の下に、縦に二本、平行な線を引き、その下に小さな丸を書いた。

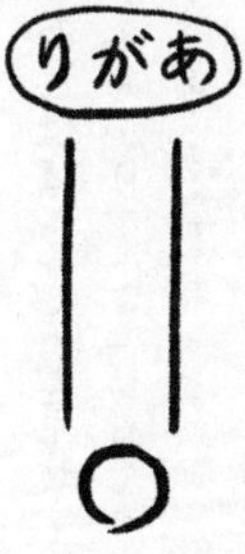

あがり

あがり

「この二本線が梯子（はしご）の支柱と思いねぇ。……で、丸が今のおめえがいるところ、つまりは『ふりだし』だ。『あがり』に辿り着くにゃ、何本もの踏み子がいるだろう?」

「フミコって?」

「足をかける桟（さん）のことだよ」

「なるほど」

「だから、てっぺんに行くためにはいつまでに何をしなきゃなんねえかってことを『あがり』から逆に考えてって、支柱に踏み子をかけるんだ」

蔦重は二本の縦線の間に、上から横線を引き始めた。

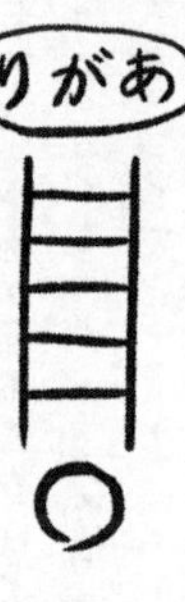

「あとはほら、よそ見せずにまっつぐ上を見て、下から順に梯子を上っていきゃぁ、必ず『あがり』に辿り着くって寸法だ」

「はぁ……」

「なんでえ。こんなにわかりやすく話してやってんのに、まだわからねえのか?」

「いえ、あなたのおっしゃることはよくわかるのですが、その、梯子を一本一本クリア……じゃなくて、上がっていくのがなかなか難しいというか……」

「難しけりゃあ、梯子を長くするなり、『あがり』を小さくすりゃあいいじゃねえか。……いいか、この踏み子の一本一本の期日を決めて、約束ごとにするんだよ」

「約束ごと……?」

「ああ。てめえの信じる神仏に向かって、『いついつまでにこれをします。約束は必ず守りますから見ててくだせえ』って誓ってもいいし、てめえ自身と約束するんでもいい。そうやって生きてりゃあ、二度とお稲荷様に小便引っ掛けるような、罰当たりな人間にゃあならねえよ。……この〝梯子あがり〟ができねえってんなら、そもそも『こうなりたい』なんて思わなきゃいい。その代わり、一生てめえの身内にも会えないまま、この時代でのたれ死にするしかねえだろうがな」

「う……」

蔦重の言う通り、私は罰が当たってこの時代に落とされたのだろうから、お稲荷さんの怒りを解かないと、元の世界に戻ることなどできないだろう。

「ま、早ぇとこ腹をくくるんだな。ぐずぐずしてっと、神輿が上がらねえぞ」

蔦重が私の目を見据えて言った。その通りだ。腹を据えて、自分の人生をしっかりやり直すしかないのだ。それならそれで、蔦重から学び取れるだけ学び取ろうじゃないか。

「もう一点、聞きそびれていることがあるのですが、よろしいですか？」

「なんだ？」

「宝引きの、クジの話です」

「ああ、どうすれば人に騙されずに済むかって、あの話か？」

あの時——。

『なんのために、俺は大当たりのヒモを切るんだ？』

蔦重が尋ね、

『最後までクジを売りたいから』

私が答えると、

『なんでクジを売りたいんだ？』

と、蔦重はさらに質問を重ねた。

『その方が儲かるから』

『儲かると、人はどうなるんだ？』

『どうって……』

考えている時に、菊乃が行燈部屋に入ってきたため、問答はそのままになってしまっていた。

「答えがわかったのか？」

蔦重が聞いた。

「はい。儲かると人は嬉しくなります。嬉しいっていうのはつまり……幸せになるということです」

人は儲けたい、得したい、損をしたくない生き物だ。なぜなら——ハッピーになりたいから。

「……ということは、相手にとって何が得か、何が幸せかを考えれば、騙されずに済むんじゃないでしょうか？」

「ご名答」

蔦重がニッと笑った。

「お待たせいたしました」

ちょうど良いタイミングで、歌麿が、描き直した下絵を持って戻ってきた。

「ご苦労だったな」

蔦重は紙の束を受け取り、検分し始めた。

「よし。早速明日から彫りにかかるぜ。……とっつぁんにも頑張ってもらわねえとな」

「とっつぁんというのは？」

私は聞いた。

「いるだろう？　作業場に一人、気難しいのが」

「ああ、彫師の親方の、政五郎（まさごろう）さんのことですね」

「そうだ。錦絵に関しちゃあ外の作業場に任せることがほとんどだが、絵本の類（たぐい）は、できるだけ中で作るようにしている」

「どうしてですか？」

「とっつぁんの腕は一流だが、摺りの方は、そこまでの職人を抱えてねえんだよ。絵草紙はほとんど墨一色で済むが、多色摺りとなると、それなりの腕が必要でな。かといって、そういった職人を抱えるには雇い賃がかかり過ぎる。今のところ耕書堂は本が中心だから、それでも十分仕事が回るのさ」

つまり、特殊印刷を専門の印刷屋に外注するようなものか。

「それに、本ならそのまんましくみ（製本）に入れるから余計な手間がかからねえ」

蔦屋では、内部の作業場で摺り上がって乾かされたものが、そのまま店先に運ばれ、製本できるようになっている。店番をしながら、手の空いている時は店の隅で作業ができるため、暇を持て余すことがない。就業時間を無駄にさせない、実に合理的なシステムだ。

「では明日から、歌麿さんの絵本が作られていく手順が見られるわけですね？」

「そういうこった」

「楽しみです」

歌麿も、脱稿してホッとしたのか、さっぱりした顔で微笑んでいる。

「よし、今夜は前祝いだ。歌、おめえも飲め。タケのつまみはなかなかイケるぜ」

「はい、いただきます」

そのまま三人で酒盛りになった。

「あの〜、そろそろ、狂歌絵本を作る目的を教えてくださいよぉ」

酒の勢いもあって、私は物怖じすることなく、蔦重に詰め寄った。

「ああ、そうだったな……」

蔦重も珍しく酔っているようで、目のふちが赤く染まっている。

「……今度の三作の狂歌絵本が評判になりゃあよぉ、今まではこっちからお偉いさんに頼んで狂歌を詠んでもらっていたのが、この本に載せてもらえるのなら、金を払ったっていい、って奴らが出てくると思わねえか？」

蔦重は、私と歌麿の顔を交互に見比べた。

「……」

歌麿は黙々と飲んでいる。酒は強そうだが、陰にこもるタチのようだ。

「そこで、次に出す本についちゃあ狂歌を募り、本を作る前に、買いつけの予約を取る方式に変えるつもりだ。……出来のいい作品の中から、より多く予約を入れた者の狂歌を載せてやるってわけだ。無論、序文と頭にゃあ、人気作家の作品も揃えるがな」

「そううまくいきますかね？」

あまりに強気のプランに疑問が湧いた。公募をかけながら賞金も払わず、作者にたくさん買い取らせようというのだから恐れ入る。

「うまくいかせるさ。……世間様が俺の策に乗っかるかどうかは歌麿の人気次第だ。そのために俺は今回の『江戸爵』で、歌麿の価値を上げるべく、お歴々や北尾重政の力を借りて、しっかりと根回ししてきたんだ。……なあ、歌？」

「はい。昨年は私主催の画会も開かせていただきました」

歌麿がぼそりと答えた。

「それに、今度の目録には、三作の題目を並べた真ん中に歌麿の『江戸爵』を入れてあるが、わざと名前は書いてねえ。両端に北尾重政の名前が入っていりゃあ、誰もが三作とも重政の本だと思って買うだろうよ」

（それって、詐欺じゃあ……？）

蔦重は歌麿の肩を叩いた。

「なぁに、こいつは元々腕はあるんだ。手に取ってさえもらえりゃあ、『重政の絵に引けを取らない、この歌麿って絵師は誰だ？』ってことになるに違いねえ。そこでお歴々が後ろから太鼓判を押してくれりゃあ……。どうだ、しくじりようがねえだろう？」

「……さすがですね」

策略好きを自負するだけのことはある。〝微に入り細を穿つ〟とはこのことだ。

「まだまだこんなモンじゃねえぞ。歌麿が売れたら売れたで、錦絵やワ印も手掛けさせたいしな」

「ワ印って？」

「男女和合の、めでてぇ絵のこった」

「ああ、枕絵のことですね」

それなら成功間違いなし、だ。何せ現代で、枕絵（春画）は歌麿の代名詞みたいなものなのだから。

「俺はよ、出版の可能性をもっともっと広げてえんだ。冬んなって、富士山のてっぺんから裾野に向かって、だんだんと雪化粧が降りてくみてえによ。それには、読んだり観たりする側の人間を増やさなきゃなんねえ。小難しい本ばっかりじゃなく、女子供や、字が読めねえ奴らにも楽しめるモンも作らねえとな」

（こういう男のもとにいたから、歌麿は開花したのだろうな……）

私は確信した。天明五年、西暦に直せば一七八五年（だということが、この時代の本を調べるうちに判明した）のこの時点で売られている錦絵は役者絵か美人画で、北斎や広重が描いた風景画というジャンルはまだ登場していない。美人画も全身像のみで、シチュエーションのワンシーンを切り取ったような絵ばかりだった。通常現代人が浮世絵の美人画と聞いて思い浮かぶ、半身像やアップの絵は、未だ役者絵の世界にしか存在していないのだ。

（きっとこれから、蔦重と歌麿が美人画の歴史を変えるんだ……）

考えるとゾクゾクした。

「俺は歌麿を売り出して、『蔦屋耕書堂』の信者を作るんだ。〝信者〟って字はいいか、詰めて書きゃあ〝儲かる〟って字になるんだぜ」

言って蔦重は、再び指を酒に浸し、『儲』という字を書いた。

「本当だ……。気付きませんでした」

「おめえは俺のことをケチだと思ってるだろうがな、やりてえことをやるための資金繰りができるまでは、てめえの快楽のために使う金なんざ一銭もねえって思った方がいいってことよ。やりてえことがあっても、先立つもんがねえと何も始まらねえからな。それに、銭があればあるほど、やりてえことができるんだ。俺は、やりてえことをやって銭を儲ける。……どうだ、手っ取り早く幸せになれそうだろ？」

蔦重が誇らしげに言った。どうやって商品を売って儲けるかに留まらず、商品のファンを作ってブランド力を高め、さらなるファンを増やして儲ける——。もはや蔦重の考え方は、個人商店の枠を超え、企業経営者のそれだ。

私は蔦重の成功を確信し、盃を合わせた。

《第六章》

蔦重の指示通り、翌朝から私は、ベテラン女中のお民に習い、お勝手の手伝いをすることになった。彼女は十三歳になる娘の八重と一緒に、蔦屋に住み込みで働いている。

最初はどうなることかと思ったが、井戸から水を汲んできたり、薪を運んでくるといった力仕事や、洗い物や火の番などの雑用からスタートし、徐々に料理を覚えていくこととなった。料亭の板場で言えば、いわゆる〝追いまわし〟というやつだ。

初めのうちはひたすらお民の作る料理を見て覚え、そのうち少しずつ、味噌汁や焼き物を任せてもらえるようになってきた。私が入った分、八重に習い事をさせられると言って、お民も喜んで私を指導してくれた。

大人数の三食分の食事の世話となると一日仕事だったが、お勝手仕事のない時は、私は何かと理由をつけて、作業場の仕事を率先して手伝うようにしていた。歌麿の下絵が彫られ、摺られていく様子を見ていたかったからだ。

段取りを一から見せてもらって最も驚いたのが、彫りに入った途端、原画が消失してしまう、ということだった。コピー機のある現代であれば、手描きの原画を残しておくことも可能だが、この時代はそうはいかない。

歌麿の描いた原画の版下絵は、描いた面を下にして、版木に直接貼りつけられる。紙が薄いため、裏面からでも歌麿の描いた線が見えるので、その線を頼りに、〝きりまわし〟と呼ばれる細い彫刻刀で、親方が線に沿って刃を入れてゆくのだ。

木版画は凸版印刷に当たるため、最終的には歌麿の描いた線だけを残して、他の白い部分を全て削り去ることになる。後は濡らした刷毛でこすれば、残った紙の部分が全て剝がれ落ち、原画は跡形も残らない。

私などここに『滅びの美学』を感じて、原画が版木に貼りつけられた瞬間、また版木に一刀目が入れられた瞬間に、もったいなさに歯がみする思いなのだが、〝原画が惜しい〟というのはあくまで現代の感覚なので、こうしないと版画が作れないのだから仕方ない。

錦絵が、単なる印刷物から美術品に格上げされたことによって、現代では浮世絵師も画家として扱われているが、この時代は〝画工〟と呼ばれる職人の一種でしかなく、売れっ子のスター絵師でもない限り、ともすれば彫師の方が扱いが上だったりする。

一日に何枚もの絵を量産できる絵師とは違い、彫りは一枚の版木を彫るのに、複雑な図柄になると三～四日かかることもある上、絵師の線を活かすも殺すも彫師次第だからだ。

修業期間も、絵師は早くて一年（長年鳴かず飛ばずの者もいるが）、摺師は三年もあれば十分だが、彫師は十年でやっと一人前と言われるほど技術を要する仕事なため、こういった実情を知れば、ありがたがられるのもうなずける。蔦重が「とっつぁん」と呼ぶ彫師の親方に、いったいいくらの賃金を払っているのかは知らないが、おそらく摺師の何倍、何十倍ではないかと予想できる。

版木が彫り上がると、摺師に渡して墨摺りをさせる。それを蔦重と歌麿が確認し、オーケーが出たら枚数分の摺りに入るのだ。

私が作業場で手伝えることなど、摺り上がった紙を受け取り、しわにならないように一枚ずつ紙の束の間に挟んでゆく、ぐらいのことだったが、それでも作業場にいられるだけで楽しかった。

また蔦重は、料亭での接待があると、可能な限り私を連れていってくれるようになった。余興に暗算芸を披露する必要があったが、回数を重ねるうちにすっかり段取りも覚え、呼ばれた時以外は別室に待機していればよかったので、じっくりと料理を堪能することができた。

蔦重の口添えで、料亭の板場の見学もさせてもらえた。さすが大得意様の頼みとあって、私の存在など邪魔でしかないだろうに、親方みずから私の質問にも答えてくれた。

「なぜ私に、ここまでしてくださるのですか？」

接待の帰り道、思いきって蔦重に尋ねたことがあった。

何度も通ううちに見えてきたのだが、この時代の高級料亭の接待費は、円に換算すると一人五万〜八万円もする。社員研修に何十万円もかける企業にたとえれば不思議はないのかもしれないが、普通、奉公人にここまでするだろうか？

ありがたいと思う反面、その分、何か大きな見返りが求められるんじゃないかという疑念が消えなかったのだ。

「『情けは人のためならず』って言うだろう？　おめえが前を向いている限り、俺はできるだけ後押ししてやるよ。今の俺も、そうやって支えてくれた人様のおかげでこうしていられる。『恩送り』とも言うがな、かけてもらった恩は下に送らなきゃなんねえし、人にかけた情けは、いずれてめえに返ってくる。それが徳を積むってこった。お天道さんは見てくだすってんだからよ。……その代わり、出会った時のおめえみてえに、甘えたことぬかしたり、つけあがりやがったら容赦しねえけどな」

蔦重は言った。見返りを求められていたわけじゃないとわかり、かえって背筋が伸びた。

蔦重のおかげで、私の料理の腕はメキメキと上達し、奉公人たちにも喜ばれた。私自身が好物なこともあり、特に魚介料理を作るのが楽しかった。

通常魚や貝は、調理法に合わせてその場で魚売りが下ろしてくれるものだが、私は、魚売りに頼んで、三枚下ろしや刺身の切り方を教えてもらった。これができるようになると、なんだか料理人としてのランクが上がったような気がして誇らしかった。

また白身の刺身には、現在では廃れてしまった『煎酒（いりざけ）』という調味料が合うことを知った。これは梅干しと酒とかつおぶしを煮詰めて作る調味料で、旨味と酸味と塩気があり、上品なポン酢といった味わいがある。濃口醤油は時に白身魚の淡白な味わいを殺してしまうことがあるが、煎酒は味わいを増してくれる気がする。こんな万能調味料がなぜ廃れてしまったのかを私なりに考えてみたところ、数時間かけて煮詰める手間が掛かることと、他の調味料とは違い、数日で腐ってしまうからだろうと思い当たった。もし元の世に戻れたら、是非復活させてみようと思う。

得意料理もできてきた。特に好評なのが「イカの塩辛」だ。蔦重に頼んで、イカだけは朝獲りの新鮮なものを届けてもらうようにし、ワタに張りがあるうちに、すぐに塩辛を仕込んでおく。私の工夫は二つあった。一つは一時期大ブームになった、塩麴で塩辛を漬けたことだ。塩麴は昔からある調味料なので、入手は簡単だった。単に塩を使うよりも甘味と旨味が感じられ、劇的に美味しくなった。二つ目は、調味料の他に、実山椒（みざんしょう）の塩漬けを加えたことだ。ワタの生臭さが抑えられる上に、食べると爽やかな酸味としびれが残り、なんとも旨い。酒の肴としてはもちろんのこと、茶漬けにするとイカがほろりと溶け、旨さが増すのでリクエストが絶えなかった。ちょうど食事時に、蔦屋を訪問中の客人たちにも私の塩辛を出したところ、是非分けてほしい、と言われるほどになった。

これがさらに進んで、小さな壺に入れて、訪問先の手土産として重宝されるようにもなった。高い菓子を買うより安上がりで、先方に感謝される、と蔦重も喜んでくれた。わずかでも恩返しができたようで嬉しかった。

こうして毎朝、塩辛を仕込むのが私の日課になった。

ある朝、食事の後片づけを終えてすぐ、私は北尾重政と並ぶ大絵師・勝川春章の屋敷に行くよう、蔦重に言われた。なんでも、私の塩辛を春章が絶賛してくれているらしく、作り方を弟子の一人に教えるのが私の役目だった。

勝川春章は役者の似顔絵を得意とする一大流派の総師で、弟子も多い。だが蔦重によると、春章は今や錦絵を離れ、肉筆画に専念しているらしい。特に美人画は必見なのだそうだ。

「『春章一幅価千金(しゅんしょういっぷくあたいせんきん)』って言ってな、そこいらの本絵師に負けねえ、見事な女を描きなさる」

本絵師というのは、狩野派や土佐派といった、本格的な日本画を描く身分のある絵師たちのことだ。蔦重がここまで言うからには、チャンスがあれば肉筆美人画を見せてもらおうと、私の足取りは軽かった。

立派な屋敷の奥にある春章の部屋に通され、早速本人と対面した。年齢は五十歳前後だろうか。穏やかな風貌の男で、私の塩辛を絶賛してくれ、是非、炊事番をしている弟子に教えてやってくれ、と言われた。

見れば、床の間の掛け軸が目当ての美人画だったので、

「主人に伺いましたところ、先生の美人画がとても素晴らしいとか。側に寄って、拝見してもよろしいでしょうか？」

と頼むと春章の顔がほころび、天袋（てんぶくろ）から何幅（なんぷく）もの掛け軸を出して、手ずから広げて見せてくれた。蔦重が言った通り、春章の美人画は繊細で美しかった。明治から昭和にかけて活躍した女流日本画家・上村松園（うえむらしょうえん）を思わせる、気高さと華やかさがあった。当然、春章の方が大先輩なので、比べるのは無礼ではあるが。

十分に目の保養をし、重ね重ね礼を述べ、春章の部屋を辞した私は、小僧の案内で台所に向かった。

こちらに背中を向けた男が一人、土間に屈みこんで何かをしていた。

「春朗（しゅんろう）さん、蔦屋さんの料理人の方ですよ」

小僧が声をかけると、春朗と呼ばれた男が振り向いた。現在の私と同世代の、二十五歳前後といったところだろうか、面長で奥目の、頑固そうな顔をしていた。小僧が立ち去るとすぐ、

「遅（おせ）えよ」

春朗と呼ばれた男がふてくされたように言った。

（いきなりタメ口？　しかも文句？）

師匠の春章からして私を客人扱いしてくれたというのに、弟子の分際で、なんなんだこの男……！

私がムッとしていると、春朗はヌッと立ち上がった。

（あ……）

春朗は蔦重以上の大男で、見上げると、立派な福耳が目に入った。

（この男も、後の大人物だったりして……）

ふとそのような考えが過（よぎ）ったが、腕があるならこの年で下働きなんかしてないか、と思い直した。

「タケだ。よろしく」

そっちがタメ口ならこちらも……と口調を合わせた。

「勝川春朗」

春朗はぶっきらぼうに答えた。彼は手に画帖と筆を持っていた。足元の桶には五杯のイカが入っており、どうやら私を待つ間、イカをスケッチしていたようだ。

「見てもいいか？」

私が画帖を指さすと、春朗は黙ってそれを差し出した。驚いたことに、桶のイカは死んでいるのだが、春朗のスケッチではクネクネと足をくねらせ、絡み合っていた。

「このイカ、さっきまで生きてたのか？」

どうやって活イカなど手に入れたのだろう？

「いや、はなっから死んでたよ」

春朗の答えに、さらに驚いた。

「なら、この絵は春朗さんが想像で描いたのか？　……たいしたもんだな」

言った途端、何が気に入らなかったのか春朗は、ひったくるようにして画帖を取り上げた。

「で、どうすんだ？」

イカを顎で示し、なげやりに聞いた。

『なぜ俺がこんなことさせられなきゃならないんだ？』

と、その顔が如実に心情を物語っていた。人に気を遣ったり、教えを乞うという気が、まるでないようだ。

（やりづら……）

辟易（へきえき）しながらも、塩辛作りの手順を教えた。

「これで、風通しが良くて暗い場所に半日置いておけば、食べられるようになる。腐るといけないから、三日以内に食べてくれ」

冬場とはいえ、私が教えた料理で食あたりでも起こされてはたまらない。すると春朗は、壺に仕込んだばかりの塩辛を一本指でつまみあげ、口に入れた。

「うわっ、しょっぺえ！　ほんとにこれが、ちょうどいい塩梅（あんばい）になんのか？」

「熟成されるから大丈夫だ」

「ふうん」

会った瞬間に比べれば、春朗の態度はずいぶん和らいでいた。意外にも、塩辛作りが気に入った……のだろうか。思い返してみても、さっきのイカの絵は見事だった。なぜこれほどの腕を持ちながら、春朗はお勝手仕事などさせられているのだろう？　さすがは勝川春章の弟子と言うべきか、それほど勝川派はレベルが高いということなのか。

実のところ、勝川派にしても、鳥居清長がいる鳥居派にしても、この時代の役者錦絵の良さが、私にはよくわからない。……というのは、未来から来た私にとって、役者絵と言えば『写楽』を措いて他になく、あの黒をバックにした大胆でコミカルな絵のインパクトに比べれば、現時点の役者絵はつまらないとしか言いようがない。

（写楽の登場まで、あといったい何年待てばいいんだ？）

いつまでこの時代にいられるかわからず、悪くすれば帰れないかもしれない私だが、時期が重なるものなら、写楽には会っておきたい気がした。浮世絵の展覧会をただ眺めていただけの私でも、写楽が謎の絵師とされていることぐらいは知っている。

（……待てよ。ネットか何かで決着がついたと書いてあった気もするが……）

写楽の正体を見極めて、その決着が果たして正しいのかどうか、確かめられるものなら確かめてみたい。

「なあ。今から小屋に行くけど、あんたも来るか？」

春朗は、まっすぐ私の目を見て聞いた。

「小屋？」

「芝居小屋だよ。師匠が、あんたが行きたがったら連れてってやれって」

芝居と聞いて部下の不倫騒動が甦り、一瞬ゾッとしたが、せっかく江戸にタイムスリップして、本家本元の歌舞伎を見ない手はない。

「行きたい。連れていってくれ」

蔦重からは、「せっかくの機会だから、ゆっくりしてきて構わない」と言われている。一応、小僧に蔦屋への伝言を頼み、私は春朗に連れられて芝居小屋に向かった。

目指す芝居小屋は、日本橋堺町（現・日本橋人形町三丁目）にあった。

春朗に続いて狭い木戸を入ると、ガランとした客席の向こうで、役者たちが浴衣姿で立ち稽古をしていた。

「今日は芝居、休みなのか……」

どうりで静かだと思った。

「ああ。今は正月興行に向けての稽古中だよ。だけど、役者絵は初日の興行に間に合わせなきゃなんないから、今から仕上げておかないとな」

「なるほど」

私たちは『向こう桟敷』と呼ばれる後ろの立見席から稽古を見学した。春朗は早速画帖を取り出し、役者の動きをスケッチし始めた。ものすごい速さで、全長十センチほどの人物が、紙に隙間なく描かれてゆく。

半刻ほどそうしていただろうか、春朗は素早く筆を片付け、

「裏に回るよ」

私を促した。

着いた先は衣裳部屋だった。本番で使われる衣裳をチェックしに来たのだった。春朗は、役者の衣裳を借りて広げると、模様を丁寧に写し取り、色あいをメモし始めた。

（こうやって、人の動きと衣裳の情報を集めて、絵の中で組み立てるのか……）

写真であれば、本番と同じ衣裳をつけた通し稽古を撮影し、プリントすればすぐに売り出せるのだろうが、錦絵の場合、彫摺に時間がかかるのでそうはいかない。

江戸時代の芝居小屋に来ている、というだけで私のテンションは上がっていたので、春朗が自分の仕事に没頭していても、私は退屈することがなかった。建物の構造や小物、装飾品の類いを見ているだけでも心が躍った。

中でも感激したのは、『奈落』と呼ばれる舞台下に足を踏み入れた時だ。ひんやりとした薄暗い空間の中央に、丸い柱から何本もの横棒が飛び出した、回り舞台を動かす大仕掛けがあった。スッポンと呼ばれるせり上がりの仕掛けもあり、当然のことながら、全て人力でまかなわれていることに感動した。

奈落を抜けると、大道具部屋に出た。

「おやっさん！」

セットに使う書き割りの、松の絵を描いている白髪交じりの男に、春朗が声をかけた。その口調は意外なほど人懐っこくて、この男の愛想が良くなる相手もいるのだと驚いた。

「また来たのか」

「ああ。おやっさんの仕事は面白いから」

「何が面白いもんかね。誰に習ったわけでもないこんな絵。客は誰も、真剣に書き割りなんざ見ちゃあいないよ」

「誰にも習ってない、ってとこがいいんじゃないか。好きなように描けて、羨ましいよ」

「そうかい。……ところで今日は珍しく、お連れさんかい？」

男が私を見た。五十前といったところか、温和な雰囲気で、どことい って特徴のない顔だった。

「お初にお目にかかります。私、通油町の蔦屋の手代で、タケと申します」

私は深々と頭を下げた。

「ああ、耕書堂さんの……」

男がうなずいた。

「そうだ、おやっさんも今度、本気で役者絵を描いてみなよ。蔦重の旦那なら、おやっさんの絵を面白がってくれるかもしれないぜ」

「まさかわしが、そんな大それたこと……」

「おやっさんがこないだちょちょっと描いた絵、笑っちまうほどそっくりだった。問題は、御当人がどう思うかだけどね」

「無責任なことを言いなさんな。役者の不評を買って、ここを追い出されたらどうすんだ」

「ハハ、すまねえ」

春朗はそわそわと辺りを見回し、床に置いてある描きかけの書き割りと道具に目をやった。

「ちょっと、描かせてもらってもいいかな?」

「あー……、それじゃあそこの、山と山の間に、海の絵を描いてくれ」

「あいよ」

春朗は刷毛（はけ）を取り、大胆に勢いよく、波が岸に打ち寄せる様子を描いていった。筆を払い、勢いよく波しぶきを飛ばす。彼の表情は生き生きとして、実に楽しげだった。

帰りは、地理に疎（うと）い私のために、春朗が蔦屋まで送ってくれた。肩を並べて歩きながら、

「春朗さんは、今の仕事が好きじゃないのか?」

と聞いてみた。さきほどのやりとりが気になっていた。

「え？」

「さっきの人に、好きなように描けて羨ましいって……」

結局、男の名前さえ聞けなかったが、芝居小屋の大道具方に、私が関わることなどもうないだろう。

「ああ、あれか。……おいら、師匠の腕は尊敬してんだが、兄弟子はこうるせえし、勝川派にいる限り、役者絵を描かなきゃなんねえってのが、どうもな」

「なぜ役者絵が嫌なんだ？」

「なぜってあれは、役者の人気次第で売れるかどうかが決まるもんだから……」

「へぇ」

「おいらはさ、この世のありとあらゆるもの、目に見えないものまでをも描き尽くしてえんだ。勝川の名前なんざどうだっていい。……そろそろ、潮時かもしれねえな」

「勝川を辞めるのか？」

驚きつつ聞いた。一大流派に背を向けて、この世界で生きていけるものなのだろうか？

「だっておいらは、塩辛を作るためにあそこにいるんじゃねえもの」

春朗はニカッと笑った。『そりゃあ悪かったな』と言おうとして口を開いた時、

「着いたよ」

春朗が顎をしゃくった。気がつけば、耕書堂の暖簾の前に立っていた。

「タケさん、お帰りなさい」

ちょうど店じまいの時間で、箱看板を片付けに出た小僧が声をかけてきた。小僧に気を取られた瞬間、

「じゃあな」

春朗の声が背後で聞こえ、振り返った時にはすでに、彼の姿は人ごみの中に分け入っていた。頭一つ分抜きんでた長身が、みるみる遠ざかってゆく。

『勝川の名前なんざどうだっていい』と春朗は言った。決して強がりなどではなく、自分のやりたいことがしっかりと決まっている男の、あれは本気の目だった。それに比べて、私はどうだ？　会社の肩書と経費を使って、凪いだ海ばかりを選んで泳ぎ、役員になることを見込んでゴールも定めず、ラクしてきた結果、ドブで溺れてこのザマだ。

私は、何のために泳いできたんだ？　元の世に戻れたとしても、本社を追い出され、地方で地味な求人雑誌を作るために、私は会社に残るのか？

すでに見えなくなってしまった男の後ろ姿を、私の目はいつまでも探していた。

勝川春朗――。

妙に気になる男だった。

「只今戻りました」

暖簾をくぐると、珍しく蔦重が店頭にいた。

「おう、芝居小屋に行ってたんだってな」

「はい。勝川春朗という人に塩辛づくりを教えたところ……」

そこまで言っただけで、蔦重はゲラゲラと笑いだした。

「春朗が塩辛？　いってぇ今度は何をやらかしたんだ、あの野郎……！」

「何がおかしいのですか？」

「いいから早く上がれ。おめえの夕餉(ゆうげ)の膳は俺の部屋に運ばせるから、ゆっくり事情を聞かせてくんな」

「はい！」

急いで足を洗った。

「そりゃあれだ。一種の仕置きだよ」

ひと通り報告を聞いた後、蔦重は片口(かたくち)を差し出しつつ言った。

「仕置き？」

酒を受けながら、私は聞き返した。こうして蔦重と差し向かいで飲むのは、歌麿のところへ行って以来のことだった。

「ああ。……春朗ってのは、腕は悪くねえんだが、どうにも向こうっ気の強い野郎でな。そのために兄弟子たちに嫌われて、しょっちゅう下働きをやらされている。経験を積んでいるわりには、任せてもらえる図案も少ねえしよ」

「でも今日は、正月興行に合わせて、熱心に生写しをしていましたよ」

「兄弟子に渡す下書きだ、そりゃあ。あいつの名前で出すもんじゃねえよ。上は忙しいからな、逐一小屋まで行ってられねえんで、ああやって下っ端に行かせるんだ」

「そうだったんですか……。上手いのに、もったいないですね」

「まあな。……だが見てろよ。奴はそろそろ我慢の限界だ。あれだけ描くことが好きな野郎が、なかなかてめえの絵を描かせてもらえねえなんて、拷問も同じだからな。奴が勝川を飛び出したら……取り込むぜ」

「取り込むって？」

「蔦屋で拾い上げるんだよ。春朗は以前、彫師に弟子入りしてたって話を聞いたことがある。奴のことだ。どうせ大喧嘩でもして飛び出すだろうから、ほとぼりが冷めるまで政五郎のとっつあんに預けて、作業場で匿ったっていい。頃合いを見て画号を変えて、役者絵以外のもんで売り出せば、誰にも奴の絵だってこたぁわかりゃあしないさ」

「春朗さんも、役者絵は嫌だって言ってました」

「まあそうだろうな。……おめえ、勝川春章の美人画見て、どう思った？」

「おっしゃる通り、素晴らしかったです。正直なところ、私は芝居をよく知らないこともあって、役者絵の良さはわかりませんが、あの美人画の気高さ、美しさには息が止まりました」

「だろう？　あれだけの腕を持ちながら、役者の機嫌を取る必要はあるめえ。だが春章は、流派を守り、たくさんいる弟子を養わなきゃなんねえからな。つまらねえ仕事でも、弟子が育つまではやるしかなかったのさ」

「総師というのも、大変なものですね」

「人を率いるには率いるなりの、苦労があらあな……」

蔦重は、食事を終えた膳を脇にずらして胡坐をかいた。大きく伸びをすると、

「あー……、今日は一日中、帳簿とにらめっこで疲れたぜ。おめえも楽にしな」

言ってコキコキと肩を鳴らした。

「肩、揉みますよ」

言いつつ私は蔦重の背後に回った。

「おっ、気が利くねえ」

蔦重は力を抜いて背中を預けた。なんだか不思議な気分だった。見かけは二十代前半

とはいえ、中身は五十五歳のおっさんが、二十も下の男の肩を揉んでいる。それが嫌だというのではなく、痩せて骨太のこの背中に『蔦屋耕書堂』という大看板をのせて、さらに未来から来た妙ちくりんなおっさんの面倒までみさせていることに罪悪感を覚えたのだ。

さきほど蔦重は、「人を率いるには率いるなりの、苦労がある」と言ったが、あれは勝川春章に向けてではなく、自身に向けて放った言葉ではないだろうか？　そう思うといたたまれなくなって、

「あなたの、一番の苦労は何ですか？」

思わず質問が口を突いて出た。「立ち入ったことを聞くんじゃねえ」と叱られるかと思いきや、蔦重は黙って背中を預けたままだった。

（寝たのかな？）

肩を揉む手を止めて、蔦重の顔を覗きこもうとした瞬間、

「こないだおめえ、なんで自分にここまでしてくれるのかって聞いたよな？」

蔦重が言った。

「あ……はい」

私は再び手を動かした。

「あん時は、恩送りだのなんだのときれい事を言ったが……」

蔦重は、私の料理の腕を上げるために、結構な値段のする料理を食べさせ、板場にも紹介してくれた。私はそれを恩義に感じ、日々美味しいものを食べてもらおうと腕をふるい、名物料理も考案した。こういったことを見込んでの先行投資だと考えていたのだが……。

「違うんですか？」

「さっきのおめえの質問だが、……俺が一番苦労すんのは、人を使うってことだ」

「人を使う？」

「ああ。おめえも知っての通り、俺にとっちゃあ物を作って売ったり、人づきあいをするってのは、苦労でもなんでもねえ。やりたくてやってることだからな。だけど人を使うってのは、なかなかてめえの思うようには運ばねえ。褒めりゃあつけ上がるし、叱りゃあぶんむくれる。そこいらへんのさじ加減を操れるようになって、思うように育ってくれたと思ったら、のっぴきならない事情で辞められたりもする」

「それはまあ、私も人を使う立場にあったので、よくわかります」

結果的に、私は部下たちを使うどころか、土下座の『ゲザ男』などと陰口の的となっていたわけだが。

「……人ってのはよ、簡単に裏切るよな。俺には後見人となる親がいなかったこともあって、ガキの頃からずいぶん人に裏切られてきた。仲間だと思っていても、ちょっとしと──。

た感情の行き違いや、金や色恋で、ヒョイと掌を返しやがる。立場が同じっくれえのうちはまだいいんだが、片っぽだけうまくいきそうになると、行かせまいと足を引っ張れることもある」

私の脳裏に、歌麿の言葉が甦った。『人を見たら悪人と思え』と、最初に蔦重から教えられた、と歌麿は言った。あれは単なる処世術ではなく、蔦重の人生における教訓だったのかもしれない。

「せめててめえの手下(てか)ぐれえは信じてえんだが……これもな。帳場を任せりゃあこっそり女に貢いでやがったり、きつく叱りゃあ売りモンを井戸に放り込んで逃げやがったり。……だから俺は、舐められねえように言葉遣いを伝法に変えて、人を信じることをやめにした」

「………」

信頼することと信頼を得ることは、人とのコミュニケーションづくりで最も大切なことだと、私は会社の研修や先輩たちから教わり、実践してきたつもりだ。特に「人を使う」場合は、この点をおろそかにすると根底から上手くいかない。自ら進んで手本を見せ、信頼を得ることが重要で、「何をやるか」ではなく「なぜやるか」を部下と共有し、同じ目的意識を持った上で仕事をすると、ブレることなく、達成感も得られるのだと——。

このことは確かにその通りだし、蔦重がもし私の部下なら、そう言って諭したことだろう。だがそれができないのは、蔦重はとっくにこういう境地を経験した上で、それでもなお、仲間や奉公人たちから裏切られ続けてきたのではないかと思えるからだ。よしんば彼らに蔦重を裏切っているという自覚がなくとも、蔦重の凄まじい思考力とモチベーションの高さに彼らの能力がついてゆけず、蔦重の信頼に応えきれなかったということもあっただろう。そうこうするうちに蔦重は、奉公人たちに期待することも、理解を得ることもあきらめたのかもしれない。

蔦重が味わってきた苦汁(くじゅう)を知らない私に、彼を諭すことなどできはしない。

「誰も……信じていないのですか？　歌麿さんも？　あんなにあなたに心酔しているのに……？」

せめて歌麿だけは別格であってほしい。そう願いを込めて、私は尋ねた。

「今ンとこは心配してねえよ。あいつが俺を裏切って、得することなんざ一つもねえからな。……けど、俺の思惑通りにあいつが売れてしまやぁわかんねえぜ。いろんな版元がおいしい話を持ち掛けてきて、俺とあいつを引き離そうとするだろうよ。『もう十分恩義は返した』とか、『よくぞあんな男のもとで耐えてきた』とか言ってよ」

「そんな言葉に、歌麿さんが乗るとは思えませんが……」

「ンなこたぁわからねえさ。俺のもとにいりゃあ、あいつは一生俺に頭が上がらねえんだ。万人が歌麿に頭を下げるようになっても、唯一頭が上がらない俺の存在を、あいつが窮屈に思わねえと言いきれるか？」

「……」

私は黙り込んだ。その可能性を否定できなかったからだ。以前、私が思わず漏らした蔦重への愚痴を、歌麿はたしなめなかった。かつての自分もそうで、鼻っ柱をへし折られてきたのだと言った。歌麿の中で、そういったことの全てが、感謝の気持ちに浄化されているとは限らない。

「冗談じゃねえ。売り出すまでが一番大変なんだ。おいしいとこだけかっさらわせてたまるか、ってんだ」

私の沈黙を肯定と取ったのか、蔦重は吐き捨てるように言った。

「歌麿さんが裏切ると決まったわけじゃなし、起こってもいないことで腹を立てられたって、歌麿さんもいい迷惑ですよ」

慌てて取り繕った。

「杞憂で終わりゃあ何よりだがな」

「そうですよ、考えすぎですよ。だからこんなに肩が凝るんです」

「……そんなに凝ってるか？」

「ええ、パンパンですよ。……ほら」

私が中指の関節を曲げて、蔦重の肩甲骨の下をグリグリと押すと、蔦重は「うっ」と身体を強張らせた。

「ここ、痛いでしょう？」

「ああ、痛ぇ……が悪くねえ。おめえ、按摩の心得でもあるのか？」

「そういうわけではありませんが、仕事柄、いろいろな要望に応えているうちに、多少のことは……」

広告代理店の営業を侮ってはいけない。泊まりがけの出張でクライアントや上司と同室になった時など、マッサージができると喜ばれるのだ。

「そうだ」

私は押し入れを開けて、布団を引っ張り出して敷いた。

「ここにうつぶせになってください。せっかくですから、全身ほぐして差し上げます」

「ほーお」

蔦重は、嬉々として布団に伏せた。私は蔦重の背中にまたがり、首の方から順に、背骨の一本一本の両脇を親指で押していった。

「こりゃあいいや。料理だけじゃなく、おめえにこんな特技もあったとはな」

「気持ちいいですか？」

「おう、ありがとよ。これからも時々は頼まれてくれや」

「え……？」

私は動きを止めた。

「なんでえ、嫌だってのか？」

「違います！　もちろん、こんなことでよければいつでも。……ただ……」

「ただ、なんだ？」

「その……あなたに礼を言われたのが初めてで……びっくりして……」

私が感激していると、

「そういやあそうだな。おめえに礼を言った覚えは一度もねえ」

そこまできっぱり否定しなくても……というぐらい、蔦重はあっさりと納得した。

「それで？　私の面倒を見てくださる本当の理由はなんなのですか？」

私は半ばふてくされて、蔦重の右足首をグルグルと回しながら聞いた。感激した気持ちを返してほしい。

「おう。こんなことを人に話すのは初めてだがな、……俺はよ、人に裏切られるのがいっち怖ぇんだ。だから、相手の弱みを握って恩をかけ、相手をがんじがらめにしちまう癖がある」

「ええ」

力一杯うなずいた。私など、最初はまさにその手法で搦め捕られ、身動きができなくなった口だ。特に枕絵のモデルは最低最悪の苦行だった。だからこそ余計に、蔦屋に入ってからの援助と放任ぶりが不気味で、どんな魂胆があるのかと疑ったほどだ。

「おめえが未来ってぇ先の時代から来た人間で、この世界のことをよくわかっちゃいねえと知った時、俺はしめたと思い、おめえを側に置こうと決めた。それは何も、おめえの未来人としての能力を見込んだからじゃねえ。……おめえが、俺を裏切ることのない人間だからだ」

（……何を言うつもりだろう？）

私は無言のまま、蔦重の足首を持ち変えた。左足首の方は、回すとコキコキと関節が鳴った。蔦重は歩く時、左右のバランスが多少崩れているのかもしれない。

「おめえは言わば、知らない町で迷子になったガキのようなもんだった。全く身よりのねえこの土地で、面倒を見てくれる人間にすがるしか、生きる術もねえ……。しかも恐らく、いずれここことは無縁の世界へ戻っていく身の上だ。そんな野郎がここで、俺を裏切ってまで望むモンがあるとは思えねえからな」

確かに。

私はこの江戸で、出世しようとも大儲けしようとも思わない。せっかく若返ったことだし、足がつく心配もないのだから、江戸の女性を知っておきたいという下心はないでもないが、それも後腐れのない（ついでに歌麿が見ていない）、誰にも迷惑をかけない範囲でのことだ。

「それにおめえの話を信じるなら、おめえにはお稲荷さんの監視がついてる。人の道に背けねえってえ枷のあるおめえはよ、俺に取っちゃあ歌麿よりも誰よりも、信用できる相手だってことだ」

「…………」

蔦重の左足の親指の付け根に、黒子を発見した。こんなところに黒子があるなんて、知っている人間は私だけかもしれない。

「まあ、こんなことが言えんのも、おめえがいずれ、こっからいなくなる奴だからだがな……」

「…………」

「…………」

「…………」

「おい、どうしたタケ？　怒ったのか？」

マッサージをやめてしまった私を怪訝に思い、蔦重が半身を起こして私を見た。

「おめえ……なんで泣いてんだ……？」

こんなにも真剣に生きている男が、私しか信用できる人間がいないなんて……。そんなの、切なすぎるじゃないか……！

私は蔦重の黒子を見つめたまま、声を殺して嗚咽(おえつ)していた。

《第七章》

年が明けて、天明六年（一七八六年）の正月を迎えた。

江戸の大晦日は『年籠り』と言って、年神様を迎えるために、夜っぴいて一年の反省や翌年の抱負などを語り合う習わしだった。

年神様は初日の出とともにやってくるため、明けがた近くになると、皆で高台に移動し、御来光に合掌して無病息災を願った。意外なことに、神社に参る初詣という習慣は、この時代にはまだ行われていないのだ。

商家の主たちは神社の社に集まって年籠りをする決まりらしく、蔦重のいない年越しは、宿下がりで奉公人の数が少ないこともあって、とても静かだった。

普段は挨拶ぐらいしかしたことのないお内儀さんと、一晩顔を突き合わすというのも妙な気分だった。姉さん女房のお内儀さんは大人しい人で、蔦重のやることには一切口を出さなかった。かといって甲斐甲斐しく夫の世話を焼いているかといえばそうでもなく、年老いた両親のことが心配らしく、しょっちゅう実家に帰っていた。

蔦重は蔦重で、お内儀さんがどこに行こうが構わず、お互い干渉しない。子供がいないこともあるのだろうが、そもそもこの二人の間に夫婦の営みなどあるのだろうか、などと考えてしまうぐらい、淡白な関係に見えた。

お内儀さんは案の定、年籠りの間ほとんどしゃべらず、奉公人の話を聞いているのかと思いきや船を漕ぎ出し、女中のお民にわき腹をつつかれては、

「あらいけない。白髪が増えてしまうわね……」

などと呟いて目がしらを押さえるのだった。初日の出を拝む前に寝てしまうと、白髪が増えて老いが早くなる、という言い伝えがあるのだそうだ。

御来光を拝んで戻ってくるとすぐ、私はお民と八重とともに、雑煮の支度にかかった。昨日のうちにおせちは作ってあった。おせちは三日がかりで食べると聞いていたので、三段重ねのお重×人数×三日と考え、大仕事になるぞと思いきや、おせち自体が質素だったので、たいした手間はかからなかった。豪華なおせちを作る商家もあるのだろうが、そこは内輪のものには金をかけない蔦重の節約主義が生きていた。

この時代、おせちに欠かせないものは、子孫繁栄を願う数の子、五穀豊穣を願う田作り、まめに働けるよう無病息災を願う黒豆の三種類で、どれも安価なもので、貧しい長屋暮らしの家庭などは、この三品＋雑煮が元旦の食事なのだそうだ。蔦屋ではこれに鯛の塩焼き、海老、玉子焼き、紅白なます、きざみするめ、にしんの昆布巻き、叩きごぼう、煮しめが加わった。

江戸の雑煮は、質素倹約の心を忘れぬようにと、里芋と小松菜に餅が入ったシンプルなすまし仕立てだ。これら正月の膳で、唯一蔦屋ならではのこだわりがあったのは、餅の形が丸いことだった。江戸の町では、手間のかからなさと保存の便利さから、ついた餅を浅い木箱に流し入れ、平べったいのし餅にして重ねて保存し、必要な分を四角く切って使うのが常だった。だが蔦屋では、お内儀さんの実家が上方の流れだとかで、京・大坂風に丸餅を使う。

丸餅だと、ついた端から何人かで丸めていかなければならないが、私はかねてより、餅は丸い方が旨い、と思っていたのでこれには大賛成だった。角餅だと、切り口からすぐ硬くなってくるし、水分が抜けていくのも早いように思う。

蔦重も、「切るのも角が立つのも縁起がよくねえから、丸い方がいいんだ」と言って、手の空いている者を集めて餅を丸めさせていた。

そんなことを思い起こしながら、台所で椀に汁を注いでいると、

「明けましておめでとうございます」

口々に挨拶する声が表から聞こえてきた。蔦重が帰ってきたのだ。

祝いの席では、紋付袴姿の蔦重が、皆に向かって年頭の挨拶を述べた。

「明日っからは、いよいよ初売りだ。この狂歌絵本三部作は、いわば蔦屋耕書堂が世間

に打って出る、勝負のとっかかりとなる本だ。ここでしくじるわけにはいかねえ。おめえらもぬかりのねえよう、しっかり頼んだぜ」

最後にドスを利かした声でそう締めくくると（これでは商家の主人と言うよりも、どこかの組の組長だ）、

「はい！」

威勢のいい返事が、澄んだ空気にこだました。

午前中は蔦重のもとに、職人や下請け、貸本屋などが挨拶に来た。もちろん歌麿夫婦もだ。

「歌麿さん、おりよさん、明けましておめでとうございます。……いよいよですね」

蔦重への挨拶を終えて出てきた二人を捕まえて、私は声をかけた。

「ああ、タケさん。おめでとうございます。本年もよろしくお願い致します」

歌麿は、手に持っていたポチ袋をりよに渡すと、丁寧に頭を下げた。

「歌麿さんもお年玉、もらったのですか？」

蔦重は祝いの席で、奉公人全員にお年玉をくれた。金額にすると五百円程度のものだが、まさかこの歳になってお年玉をもらう日が来ようとは……と、こそばゆい思いだった。歌麿は、

「ええ。お断りしたのですが、いいから持っていけ、と……」

と眉をしかめた。最初は歌麿も私と同じで、いい歳をしてお年玉など、こっ恥ずかしいのかと思ったが、そうではないことに気付いた。

この時代、たとえ年配者でも、奉公人は主人からお年玉をもらえる。ということは、歌麿は蔦重から奉公人扱いされたことに戸惑っていたのだ。

（いくら裏切られるのが怖いからって、歌麿さんの人格を尊重しないのはマズいですよ……）

座敷で挨拶を受ける蔦重を遠目で見ながら、私は胸の内でつぶやいた。

翌日から、歌麿の作品を含めた、狂歌絵本三部作の売り出しが始まった。

正月興行に合わせた役者絵に負けず劣らず、三部作はよく売れた。蔦重は既刊本に広告を入れ、ひときわ大きい立て看板を作り、呼び込みにも精を出させ、人目に付く場所で本を見せびらかすようにと、サクラも何人か雇った。

三作のうちの一冊が歌麿の絵だからと言って、返品する者はほとんどなかった。たとえクレームをつける客があっても、

「うちははなっから、『江戸爵（えどすずめ）』が北尾重政先生の絵だとは申しておりません。それ

に、お目の高いお客様でしたらおわかりでしょう？　この絵の、どこが北尾先生に見劣りするとおっしゃるのですか？」

相手の自尊心をくすぐり、返品を受け付けさせなかった。

蔦重の狙い通り、「この歌麿ってぇ絵師は誰だ？」と世間が騒ぎ始めた。狂歌連の重鎮たちも、それぞれに歌麿をＰＲしてくれたようで、狂歌絵本三部作は増刷を重ね、作業場は大わらわだった。

私も、しばらくは食事の支度そっちのけで、丁合や綴といった、彫摺以外の単純作業を手伝った。

三が日が明けるとすぐ、蔦重は昨年の狂歌連のメンバーを集めて、御礼を兼ねた新年会を開いた。

「今のおめぇなら人前に出しても恥ずかしくねぇだろうから、改めて喜三二先生と蜻蛉花魁に詫びを入れな」

そう言って、蔦重は私にも同席するよう言った。挽回のチャンスを与えてくれたことに、私は心から感謝した。三重、四重にも失態を晒し、蜻蛉を傷つけてしまったままでは、たとえお稲荷さんの許しが出たとしても、悔いが残って現代へは戻れない。

かくして私は新年会当日、蔦重の脇に控えてお歴々に詫びを入れ、一人一人に手作りの塩辛を手渡した。

「しっかり励んでおるようじゃのう」

朋誠堂喜三二はニコニコと笑って許してくれた。私が喜三二に会うのはあの日以来だが、蔦重が時々、手土産に私の塩辛を届けてくれていたおかげで、最初から私に好意的だった。

「おお、そなた。算術だけに留まらず、料理も達者とか。拙者が見込んだ通り、おもしろき男よの」

蜀山人こと大田南畝が言った。あの時、窮地を救ってくれた恩人に対して、算術の方は電卓を使ったイカサマなので心苦しい限りだが、種の明かしようがないので黙って頭を下げた。

後は蜻蛉に詫びるだけだが、実は彼女には塩辛ではなく、特別なスイーツをプレゼントするつもりで準備していた。この時代に手に入る材料で作れる、見た目も美しくて喜ばれるものが何かないだろうか、と悩みながら町を歩いていたところ、神社の縁日で、懐かしい飴細工の屋台を見かけた。子供たちが細工師の周りを取り囲み、猫、馬、龍など、裁縫ばさみ一つで生み出される飴の造形に夢中だった。

私が子供の頃は、月に一度ぐらいのペースで、飴細工師が小学校の校門前に来ていた。私も何か作ってもらいたかったのだが、不衛生だからという理由で、母親から購入を禁じられていて買えなかった苦い思い出があった。

一人の子供が〝尾長鶏〟をリクエストした。細工師は頭と胴体を作ると、お尻の部分の飴を糸切り鋏でつまみ、スーっと引っ張って長い尾を作った。

それを見た瞬間、閃いた。

あのような複雑な飴細工は一朝一夕にできるものではないが、同じ飴細工でもあの技なら――。稽古を重ねれば、私にもできるかもしれない。早速給金をはたいて、この時代にはまだまだ高価な砂糖を買い、練習を積んだ。

誰の場かを考えると勝手なことはできないので、成功の兆しが見えるようになったところで蔦重に披露し、許可を得た。

果たして――。

前回と同じく、蜻蛉は遅れて現れた。彼女の登場を目にした瞬間、久しぶりに不整脈が出たか、と思うぐらいに私の鼓動は高まった。

一見純白の打ち掛けだが、よく見ると白い糸で蜘蛛の巣の刺繍が施されていた。帯にはパッチワークのように、般若の面が大きく縫いつけられている。どうして彼女の衣裳はいつも奇抜でおどろおどろしく、どうして彼女を見ると、私はいつもこんなにもうろたえてしまうのだろう？

江戸に来て、こけし顔やおたふく顔、あるいはうりざね顔で腫れまぶたの女性ばかりを見ているせいか、逆三角形の輪郭に、くっきり二重の大きな目をした蜻蛉の容姿は、群を抜いて美しく見えた。それもロシア系のハーフにいそうな、中性的で透明感のあるお耽美顔だ。

現代においても、誰もがうっとりと見とれてしまうに違いなく、むしろ江戸の美意識が、蜻蛉のシャープで立体的な顔立ちを受け入れていることが不思議なくらいだった。誰が見ても黄金比が美しいように、絶対的な美というものは国境だけでなく、時代をも超えるのかもしれない。

蔦重が蜻蛉に、過日のお詫びの印に、私から贈り物があると伝えてくれた。蜻蛉が下座に控える私の方に首を傾けた。見られていると意識しただけで、さらに私の脈が跳ね上がった。

私は気持ちを落ち着かせ、風呂敷包みを持って蜻蛉の前に進み出た。結び目をほどくと、まずは四角い箱を取り出して、蜻蛉の前に置いた。

「どうぞ、お詫びの品でございます」

箱の蓋を取ると、現れたのは、林檎の甘露煮——現代風に言えば、リンゴのコンポートだ。

「まだこれは、完成した菓子ではありません。今より仕上げにかからせていただきます」

見世で用意してもらった七輪に小鍋をかけ、水と砂糖を入れた。竹串を束ねて作った手製の混ぜ棒で、ぐるぐると混ぜて砂糖を煮溶かし、飴を作る。粘り気が出て、うっすらと色づいてきたら、一旦七輪から小鍋を外して一分ほど冷まし、コンポートの上に垂直に構える。混ぜ棒に飴を含ませて高速で振ると、たちまち飴は空中で固まり、極細の糸となってコンポートの上に降り注いだ。

「おお!」

一斉に驚嘆の声が上がった。

(やった! 成功したぞ!)

飴が固まらないうちに、何度も混ぜ棒を振り上げ、コンポートに飴の糸を積もらせていった。最後に蛼蛉に、

「花魁は宴席で食事をしてはいけないという決まりは存じ上げておりますが、今回は皆様の了解をいただいております。どうぞ飴を崩して、林檎の甘露煮と一緒にお召し上がりくださいませ」

匙（さじ）を渡した。なんのことはない、ケーキ職人がよくやる飴がけの技法を、フォークの代わりに竹串を使うことで絹糸のように細くしただけのことだが、飴が空中で固まるタイミングを見極めるのが難しく、何度も練習を重ねた。

実を言うと、私の給金で買った砂糖はすぐに使い果たし、蔦重に前借りを頼んだほどだった。蔦重は飴がけに奮闘する私を面白がり、「おめえが本番で成功したら、砂糖代はチャラにしてやる。せいぜい気張んな」と励まして（?）くれた。

蜻蛉は匙を縦にして、綿のように積まれた飴をパリパリと割った。コンポートと飴を一緒に匙ですくうと、扇で顔を隠して匙を口元に運び、ゆっくりと咀嚼（そしゃく）した。

一同は固唾（かたず）を飲んで成り行きを見守っている。

やがて扇がパタリと畳まれると、真っ直ぐ私を射抜く、蜻蛉の大きな瞳が現れた。首をかしげ、挑むような眼差しを向けたまま、蜻蛉は唇の端をわずかに上げて微笑んだ。

その瞬間、私の胸に鋭い痛みが走った。

なんということだ……。私は蜻蛉に、惚れてしまったというのか？　これはマズい。

江戸でのアバンチュールを多少期待しないでもなかったが、本気になってはいかん！

私には小憎らしい妻と、愛する娘に、まだ会ったことのない孫がいる。しかも蜻蛉は松の位の花魁で、ベストセラー作家・朋誠堂喜三二の敵娼（あいかた）だ。私の手に届く相手ではない……というか、そんなことを考えること自体、もっての外（ほか）だ。

（目を覚ますんだ、武村竹男！）

私の戸惑いとは裏腹に、列席した一同からは、やんやの喝采が送られた。

「わしにも食わせろ！」

誰かが叫んだような気がしたが、

「いえ、これは花魁のための菓子ですので……」

私がつぶやくと、蜻蛉は私の手をそっと掌に包んだ。

「嬉しゅうおざんす……」

たちまち、全身の力が抜けた。

「やりおるわい」

先程の人物が言い、爆笑をさらった。

以降はしばらく夢うつつ状態の私だったが、「そうそう鱗形屋がつぶれた後……」という声が耳に飛び込んできて、ハッと正気に戻った。鱗形屋と言えば、貸本屋だった頃の若き蔦重に『吉原細見』の監修を依頼し、後に盗作騒ぎで店を傾けた版元のはずだ。

語り主は朋誠堂喜三二だった。昔話に興じているようだが、内容を追ってみると、およそ五年前、鱗形屋が倒産した時の、後始末の話をしていた。

喜三二や恋川春町を始めとする鱗形屋の専属作家や囲いの職人たちは、鱗形屋がつぶれ、今後の行く末に迷っていた。さまざまな版元から仕事の依頼や引き抜きの声が上がったが、どこを選んでいいかもわからない。

喜三二は秋田佐竹家江戸邸の留守居役、春町は駿河小島松平家の家臣と、どちらも身分のある武士である。商人たちの甘言に惑わされるわけにはいかない。そこで、自分たちがどの版元と組むかということを、版元を一堂に集めて競り合わせることにしたらしい。現代風に言えば、コンペを開いたというわけだ。

「わしの号令で集まったのはな、西与こと永寿堂西村屋与八、鶴喜こと鶴屋喜右衛門、伊勢治こと伊勢屋治兵衛ほか、上総屋利兵衛、村田屋次郎兵衛、そして、ここにおる蔦重じゃった」

喜三二が言った。

「あの頃、蔦屋さんはまだ、日本橋に店を構えていなかったのではありんせんか？」

話の輪に加わっていた、花魁の世話役である番頭新造が聞いた。

「ああそうじゃ。まだ吉原の店で、細見づくりや、大手の版元と組んで、錦絵や洒落本の仕掛けをしておった頃じゃ。だが蔦重は鱗形屋とのつながりが深かったでのう、どうしても参加させてくれとわしに頼んできおった。……のう、蔦重」

「はい」

蔦重は神妙に答えた。

「わしらは、西与から順に、なぜわしらが欲しいのか、わしらにどのような条件で何をさせたいのかを話してもろうた。それぞれにもっともらしい理由をつけおったが、なぁに、本心は春町殿とわしが出した、これまでの売れ筋本の版木が欲しいに決まっておる」

　喜三二が春町とうなずきあった。

「版木が欲しい、とはどういうことですか？」

　私は、後方にいる歌麿に近づき、小声で尋ねた。

「版木、すなわち増刷の権利が手に入るということでございます。恋川春町先生が安永四年に出された『金々先生栄花夢（きんきんせんせいえいがのゆめ）』は黄表紙の祖となる作品で、今も売れ続けておりますし、喜三二先生の文章に春町先生が挿絵をつけ、増刷を重ねている作品も数々ございます」

「なるほど」

「本来、版木は版元の所有物でございますが、鱗形屋はお二方にずいぶん借りがあったようで、店を畳む際に版木を預けた、と聞いております」

　確かに、版木を一から彫る手間が省けるだけでも、大助かりに違いない。

「大手の版元はみな、接待の数や販売網の広さを挙げて、売れ筋本をなぞった新作を求めてきおった」

「鱗形屋がいかに駄目で、なぜ店を立て直せなかったかを得意げに吹聴する版元もおりましたね」

喜三二の言葉を受けて、甲高い女ことばで春町が言った。まるで歌舞伎の女形のような口調だ。

「聞けば聞くほど、わしらの気持ちは沈んでゆくばかりじゃった」

一同は静まり返って喜三二の話に聞き入っていた。

「あの〜、どうして単純に、作料を上げるという提案にはならないのでしょうか？」

私はまたもや小声で歌麿に尋ねた。私がもし作家なら、一番原稿料が高くて、一番たくさん本を売ってくれそうな版元を選ぶだろう。すると歌麿は、

「作料？　馬鹿な。黄表紙の執筆を生業にしているなどとお上に知れては、お二方は蟄居、悪くすれば切腹させられてしまいます。黄表紙の執筆も狂歌などと同じく、趣味の一環という名目でないと……」

あきれたように言った。

「え？　では、皆さん無償でお書きになって、どれだけ本が売れても懐は潤わない、と？」

「そのために、吉原があるのでございます」

そういうことか……。作家に原稿料や印税を払う必要がないからこそ、このように接

待に金がかけられるのか。この時代の版元というものは、ヒット作さえ持っていれば、なかなかおいしい商売なのかもしれない。

「そのような時に立ち上がったのが蔦重じゃった。『てめえら大概にしやがれ！』と、新参者のちっぽけな版元が、大版元たちを怒鳴りつけたのじゃから、わしらも肝を抜かれた」

ここまで話して、喜三二は思わせぶりに茶を一口すすった。

「それから？」

「蔦さまは何と？」

じれた女性陣から質問が飛んだ。

「蔦重。おぬしあの時、なんと言うたかのう？」

さらにもったいぶって、喜三二が蔦重に尋ねた。

「ご勘弁を」

蔦重が頭を下げた。

「なんじゃ、照れておるのか」

そりゃあそうだろう。ここで自ら当時を再現できるほど、厚顔無恥な男ではないはずだ。

「春町殿、蔦重が申したことを覚えておるか？」

喜三二が矛先を変えた。春町は大仰にうなずき、

「しからばわたくしが、蔦重の口調を真似てしんぜましょう」

言ってゴホンと一つ咳払いをした。

「『てめえら大概にしやがれ！』と、蔦重は並みいる大版元を睨み据え、『鱗形屋のとっつぁんは、皆様方にとっちゃぁ親や師も同然のお人でしょうが。さんざん世話になっておいて、それをまぁ、身代が崩れりゃあ鬼の首を取ったみてぇに。……ナカに生まれ育ったこの俺でさえ、親の悪口を言っていいなんてぇ下等な躾は受けたことがありやせんぜ！』と、こう言い放ちました」

……はあ？　年末に蔦重本人から聞いた話では、その親も同然の鱗形屋を密告したのは、確か……。

蔦屋重三郎——。やはり厚顔無恥な男だ。

「『それにどいつもこいつも、出てくる話が二番煎じの焼き直しばっかりで、面白くもなんともねえ。……本ってモンは、誰のために作るんです？　読んでくださる人々のためでしょうが。読み手が何を求めているか、知恵を絞って考えるのが版元の務めってモンじゃありやせんか？　……ところが皆様方の頭ン中にゃあ、金儲けのことしかねえようだ。……読み手が望んでんのはなあ、目新しい本ですぜ。読んで役に立つとか、胸が

躍るとか、喜怒哀楽が激しく揺さぶられるってなモンを望んでんだ。……俺は、皆様方に比べりゃあ雛鳥も同然の新参者かもしれねえが、版元のありようってのは誰よりもわかってるつもりですぜ。蔦屋耕書堂は本を売ってんじゃねえ、感動を売ってんだ！』とね」

ほう……と一斉に感嘆の息が漏れた。

「恋川様、どうかもう、その辺で……」

蔦重が恐縮したのが、さらに春町を調子づかせた。

「確かその後、こうも続けたわ。『鱗形屋のとっつぁんは何を仕掛けた？　黄表紙ってモンを、この世に生み出したでしょうが？　皆様方には、とっつあんに負けじってえ気概がねえんですかい？』。……それからわたくしたちに向き直り、『この蔦重は大版元の皆様方とは違いやす。考え抜き、常に先を見通して、半歩先を歩くよう心がけておりやす。僭越(せんえつ)ながらお二方、私と一緒に神輿(みこし)を上げた方が、良かぁありやせんか？』と凄んで見せたのです」

きっと何度もネタにしているのだろう。自身の声との高低差を使い分け、春町はスラスラと蔦重の口調を真似てみせた。

「若気の至りでございます。どうかご容赦を……」

蔦重が深々と頭を下げた。

「何を申しておる。有言実行、おまえは言った通りに、半歩先とやらを進み続けておるではないか」

喜三二が言った。

「それは……お二方に恥をかかせるわけには参りませぬゆえ……」

「その通り。お前がしくじれば、お前を選んだわたくしたちはとんだ赤っ恥だものね」

春町が茶化した。

「蔦重が頼もしかったのはそれだけではないぞ。こやつめ、鱗形屋の囲いの職人たちを、一人残さず雇い上げよったのだ。ある者たちには独立資金を工面(くめん)して仕事場を構えさせてやり、残った者たちにも、その時点から蔦屋が通油町に本店を構えるまでの二年間、仕事がなくても給金を払い続けた」

「なんと豪気(ごうき)な……」

さきほどの番頭新造がつぶやいた。

「わしらとて、鱗形屋の職人たちを知らぬわけではないからのう。そうやって蔦重があの者たちの行く末を守ってやったことに、どれだけ安堵したことか……」

「もしや、政五郎さんたちは……」

思わずつぶやいた私の言葉に、

「はい。蔦屋で働く職人たちはみな、元々は鱗形屋の職人でございました。蔦重は腕の良い職人たちは早々に独立させ、優先的に蔦屋の仕事を受けるような仕組みを作ったのでございます」

歌麿が応じてくれた。

「以前蔦重さんに聞いたことがあります。政五郎さん以外、一流の職人さんは店に置かない、と」

「蔦屋は今はまだ、本格的な多色摺りの出版を行っておりませんので……」

「でも、そんな凄腕の職人さんたちと深いつながりがあるなら安心だ。早く蔦屋から、歌麿さんの錦絵が出る日が来るといいですね」

「恐れ入ります」

歌麿は頭を下げた。

実は歌麿は、これまで蔦屋から錦絵を出していないわけではない。『青楼仁和嘉女芸者部(せいろうにわかおんなげいしゃのぶ)』という、毎年吉原で八月に行われる『俄狂言(にわかきょうげん)』に出演する芸者たちを描いたシリーズを、蔦重が日本橋に本店を構えた年に出している。この作品を機に、歌麿は本格的に蔦屋の専属絵師となったのだ。

初めての大判錦絵シリーズとあって、歌麿は相当な意気込みでこの作品に臨んだらしいが、蔦重の眼鏡には叶わなかった。

「北尾重政を真似た絵なんざ描きやがって。まだちぃと、世に出るには早かったようだな。てめえの絵が世間を率いるくれえのモンになるまで、錦絵はお預けだ。俺の世話になるからにはこの約束、きっちり守ってもらうぜ」

蔦重にそう言われて、歌麿が錦絵を封印されたという話を、私は世話役の佐助（さすけ）から聞いたことがあった。

歌麿の美人画が量産される日は必ず来る。蔦重はまだ早いと言っていたが、狂歌絵本が評判を取った今となっては、そう遅い時期にはならないはずだ……と思いたい。

「蔦重はまた、わしらをよう遊ばせてくれた」

喜三二の話はまだ続いていた。

「ここの出身だけあって、楽しませ方を心得ておる」

「まことに。喜三二殿に至っては、傾城（けいせい）をはべらせ……」

「これ、余計なことを言うでない」

一斉に笑い声が上がった。

「ケイセイって?」

私は歌麿を見た。

「傾城の美女、この場合は蜻蛉のことでございますよ」

蜻蛉と聞いて、私の胸はズキリと痛んだ。そうか、喜三二に蜻蛉を引き合わせたのも、蔦重だったのか……。

どうやら、私の蜻蛉への恋心は本物らしい。死に物狂いの〝老いらくの恋〟というにはまだ早く、気持ちを抑えられるだけの分別はつく範囲だが……。実らせられぬ恋は苦しくはあるが、孫が生まれて、今後はじいさんになった喜びを満喫しようと思っていた矢先だけに、この歳になってまだ恋情を抱ける自分が、なんだか嬉しくもあった。

蜻蛉のあの、意志の強さを思わせるくっきりとした眉（既婚者の眉剃り顔の不気味さの反動で、存在感のある眉が愛おしいのかも知れない）、濁りのない潤んだ眼（冷静に考えれば近眼なのだろう）、ひんやりと冷たい手（手の冷たい人間は心が温かいというが、本当だろうか？）――。一つひとつの記憶が、大切にしまっておきたい宝物のように思える。

……ああ、だがこの恋情は、決して誰にも……特に蔦重にはバレてはならない。

私はひっそりと、片思いに耽溺（たんでき）するのだ――。

「タケ、おめえ、蜻蛉にしょっちゅう菓子を差し入れてんだってな」

「！」

昼餉（ひるげ）の後、台所で蔦重に声をかけられて、洗っていた椀が手から滑り落ちた。

一体なぜ？　どうしてバレたんだ？

親しくなった細見売りに頼んで、時々蜻蛉に手作りの菓子を届けてもらってはいるが、私は自分の名前はおろか、蔦屋のつの字だって出してないぞ。

「おめえがどんだけ尽くしたって、報われねえ相手だってことはわかってるよな？」

「は、はい……あの…いえ、そんなんじゃありません。あの方はわたしにとってその、弁天様のようなもので……ねんごろになりたいとか、そういう欲望の対象ではなく、そこにいてくれるだけで嬉しいというか、そりゃあ顔を見て声でもかけられれば天にも昇る心地でしょうが、あくまでそこまでで……その、私の作った菓子をあの方が召し上がってくださると思うだけで、私は……」

我ながら、しどろもどろでしっちゃかめっちゃかな答えだった。

「はぁー……」

と蔦重は大きなため息をついた。

「重症だな。……いいか、おめえがせっせと差し入れたところで、食ってるのは花魁付きの新造や禿（かむろ）たちばかりだぞ」

「え？」

「まあ、娘っ子らが喜んでんだから、止めることもないかと思ったが、それじゃあああんまりおめえが不憫（ふびん）だからよ」

「どういうことです？」

「そもそも花魁は、菓子なんざ好きじゃねえのさ」

「へ？」

「最初に教えておいてやっても良かったんだが、あの〝飴がけ〟ってのが、お歴々に受けると思ってよ。蜻蛉もあの技を見りゃあ、菓子の好き嫌いにかかわらず、おめえの誠意は伝わるだろうからな」

「そうだったんですか……」

不覚にも、鼻の奥がツーンとした。

「でも、妹分の皆さんが私の菓子を喜んでくださってるってことは、姉さんとしての蜻蛉さんの株が上がるってことですよね？」

私は努めて明るく言った。

「まだ続けるってのか？」

蔦重が憐れむように眉根（まゆね）を寄せた。

「私がそうしたいんです。蜻蛉さんのことを思って菓子を作っている時間が、私は本当に幸せで……。いつ本物の家族に会えるかもわからない私にとっては、その間だけでも、不安を消してくれるというか……」

江戸に来て三か月が経っており、私はどっぷりとホームシックにかかっていた。驚きや発見、目新しさと、蔦重の生きざまに学ぶことで、最初の頃は瞬く間に過ぎていった。

また第一関門とはいえ、歌麿の狂歌絵本が成功し、蔦重が打ち出した次号からの入銀制度も、順調に希望者が集まっているらしく、料理にも慣れてきて、気が抜けた途端、帰りたいという気持ちに囚われたのだ。

帰ってビールが飲みたい。最高水圧で思いっきりシャワーを浴びたい。焼き肉かなんかを、ガッツリ食らいたい。ゴルフに行って、サウナで全身マッサージをしてもらって、仕上げはバーでキューバ産の葉巻きを吸いながら、シングルモルトで一杯だ。

お稲荷さんに見られても恥ずかしくない、清廉潔白で健康的でストイックな生活をしている反動で、とっても身体に悪いことをしてみたい気分だった。

そんな鬱屈（うっくつ）した精神状態にあったため、蜻蛉のための菓子作りは、私の心の安らぎであり、慰めだったのだ。

「タケ……」

蔦重は、私の坊主頭をポンポンと叩いた。

「俺は今からナカで集会だが、おめえは歌麿ンとこへ寄って、一緒に菊乃ンとこへ行ってこい」

「菊乃？」

「覚えてねえのか？　おめえがお歯黒ドブで溺れた日に、匿ってくれた花魁だよ」

「あー！　……いや、もちろん覚えています。そうだ菊乃さんというお名前でしたね」

私の脳裏に、こめかみに膏薬を貼ってお歯黒をした、こけし顔の女性の顔が甦った。

「あんときの礼に、菊乃の絵姿を売り出してやるって約束して、まだ果たしてなかったんでな。歌麿に描かせようかと思ってよ」

「では、蔦屋からいよいよ歌麿さんの錦絵が発売されるのですね⁉」

「いや……」

「違うのですか？」

「菊乃の絵は、歌麿の名前では出さねえ」

「どうしてですか？」

「今の美人画の潮流は、北尾派から鳥居派に移っている。北尾重政の貫禄のある美人画が飽きられて、伸びやかで明るい鳥居清長の美人画が全盛だ。今歌麿が打って出たところで、清長を脅かすにゃ至らねえ。世間がもっと、清長の美人を見飽きてからじゃなきゃ駄目なんだ」

「そういうものですか」

まあ確かに、アイドルの推移を鑑みても、蔦重のその見解は正しいように思う。何万人に一人のオーディションを勝ち抜き、ＣＭの女王などともてはやされても、次々に新しい魅力やギャップを打ち出さないと、売れ方が急激なほど転落も早いものだ。

「歌麿は今、狂歌絵本の時流に乗って、存在感を高めているところだからな。清長の人気が陰りかけた時に、次の手を仕掛けるぜ」

「次の手というと？」

「俺が最初に歌麿の才能を認めたのは、あいつがそれまで描いていた挿絵じゃねえ。あいつの画帖を見た時だ。虫や鳥や花といったモンを、それは丹念に写生してあった。ああ、この男は本当に、描くことが好きなんだな……と感心したもんだ」

「はい」

「それにあいつは、女を描くことも大好きだ。俺にけなされたことがよっぽど悔しかったってこともあるだろうが、暇さえありゃ、美貌で名高い花魁を見に行って写してやがるし、おめえも手伝ったように、りよを使って身体の動きを描くことにも余念がねえ。そこで歌麿の次の仕掛けについちゃあ、二本柱を考えてんだ」

「二本柱？」

「ああ。一本目は、精緻を極めた狂歌図絵集だ。『江戸爵』なんて名所絵で売る気はねえ。歌麿の、本画の絵師にも劣らねえ筆力を、多色刷りで存分に見せつけてやる」

「もう一本は？」

「枕絵集だよ。浅間山が噴火して以降、奥羽の方じゃあ一揆や打ちこわしが多発してるって話だ。ご老中の田沼様のご政道も、そう長くは続かねえかもしれねえ。そうなりゃあきっと、お上は締め付けにかかるだろうから、その前に、これでもかってぇ贅を尽くした枕絵集を世に送り出してえんだ」

「美人画を飛ばして、一気に枕絵ですか？」

「いいんだよ、それで。どこに出しても恥ずかしくねえ狂歌図絵集と、お大尽かお偉いさんにしか目にできねえ枕絵集。この表裏二本で世間の度肝を抜いてから、満を持しての美人画だ。……清長なんざ一気に吹っ飛ぶぜ」

「面白そうですが……なんだか、美人画にたどり着くまでに、まだまだ時間がかかりそうですね」

歌麿はそんなに待てるのだろうか？

「〝急いては事を仕損じる〟って言うだろうが。俺の目算に狂いはねえ。さあ、わかったら早く行ってこい」

「歌麿さんの件はわかりましたが、私は菊乃さんにお会いして、御礼を申し上げるだけでよろしいのですか？　あらかじめ伺っていれば、何か手土産を用意できたのですが……」

「礼は歌麿で十分だ。いいから出かけるぜ」

私は、追い立てられるようにして外に出た。

驚いたことに、表で駕籠が待っていた。私が屈強な男たちの前で立ちすくんでいると、

「おめえ、駕籠に乗るのは初めてだったよな」

蔦重が聞いた。

「はい。……これに、私が？」

「そうだ。早く行かねえと、日が暮れっちまわぁ。おめえはこいつで先に行ってろ」

蔦重は駕籠かきに、

「大門前の耕書堂まで、よろしく頼まぁ」

金子を渡し、次に私の背中に向けて火打ち石を打ってくれた。菊乃に礼を言いに行くだけなのに、どうしてこんなに大げさなんだろう？　不思議に思いながらも、私は駕籠に乗りこんだ。

「何をされているのですか？」

私は蔦重を見上げて尋ねた。蔦重は左手を駕籠の屋根に置き、右手を顔の前に立てて、駕籠に対して何かを拝んでいたのだ。

「おめえのことを頼んでおいたから、おめえも降りる時は礼を言うんだぜ」

「駕籠にですか？」

「当たり前だ。駕籠だけじゃねえ、船だって馬だって、乗せてくれるからには仁義を切るもんだ」

「へえ……」

「挨拶ってのはよ、人にだけすりゃあいいってもんじゃねえぜ。出かける時の『行ってまいります』も、帰ってきた時の『ただいま戻りました』も、余所へ行った時の『お世話になります』も、家や土地にもきっちり礼を尽くさなくちゃな。おかげさんで俺たちは生かされてんだからよ。……さあ、行った行った」

私は駕籠から振り落とされないよう、真ん中にぶら下がった縄に必死で摑まりながら（バランスを取るのがなかなか難しい）、改めてこの時代の人々の信心深さに感じ入っていた。

『人が信じられない』と言っていた蔦重でさえこうなのだから、他は推して知るべし、だ。

実は、娘婿のジャンは敬虔なクリスチャンで、我が家に来た時も、食前の祈りをしないと食事が始まらないという有り様だった。その間、娘はジャンに倣って祈っており、女房は祈りが終わるギリギリまで、台所でせわしなく働いていた（十中八九、忙しいフりをしていたのだと思う）。

私はその間、手持ち無沙汰で、一人でビールをなめていた。元々そう信心深くはない上に、次男である私の家には仏壇もなく、自国の神仏やご先祖様にも手を合わせていないのに、異国の神様に祈りを捧げる気にはなれなかったし、クリスチャンに対しても失礼だと思った。

そんなある日、妻と娘が出かけてしまい、ジャンと二人で留守番をすることになり、昼食に、ジャンを老舗の蕎麦屋に連れていったことがあった。

その店で人気の『芝海老のかき揚げせいろ』を前にして、いつものように祈り始めたジャンに、私は思わず、

「そんなに熱心に祈って、もし神様がいなかったらどうするんだ？　その間に料理の味は落ちてしまうし、膨大な時間の無駄遣いじゃないか」

と言ってしまった。せっかく旨い蕎麦を食わせてやろうと思って連れてきたのに、目の前でのびてゆく蕎麦や、冷めてゆくかき揚げを見ていて、苛立ちがこみ上げてきたのだ。ジャンは真っ直ぐな瞳で私を見て、

「パパさん。では神様がいらしたら、どうしますか？」

と聞き返してきた。私は絶句した。そんなことを考えたこともなかったが、ジャンの言葉はすなわち、『魂の行方に責任が負えるのか？』と問われたことになる。

一瞬、とんでもないことを聞いてしまったと反省したが、ジャンが再び何かを祈り始めたので、私はこれ以上つきあいきれないとばかりに、先に箸をつけた。案の定、蕎麦は喉越しの良さが半減しており、かき揚げは冷めかけていた。

しばらくして、ジャンがやっと割箸を取った。一回で食べるには多すぎる量の蕎麦を箸で挟み上げ、つゆにたっぷりからめると、口の中に押し入れて、入りきらない蕎麦を途中で噛み切ってしまった。たいていの欧米人がそうであるように、ジャンも蕎麦をする、ということができないようだった。

「のびてしまっておいしくないだろう？　それを本来の蕎麦の味とは思わないでくれ。だいたい何だって何度も祈る必要があるんだ？」

それでなくても、ジャンの帰国のせいで、一人娘の亜里沙とめったに会えなくなる、という思いがあるものだから、私の気持ちはささくれだっていた。二度目の祈りは、私に対する当てつけかとさえ思った。するとジャンは、

「神様の存在を問うたことを、懺悔していたのです」

と答えた。ハンマーで頭をぶん殴られたような気分だった。私の不用意な発言で、ジャンに彼が信じる神様を裏切らせ、彼を深く傷つけてしまった。

私はすぐさま蕎麦のお代わりを注文し、ジャンに心から詫びた。

運ばれてきたばかりの蕎麦で、丁寧に正しい食べ方を伝授した。盛られた蕎麦の中央

から、箸先を使って一回ですすり上げられるだけの量を取る。江戸蕎麦の場合、つゆには、蕎麦の先三分の一程度しか浸してはならない。……といったことだ。ジャンは「次から一人でも蕎麦屋に入れる」と喜んでくれた。

この一件以来、私は他人の信仰に触れることは一切やめたが、だからと言って、私自身に信心が芽生えるには至らなかった。

江戸の人々は、しばしば『今日様（こんにちさま）』という言葉を使う。

朝起きるとまず、お天道様に向かって『今日様、今日もよろしくお願いします』と拝み、『生きていられるのは今日様のおかげだよ』と諭（さと）し、寝起きの悪い小僧には、『今日様に申し訳ないよ』と小言を言う。

また、『おかげさま』という言葉も、現代では「ありがとう」につける接頭語か枕詞のように無意識に使われているが、この時代はもっとずっと深い意味を持つ。

『おかげさま』は漢字で書くと『お陰様』となる。『お前はお陰様に生かされているんだよ』と母は子に教え、何かいいことがあると『お陰様に感謝しなさい』と言われる。

最初のうちは、『お陰様』とはいわば、陰ながらその人を見守ってくれている守護神のような、単体のイメージかと思っていたが、しばらく暮らすうち、もっとずっと大きな意味を持つことに気付いた。

お陰様とは、人を生かしてくれている全ての自然エネルギーや事象――人の恩を含める森羅万象を表す、象徴的な言葉だと理解した。

日本には古代から、『八百万（やおよろず）の神々』信仰がある。

お天道様を始め、火や水や木や米など、万物に神様が宿っているという多神論だが、『お陰様』に感謝するということは、目の前にいる人だけでなく、その人を形成した親や先祖、八百万の神々に感謝するということで、『今日様』に感謝するということは、この瞬間から始まる未来に感謝するということだ。

『お陰様』と『今日様』。

これらは、現代に生きる日本人が一番失くしてしまった感覚ではないだろうか。

今や人の恩に対してさえ感謝できない人間も多いが、『お陰様』への意識があれば、水や空気を汚していいとは思わなかっただろうし、『今日様』を意識すれば、引きこもりやニートが存在する社会にはならなかったはずだ。

私自身が江戸にいることが何よりの証拠で、もはや無神論者ではあり得ない私であるが、乗っている駕籠にまで仁義を切るというのは、少し前の私なら腑に落ちていなかったかもしれない。

蔦重の言動が心に響くのは、それが知識上の正論ではなく、経験に裏打ちされた言葉だからだろう。

『やりもしねえで、知ったようなことをぬかすんじゃねえ』は、蔦重がよく使う小言の一つだが、まさしくその通りだと思う。人は知識を振りかざされると反発するが、経験で諭されると得心がいくものだ。

私も、降りる時には運んでくれた人と駕籠に感謝しようと思うし、もし元の世に戻れたら……。

女房の渡仏で一人暮らしを余儀なくされた二か月の間、私は誰もいないマンションの玄関で、空しい思いに駆られながら「行ってきます」と「ただいま」をつぶやいていた。かといって、無言で出ていくのも区切りがつかなくて落ち着かなかった。

だが戻れたら手始めに、雨露をしのぎ、快適に暮らさせてもらっているマンションに対して、感謝を込めて、堂々と挨拶をしたいと思う。自分の顔を洗うように、いつもきれいに掃除して。そうすれば、もっともっと快適に暮らせそうだ。

駕籠に乗るコツをつかみ、心地好くなったリズムに揺られながら、私は晴れやかな気分でそんなことを考えていた。

《第八章》

私は歌麿と共に、中見世の一室で菊乃が現れるのを待っていた。

歌麿は粛々と写生の支度を整えていたが、私は全く身の置き所がなかった。恩返ししなければいけないのは私だというのに、私自身は手ぶらで、歌麿に代行させている。しかも、今や新進気鋭の絵師である歌麿に、自身の画号で売り出してももらえない絵を描かせようとしているのだ。

菊乃に対して礼を言いたいのはやまやまだが、これでは格好がつかない。何か私にできることはないかと歌麿の手伝いを申し出たが、手を借りるほどのことはないと、あっさり断られてしまった。

せめて朝食の後にでも、菊乃に会うことを予告しておいてくれたら、菓子でも作ってきたのに……と、恩人である蔦重を逆に恨みたくなる気分だった。

「歌麿さん、本当に申し訳ありません。お忙しいのに、私のためにお手を煩わせてしまって……」

支度を終えた歌麿に、私はすでに何度目かになる詫びを入れた。

「どうかもう、お気になさらないでくださいませ。私とて、今評判の菊乃さんの絵姿を写せるのは、ありがたいことなのですから」

歌麿はそう言ってくれたが、そもそも私は蔦重に言われるまで、菊乃のことをコロッと忘れていたのだから、恐縮するほかない。

「私にお手伝いできることがあれば、いつでも仰せつけてくださいね」

またもや歌麿と蔦重に依存する結果になってしまい、本当に情けない。

（どの面下げて、菊乃さんに会えばいいんだ……）

落ち込んでいると、隣部屋に続く襖がスーッと開いた。

「待たせたね」

襖の向こうに菊乃がいた。

（え？）

意外なことが二つあった。絵姿を売り出すと聞き、私は菊乃が、お座敷での蜻蛉のように盛装して現れるものだと思っていた。豪華な打ち掛けに、前結びの派手な帯。髪には何本もの鼈甲の簪を挿して。ところが菊乃は、簪もなく、遊女が床入りの際に着る胴抜（打ち掛けの下に着る着物で、胴の部分を別の布で仕立てたもの）姿で、なぜか男物の着物を肩に羽織っていた。

もう一つ意外だったのは、菊乃の化粧映えの良さだ。丸い顔にちょこんと目と鼻と口がついた、こけしのような素顔を見ていただけに、白塗りで目の周りをくっきりと墨で縁取り、頬と唇と目尻に朱を差した菊乃は、とても愛らしく見えた。『今はあんななりしてるが、白塗りして着飾った日にゃあ、後光が差す』と言っていた蔦重の言葉に、誇張はなかったのだ。現代でも、CMに起用したタレントの、素顔の地味さに驚くことがあるが、いやはや化けて粧う(よそお)と書くだけあって、化粧の力は偉大だ。

「おや、兄さんも一緒に来たのかい？」

菊乃が私を見て言った。彼女の背後に見える調度品(ちょうどひん)や、二枚重ねの布団を見れば、そこが菊乃の私室であることがわかる。つまり彼女は、この部屋で客を取っているということだ。

「その節は、誠にどうもありがとうございました。おかげさまで命拾い致しました」

なんとはなく目のやり場に困り、私は両手をついて、深々と頭を下げた。

「ちょうど良かった。兄さんに返したいものがあったんだ。歌さんに預けるつもりだったんだけど……」

菊乃は帯の間から、銀色に光る紐のようなものを出して私に差し出した。

……これはっ!! お歯黒ドブで失くしたものと諦めていた『セイコー腕時計100周年記念限定モデル』の、デジタルウォッチではないか！

驚きと嬉しさのあまり、私が時計を握りしめて絶句していると、

「悪かったねぇ。兄さんの着物を脱がせた男衆の一人が、こっそりくすねてたんだよ。

模様がどんどん変わるのが珍しいってんで隠れて眺めてたのを、昨日見っけてね。よくよく叱っておいたから、許しておくれな」

菊乃が両手を合わせて詫びてくれた。

「いえっ、見つけてくださって、ありがとうございます」

菊乃はホッとしたように微笑んだ。

「記憶はまだ戻らないのかい？」

「はい。今は蔦屋で奉公をさせていただきながら、新しく物事を一から学んでおります」

「そうかい。なんにせよ、達者で何よりだね」

「ご心配いただき、ありがとう存じます。御礼に上がるのが遅くなり、申し訳ございませんでした」

「なあに、構やしないさ。蔦重は、約束は必ず守る男だからね」

「へ？」

とっさに間の抜けた声が出た。

（嘘だろう？　あれだけ方便を使い、平然と人を手玉に取る蔦重が、約束は必ず守るって？）

一瞬、菊乃も蔦重に騙されているのではないかと疑った。

「なんだい、変な声出して？」

菊乃が歌麿を振り返った。

「何かおかしなこと言ったかい？」

「いいえ。……タケさん、蔦重の仕事ぶりを見ていると信じられぬかもしれませんが、あの方にあれだけ人望があるのは、約束は必ず守る、というその一点を貫かれているからでございます」

「『約束を一つ一つ守ることの積み重ねが男の仕事』なんだってさ。……手練手管で男を騙す、わっちらとは大違いさ」

菊乃が自嘲するように言った。

そう言えば……。人生を逆算する方法を蔦重に尋ねた時、『梯子あがり』の図を描いて説明してくれ、踏み子の一本一本を上がって行くことを神様や自分自身に約束すればいいのだと言っていた。蔦重にとって、〝約束〟とは、それほど重いものなのだろう。

（人を信用していないと言っていた蔦重だけれど、人からはちゃんと信頼されているじゃないか……）

待てよ。……ということは、信用や信頼は一方通行でも成立するというわけか。自分が相手を信用するかどうかではなく、相手の信用に報い続けていれば信頼される。

考えてみれば、世の中で〝カリスマ〟と呼ばれている人などは皆、そうかもしれない。こちらはカリスマの実力を信頼しているけれど、自分がカリスマに信用されてるかどうかなんて考えもしない。カリスマはあくまで崇めるものであって、むしろ、同じ土俵にいられては価値が下がる。つまり、蔦重はカリスマ経営者ということか。

「では花魁、そろそろ……」

歌麿が言い、菊乃が布団の傍らに横座りをしてポーズを取った。胸元で羽織の褄を取り、愛おしげに布団の方を見やる。〝コトが済んで寝入っている男を想い、男の着物を羽織ることで情事の余韻に浸っている遊女〟……というシチュエーションが想像できた。菊乃のまなざしはゾクゾクするほど色っぽい。

歌麿は素早くその様子をスケッチすると、菊乃に、次は羽織っている着物を脱いで、それに頬を添えるよう指示した。その後も何パターンかポーズを変えさせたが、羽織を必ず小道具に使うのを不思議に思って理由を聞くと、なんと、呉服屋をスポンサーにつけているのだと言う。菊乃が手にしているのは、呉服屋が最も力を入れている、新柄の反物で仕立てた着物なのだそうだ。

……さすが。菊乃への借りを返すと言いながら、たとえ菊乃の錦絵が売れなくても損をしないよう、蔦重はちゃっかり保険をかけていたというわけだ。

感心して見学していると、

「タケさん、ちょっと手を貸していただけませんか？」

歌麿から声がかかった。

「はい。何なりと」

私は嬉々として答えた。何でもいいから役に立ちたい。

「花魁と絡んでください」

「は？」

さらりと言われ、目が点になった。そうだった……！　歌麿とはこういう男だった。

私は江戸にタイムスリップした夜、りよと枕絵のモデルになった時のことを思い出した。歌麿は、こと絵に関しては容赦がなかった。

「そ……それはちょっと……」

私が口ごもると、

「はて？　何でもすると、おっしゃっていたではありませんか」

歌麿の目は真剣そのもので、〝否〟という答えを許さないだけの気迫があった。

そう言えば蔦重が、歌麿には次に枕絵本を描かせると言っていたが、歌麿が今日の仕事を引き受けたのは、こういう見返りがあってこそかもしれない。

（……いや、そもそも双方ともが、蔦重の指令か……）

最小の行動で最大の効果を得ようと考える蔦重の行動原理を、私はたくさん見てきているではないか。歌麿の売り出ししかり、鱗形屋の顚末しかり。

（どう考えても、断れる状況じゃないな……）

「かしこまりました」

私は覚悟を決めた。しがないサラリーマンで終わっていたはずの私が、〝世界の歌麿〟売り出しプロジェクトの一端を担えることを、名誉だと考えよう。

私は大股で菊乃の部屋に入り、歌麿の指示を仰ぐために振り返った。

「まずはタケさんが下になって、布団に横たわってください。花魁はタケさんにかぶさり、口吸いを」

私はゴクリと唾を飲んだ。……果たして、冷静でいられるだろうか？

「そんなに怖がらんすとも、取って食いやしないえ……」

廓言葉でおかしげに言うと、菊乃が私の腰にまたがった。真っ赤に塗られた唇が近づいてくる。もうどうにでもなれと、私は固く目をつぶった。

菊乃は、私の瞼に軽く口づけ、こめかみ、頬と、小鳥が餌をついばむようなキスをした。鼻先、上唇と降りてきて、きつく唇を合わせると、尖らせた舌先で私の歯列をこじ開け、ぬるりと舌を滑り込ませてきた。

（うわ……蕩ける……）

こんなディープなキスを交わすのは何十年ぶりだろう。遊女は本気で惚れた相手としか口づけを交わさないと蔦重に聞いたことがあるが、菊乃はなぜここまで……。菊乃の表情が見たくなって、うっすらと目を開けたが、部屋が暗すぎてよく見えない。

(……? 夕方とはいえ、なぜこんなに暗いんだ?)

疑問が鎌首をもたげ、私は口づけを交わしたまま歌麿のいる方向を見た。……と、襖は完全に閉じられていた。

「歌麿さんは?」

私は慌てて半身を起こした。

「とうにいなくなってるさ。……誰も見ちゃあいないから、ゆるりと楽しもうじゃないかえ」

菊乃がねっとりと囁いた。

「いえあの、これはいったいどういうことですか?」

私は、迫りくる菊乃を押しとどめた。

「これよりは、主さんを慰めるのがわっちの務めさ……」

「滅相もない! 御礼を言いに来たはずが、なんでこういうことになるんです?」

「ナニ、わっちを蜻蛉だと思やあいい……」

(蜻蛉だって⁉)

これは益々聞き捨てならない。

「蔦重ですね! 彼はいったいあなたに何を言ったんです?」

私は菊乃の肩を掴んで揺さぶった。菊乃はスッと身を引いてため息を吐き、

「ほんに蔦重の言った通り、一筋縄ではいかないようだね」

普段通りの口調に戻って言った。

「事情を聞かせてください」

「別に不思議はないさ。あんたが、実らぬ恋に身をやつしていて可哀相だから、慰めてやってくれってさ。まともに勧めたってきかないだろうってんで、歌さんも交えて一芝居打ったってわけ」

「余計なことを……！」

「どうして？　ありがたい親心じゃないか」

「ですが、蜻蛉花魁が無理だからあなたに、なんて……。そんなの、菊乃さんにも失礼じゃないですか」

「そう言ってくれるのは嬉しいけれど、わっちはなんとも思っちゃいないよ。それがわっちの仕事だし、蔦重はちゃんと揚代を払ってくれてるから、なんだったら泊まってったっていいんだよ」

「蔦重は、どうして私にそこまで……」

「『ナカの女を知らねえ奴は許せねえ』ってさ。……あんた、記憶をなくして以降、女を抱いてないんだろ？　何度勧めても、そそくさと帰っちまうって聞いたよ」

（げっ……）

そんなことまで心配されていたとは……。待てよ。歌麿もグルってことは、私の蜻蛉への想いは皆に筒抜けか……。なんだかもう、穴があったら入りたい気分だ。

「そんなことならお構いなく。……菊乃さんも、せっかくですから今日はゆっくり休んでください」

私は半ば投げやりに言った。寄ってたかって下の面倒まで仕切られて、はいそうですかと乗れるほど、お気楽にできてはいない。

私は襟元を整えて立ち上がろうとした。と、

「そうはいかないさ。わっちも蔦重には借りがあるんでね」

菊乃が私の手首を捕らえた。

「借り？」

話の続きが気になって、私は再び腰を下ろした。

「ああ。……あんた、〝瘡病み〟になった女を見たことがあるかい？」

「ええ、まあ……」

歌麿の案内で稲荷神社をめぐっていた時、お歯黒ドブ沿いにある「浄念河岸」や「羅生門河岸」といった最下層の長屋見世で、私は瘡病みで容貌を崩した女性を数人目撃した。

「わっちがまだ、花魁見習いの振袖新造だった頃、蔦重はこの見世で働く若い衆の一人だった。……ナカにはね、『遊女は鳥屋(とや)について一人前』って言葉があるのさ」

「鳥屋？」

「女が瘡病みになることだよ。元々は、鷹の羽が冬毛に生え換わる時期のことを言うんだけどね、鷹が鳥屋に籠ってじっとしてんのが、遊女が病んで、髪の毛が抜けていくのに似てるからって……」

「どうしてそれが一人前なんです？」

「瘡病みになった女は孕(はら)みにくくなるし、孕んでも流れやすくなるからだよ。……子を孕むのは遊女の恥だからね」

「そんな勝手な！　病気になっていいことなんて、あるわけない」

　私は憤慨して続けた。

「そんなの、見世側が作った勝手な言い分に決まっています！」

「……けど、十四で身売りして以来、ずっとそう聞かされてみな。疑いなんざ持ちゃしないさ。それに、子おろしの辛さを聞いて育ちゃあ、孕みにくい身体になりたいって思うようになるモンさ」

「でも……」

「今のあんたのように、それが間違いだって教えてくれたのが蔦重だった。小僧の頃からずっと、瘡病みで離れに閉じ込められた遊女の看病をさせられてきたんだと。……ある日こっそりわっちを呼んで、離れで臨終を待つ花魁のところに案内してくれた」

「蔦重さんは、なぜあなたを……？」

「そん時死にかけてたのは、わっちの姉女郎だったのさ。突然、別の花魁に付けって言われて、どこへ行ったのかと蔦重を問い詰めたら、『決して誰にも言うんじゃないぞ』って」

「離れには誰も近づけないものなのですか？」

「そりゃそうさ。遊女になる前の娘に瘡病みの末路なんぞ見せた日にゃあ、怖くて客が取れなくなっちまうだろ。実際、偶然目にして井戸に飛び込んだ娘もいるからね。……わっちを離れに連れてったことが見世に知れりゃあ、蔦重はどれほどの罰を受けていたことやら……」

「……」

「……怖かった——。あの、天女のように美しかった花魁が、髪はまばらで、鼻が崩れ、首んところに茸(きのこ)みたいな腫れ物ができてて……。思わず叫びそうになったわっちの口を蔦重が掌で塞ぎ、『いいか、こうなりたくなかったら、誰になんと言われようが、決して鳥屋にはついいちゃなんねえ』って……」

「……」

「その後、わっちは泣きじゃくって、『瘡病みにならないにはどうすりゃいいの？』って蔦重に聞くと、『おめえの水揚げまでには、必ず方法を見つけてやるから心配すんな』って指切りしてくれた」

「それで、蔦重さんは病気にならない方法を見つけてくれたのですか？」

「言ったろ？　約束は必ず守る男だって。何人もの医者に聞いたけど埒が明かないってんで、博識で名高い源内先生のところに行ったたって……」

！　……ここでも平賀源内の名前を聞くなんて。

「蔦重は、そんなに源内先生と親しかったのですか？」

確か蔦重は十五の時、江戸のカレンダーともいうべき『絵暦』の製造技術に感銘を受けて、初めて平賀源内を訪ねたのだと言っていた。その時から『吉原細見』の序文を書いてもらうに至るまで、二人の間にはどのような交流があったのだろうか？　答えをはぐらかされたままなので、気になって仕方がない。

「さて……。わっちの前で、蔦重が源内先生の話をしたのはその時限りさ」

「で、源内先生は答えをくれたわけですか？」

「ああ。病の種が身体の奥に入る前に、殺すことが先決だって助言してくれたそうだよ。コトが終わったらできるだけ早く、明礬水で洗いなさいって……」

「明礬ってあの、紙のドーサ引きに使う？」

「ああ。おかげでわっちは一度も鳥屋についたことがない……」

明礬と言えば、原形は湯の花なのだし、現代でも茄子の浅漬けの色止めに使われるぐらいだから、人体の害になる心配はない。

そう言えば中学生の頃、義理の叔母が法事で私の実家に泊まりに来た時、腋の下に何かを塗っている姿を目撃したことがある。後で母に聞くと、あれは明礬を溶かした明礬水で、腋臭(わきが)の臭いを抑える効果があるのだと教えてくれた。悪臭も菌の繁殖が原因なのだから、明礬に殺菌力があるのは確かなのだろう。

だが菊乃の話を聞いていると、明礬の威力と言うよりも、セックスの後、すぐに洗浄していたことが功を奏したのではないかと思う。けれど、本当にそれだけのことで性病が防げるものだろうか？　源内と蔦重が、何か菊乃に教えていない秘策を持っていたのかもしれないし、単に菊乃の運がいいだけということも有り得る。

「わっちだけじゃないえ。幸い、ここの楼主は物わかりが良くて、皆に明礬水を使わせてくれたから、この見世の遊女にゃあ瘡病みがいなくなった。病の怖さを知っている客人たちも、この見世なら安心して遊べるってんで、上客が来るようになったのさ」

「そのことを、蔦重は他の見世には教えなかったのですか？」

「もちろん、あちこちの楼主に教えに行ったさ。けどしょせんは忘八(ぼうはち)なんて異名を取る奴らだ。明礬を買う金子(きんす)を惜しんだ上に、子供ができる方が面倒だって、聞く耳を持ちゃあしなかったよ」

「ボウハチ？」

「仁・義・礼・智・信・忠・孝・悌の八徳を忘れた人でなしから忘八ってのさ」

「あっ、『八犬伝』に出てくる八つの珠のことですね」

NHKの人形劇『新八犬伝』が放映された時はまだ、ビデオレコーダーもない時代だったから、リアルタイムで観られることは少なかったが、辻村ジュサブロー氏の人形、特に玉梓の怨霊はインパクトがあり、日航機事故で亡くなられた坂本九氏の軽快な語り口調も忘れがたい。

「なんだい、ハッケンデンってのは？」

「えーっと……」

（いかん、まだ作者の曲亭馬琴は世に出ていないんだっけ？）

「先日、店で目にした読み本のことです」

ここは誤魔化すしかない。

「ともかく凄い人ですね、蔦重さんは。あなたたちの身体を守ったのですから……」

現代では、ＳＴＤ（性感染症）にかかっても抗生物質の投与で治せることが多いが、まだペニシリンが発明されていないこの時代、一度性病にかかると完治することはない。菌を保有したまま回復と再発を繰り返し、客にも病を移して性病を蔓延させ、やがて生きながら身体を腐らせてゆき、命を落とすことになる。それを予防したのだから、菊乃が蔦重に協力する気持ちはよくわかる。

「だろ？　……まあそんなわけだから、わっちは蔦重の頼みはなんだって聞くって決めてんだ。だからあんたも、わっちの顔を立てておくれな。……極楽へ連れてってやるからさ……」

「わっ……」

ガバッと菊乃が覆いかぶさってきて、再び唇を吸われた。その瞬間、目の端を鋭い光が横切ったかと思うと、私の頬ギリギリのところに短刀が突き刺さった。

「ヒッ」

喉が鳴り、ふいに身体が軽くなった。二十歳ぐらいの青年が菊乃の髪をつかみ、引きずり倒したのだ。

「ギャッ！」

高価そうな絹の着物を着た青年は、容赦なく菊乃の背中を踏みつけた。

「き〜くの？　……風邪で伏せってたって言うのは嘘なのかい？」

唇の端を上げて笑うその顔は、一見優しげだが目が全く笑っていなかった。狂気をはらんだ表情と行動に私もビビッたが、菊乃の表情も強張っていた。本気でヤバい相手なのだろう。

「答えなよ」

青年は布団から短刀を引き抜き、菊乃の頬に刃を当てた。口調が穏やかなだけに、一層不気味だ。

「コウさま、廓で刃物はご法度(はっと)でありいす。どうぞしまっておくんなんし……」

菊乃は震えを抑え、諭すように言った。

「おまえはあたしよりも、こんな男を選ぶのかい？」

青年は菊乃の髪を引っ張り上げ、彼女の顔を私の方に向けて聞いた。

「決してそのような……。コウさまが来てくださるとわかっていれば、断りんしたものを……」

「じゃあなんでこの男は、あたしがおまえにあげた帯を締めてるんだい？」

（!!!）

思い出した！　この帯は、確か江戸に来た最初の夜、菊乃が「目障りなんで好きにしな」と言ってくれたものだ。着物は上等過ぎてハレの日しか袖を通さないが、帯はずっと使わせてもらっていた。ということは、この青年が、「虫唾(むしず)が走るほど嫌な野郎」と菊乃が吐き捨てるように言っていた男なのだ。もっとでっぷりと肥えて脂下(やにさ)がった中年男を想像していたのだが……。

「嘘つきは嫌いだよ」

青年は拗ねたように言うと、微塵の躊躇もなく、菊乃の左肩を背中から短刀で突き刺した！

「ぐっ……」

菊乃がうめいた。

「菊乃さん！」

私は菊乃に駆け寄ろうとしたが、

「来ちゃいけない！」

菊乃が叫んだ。

「へ～え、人の身体ってのは、存外に手ごたえのないものだね」

青年が短刀を抜くと、ビュッと鮮血が噴き出して畳を染めた。肩を押さえた菊乃の指の間が、みるみる朱に染まってゆく。

「つまらないねえ……」

青年はそうつぶやくと、まるでおもちゃに飽きたかのように、つかんでいた菊乃の髪をポイと放り出し、スタスタと座敷を出ていった。

「菊乃さん、しっかり！」

私は菊乃の身体を抱え上げた。

「……畜生、刀番は何をしてやがった……！　わっちはいいから、早く人を呼んどく

「早く！　あの男はわっちらのことを、虫ケラぐらいにしか思ってないんだ。野放しにしたら、何をしでかすか……」

「でも……」

「わかりました。すぐに助けを呼びますから、菊乃さんはここでじっとしていてください」

私は急いで自分の帯を解くと、菊乃の肩をきつく縛って止血をした。廊下に出たが、青年の姿は見当たらない。周囲を覗いつつ、素早く階段を降りた。

階下では、蔦重と歌麿と楼主が、さきほど歌麿が描いたばかりの菊乃の絵を検分していた。目ざとく私を見つけた蔦重は、

「よう、タケ。早かったじゃねえか。菊乃はちゃんと面倒見てくれたか?」

満面の笑顔で聞いた。

(コンの非常時に能天気な！)

「それどころじゃありません！　大変です！　刃物を持った男が乱入してきて、菊乃さんが刺されました！」

「なんだって‼」

三人がギョッと腰を浮かせた。

「どんな男です？」

楼主が聞いた。

「菊乃さんは『コウさま』って呼んでいました！　……蔦重さん、ほら！　菊乃さんが男物の着物をあつらえてもらったって言ってた……」

「俄用のか！」

たちまち楼主の眉が曇った。

「上総屋の孝三郎様……。牡丹の座敷にお通ししたはずだが……」

「そんなことより早く菊乃さんを！」

私は怒鳴った。楼主がただちに隣部屋に続く障子を開けると、待機中の男衆の姿が見えた。

「おまえたち、聞いての通り刃傷沙汰だ。だがいいね、相手は大店の若旦那だ。手荒な真似はいけないよ」

「へい！」

男衆は一斉に立ち上がった。

すぐに菊乃が救い出された。男衆の一人に背負われた菊乃は、ぐったりしながらも蔦重に、

「お役目が果たせず、悪かったね」

気丈に言った。

「何言ってやがんだ。しっかり養生しろよ」

蔦重は、自分の上着を脱いで菊乃の肩に羽織らせた。菊乃はそのまま医者のもとに運ばれていった。

孝三郎の捜索は続いていたが、見つかったという知らせは一向に入ってこなかった。

「一体全体（いってえぜんてえ）、客に刃物を持ちこませるたぁどういうこった？」

蔦重が楼主に詰め寄った。

「あいすみません。ご贔屓様ゆえ、油断しておりました……」

「申し訳ございません。私も、タケさんがお嫌だろうと人払いを……」

歌麿も続けた。

「さっき、牡丹の座敷に通したって言ってたが、その若旦那ってのは、元は菊乃の客だったのかい？」

蔦重が楼主に聞いた。

「はい。お父上の代から贔屓にしていただいておりますのでお預かりしたのですが、残

忍なところのあるお方で……。先日も、菊乃付きの禿の飼い猫が、若旦那の前を横切ったとかで、蹴り殺されたのでございます」

「ひでえな……」

蔦重は眉をひそめた。

「菊乃に執着しておいでだったのですが、菊乃の方がもう、我慢がならぬと申しますもので……。それならばと一計を案じ、以前から強い後ろ盾を欲しがっておりました牡丹に鞍替えさせようと、画策した次第でして……」

「で、仮病を使ったのが当人にバレちまった、ってことかい」

「はい……」

蔦重は腕を組んで黙り込んだ。互いの顔には緊張感がみなぎっている。このことが公になれば、見世側もただでは済むまい。

「しかし、あれだけの人数で捜して、まだ見つからないというのはどういうわけでしょう？」

歌麿が階上を見上げて言った。

「もしや、手引きしている者が……。姿が見えない男衆がいないか調べなさい」

楼主が近くにいた男衆に告げた。と、見世の玄関から男衆の一人が駆けこんできた。

「いました！　大文字屋さんに逃げ込んだようです！」

嫌な予感がした。蜻蛉のいる見世ではないか……。

楼主も含め、私たちは全員で大文字屋に向かった。すでに夜のとばりは降りている。薄闇に紛れて孝三郎は妓楼を移動したのだろう。

着いた途端、帳場に案内された。

「野郎はどこに？」

蔦重が、狂歌仲間で加保茶元成（かぼちゃのもとなり）という狂歌名を持つ亭主に尋ねた。

「それが……今は蜻蛉の部屋に……」

「なんですって！」

私は蔦重を押しのけて亭主に詰め寄った。

「それで蜻蛉さんは？　無事なのですか？」

「蜻蛉を人質に立てこもり、誰も入るなと……」

「部屋はどこです⁉」

「タケ、落ち着けって」

蔦重が勇む私の肩を摑んで引き寄せた。

「それで？　何があったか教えてくんな」

「はい。蜻蛉付きの新造の話によりますと、蜻蛉が身支度を整えているところに、突然外から若い男が乱入し、血糊のついた刃物を突き付けて、蜻蛉以外の者を部屋から追い出したのだそうでございます。女たちの悲鳴を聞いて、男衆がすぐに駆けつけたのでございますが、襖が閉じられており、開ければ花魁を殺す、と……」

「蜻蛉さん……」

私の手は、心配のあまりワナワナと震え出した。

「そこに、菊乃が客に刺されたという表の騒ぎが耳に入りましたもので、もしやと思ってそちら様に知らせを送り、皆様をお待ちしておりました次第で……。今は男衆に三方を見張らせております」

「番屋には？」

蔦重が聞いた。

「上総屋さんのお立場もございましょうし、できれば穏便に済ませたいところでございますので、まだ……。そろそろ上総屋さんに出した使いも戻ってくる頃でございましょう」

「外は、今はどのように？」

歌麿が口を挟んだ。

「はい、もちろん外も固めてございますが、男は窓の障子を開け放っておりますもので、外からは近づけません」

「いってえ何がしてえんだろうな、その野郎は。刃物を仕込んできたあたり、思いつきでやったとは思えねえんだが……」

蔦重が言ったところへ、大文字屋の法被を着た初老の男が入ってきた。

「旦那様」

「おお、番頭さん。上総屋さんはなんと？」

「それが……。先方も番頭が出てきて、『手前どもでは、孝三郎さんとは正式に久離を切ってございます。もはや当家とは縁のないお方でございますので、煮るなり焼くなりいかようにもなさってくださいまし。……とは申せ、かつては当家の若旦那であったお方ですゆえ、主より、見舞金を預かりましてございます』と、これを……」

番頭は懐から袱紗を取り出し、亭主に差し出した。亭主が袱紗を開くと、切り餅と呼ばれる十両包みが一つ現れた。

「けっ、何が見舞金だ。顔も出さねえとは身勝手な親もあったもんだぜ」

蔦重が吐き捨てるように言った。自分を捨てた両親に対する恨みもあったのかもしれない。

「で、亭主が番頭に聞いた。勘当の理由はわかったのかい？」

「はい。上総屋の下働きの女に袖の下を渡して聞いたところ、若旦那は大旦那の後妻の、十三歳になる連れ子を手籠めにしたのだそうでございます。可哀相に、その娘は首を吊って死に、母親が半狂乱になって若旦那を追い出したとか……」

一同はシンと黙り込んだ。

なんということだ……。ロリコンでレイプ犯のサディストに、蜻蛉は捕まってしまったというのか……。おまけに今や無宿人となると、ヤケになって何をするか、わかったもんじゃない。蜻蛉が今頃、どんな目に遭っているかと思うと……ダメだ、考えると冷静でいられなくなる。

「困りましたね。番頭さん、番屋へ」

亭主が指示した。

「ちょっと待ってください！」

私は、出てゆこうとする番頭を止めた。

「騒ぎになって、蜻蛉さんに何かあったらどうするんです？」

さきほど見た青年の、蛇のように残忍な笑みが思い出された。

「知らせないで何かあった方が大事になります」

亭主が反論した。

「タケ、蜻蛉はそんなにヤワじゃねえよ」

蔦重が言った。

「でも……！　……そうだ、何かであの男の気を逸らして、その隙にみんなで取り押さえるというのはどうでしょう？」

「どうやって気を逸らすのでございますか」

亭主が聞いた。

「何か外で大きな音を立てるとか……」

「罠だって気付かれて、かえって用心されるんじゃねえか？」

蔦重が言った。

「猫の鳴き声などいかがでしょう？」

歌麿が提案したが、

「そんなモンにいちいち気を留めるもんか」

蔦重から却下された。

「何か聞いたことのない音や鳴き声があるといいのでしょうが……」

亭主が言い、「何かあるか？」「さあ？」と、その場にいた大文字屋の人々も首をかしげた。と、私の脳裏に、何かひっかかるものがあった。慎重に記憶の糸を手繰り寄せ、切れないようにそうっと引っ張ると……。

（そうだ、電子音だ！）

周波数の関係だと思うが、あのピピッという電子音は、そんなに大きな音でなくても耳につく。まして初めて聞く者にとっては気になって仕方がないのではないだろうか。

「ここに、不思議な音が出る楽器を持っております。これを使いましょう！」

さきほど菊乃から返してもらったばかりのデジタル腕時計を袂から取り出すと、一斉に皆の目が集まった。

「なんだ、そりゃあ？」

蔦重が声をあげたが、私は無視してアラームをセットした。

ピピッ　ピピッ　ピピッ　……

しばらくしてアラーム音が鳴り、皆は不思議そうに顔を見合わせた。

「小鳥が鳴いているような……」

「それが楽器なのでございますか？」

「どうやって弾いているのです？」

皆が時計に触ろうとしたのでサッと引き上げ、

「これを外で鳴らして、あの男の気を逸らしましょう」

と提案した。蔦重は、自分が知らない未来の道具を、私が皆に見せたことに不服げだったが、この状況では仕方がない。

「それでは、若旦那を取り押さえる前にタケさんが刺される恐れがあるのでは？」

歌麿が心配してくれた。

「大丈夫です。この楽器は、時間をずらして鳴らすことができるので、これを張り出し窓の下に置いて、私は離れた場所で隠れています。あの男が外に顔を出したら笛で合図をしますから、皆さんは中に入って男を取り押さえてください」

「なるほどな。ならもう一丁、罠を仕掛けるか」

蔦重が男衆を集めた。

私は首から、時代劇の捕物帖でよく見る呼子笛（よびこぶえ）をぶらさげ、隣部屋の屋根伝いに、慎重に蜻蛉の部屋を目指した。瓦屋根の上を音を立てずに歩くのは骨が折れた。もし孝三郎に見つかったら、蜻蛉ばかりか私の身も危ない。

時間をかけて、ようやく蜻蛉の部屋の、張り出し窓の手すりの端をつかむことができた。隣部屋で借りてきた手鏡を懐から取り出し、反射光が部屋に入らないよう注意しながら、部屋の中を鏡に映した。

猿ぐつわを嚙まされた胴抜き姿の蜻蛉は、ぐるぐる巻きに縛られてうつ伏せに倒されていた。孝三郎は蜻蛉の背に腰かけて、髷（まげ）を崩している最中だった。おそらく蜻蛉のものだろう、地味めの訪問着をだらしなく着ている。横にある風呂敷包みに、自身の着物が入っているのだろう。箪笥（たんす）の引き出しが無造作に開けられているところを見ると、金目の物も物色したに違いない。

（酔っぱらいを装って、逃げるつもりか……）

それなら大勢の客に紛れて、大門を抜けられるかもしれない。

ともあれ、蛸蛉の無事が確認できてホッとした。私は張り出し窓の下に、五分後に鳴るようにアラームをセットした腕時計を置き、屋根を見上げてうなずくと、来たルートを戻った。

隣部屋の張り出し窓の下に身を伏せれば、孝三郎からは死角になるはずだ。呼子笛を咥（くわ）えたまま、固唾（かたず）を飲んでアラームが鳴るのを待った。

ピピッ　ピピッ　ピピッ……

鳴った瞬間、わかっていながら身体がビクついた。

この音に気付かないはずはないのに、孝三郎はなかなか窓から姿を現さなかった。用心深い奴だ。腕時計のアラームは、目覚まし時計のようにだんだん音が大きくなる、ということはない。このままでは音が止まってしまう……と絶望感が心を満たしかける直前、孝三郎が窓から顔を出した。

（かかったぞ！）

ここで焦ってはいけない。慎重にタイミングを見極めないと、元の黙阿弥（もくあみ）だ。

　孝三郎は蜻蛉を抱え上げ、短刀を突き付けながら外を見た。素早く左右をチェックし、人影が見当たらないのを確かめてから、ぐっと身を乗り出して、アラーム音のする張り出し窓の下を覗いた。

（今だ！）

　思いっきり呼子笛を吹いた。刹那、屋根から輪状にした縄が降ってきて、孝三郎の首を引っかけた。屋根に潜んでいた男衆が、思いっきり縄を引っ張ると、首を吊られた孝三郎は、苦しまぎれに蜻蛉を縛った帯を引き上げた。蜻蛉の身体が張り出し窓からはみ出し、大きく外に傾いた。

（落ちる！）

　私は屋根瓦を蹴った。

　そこから先はスローモーションを見ているようだった。私は、落ちてくる蜻蛉の身体を確かに抱き止めた。咄嗟(とっさ)に、自分が下敷きになって落ちれば、少なくとも蜻蛉の命は助かるだろうと考えたのだ。ところが、抱き止めた身体はあまりに硬かった。

「胸が……ない⁉」

　驚いて力を緩めた途端、座敷からなだれ込んできた大勢の手が蜻蛉をつかんで引き戻し、私の身体だけが宙に浮き、背中から落ちていった。

　私が最後に見たものは、首を吊られてもがく孝三郎と、窓から身を乗り出して叫ぶ、蔦重の姿だった——。

《第九章》

「パパ！　パパ！」

「お父さん！」

懐かしい声に呼ばれ、私はうっすらと目を開けた。

(なんだ亜里沙、どうして泣いているんだ？)

聞こうとしたが、唇がわずかに開いただけで、声が出なかった。

「お父さん、私がわかりますか？」

(わからないはずがあるか。小憎らしい女房殿だ)

「パパ！　良かった……。ほら、息子のジェラールよ！　パパの孫よ！」

亜里沙が赤ん坊の顔を私に向けた。

(馬鹿。待ちに待った対面だというのに、逆光でよく見えないじゃないか)

ようやく「あう、あう、あ……」と声が出たが、喉がカラカラで言葉にならなかった。

「お父さん、ほら、お水」

妻が電動ベッドを操作して、私の半身を起き上がらせた。私は口元に運ばれたコップをつかもうと試みたが、両手がブルブルと震え、徐々にしか上がらない。現代に戻ってこられたらしいことは理解できたが、いったい現世では、どれくらいの時間が経ったのだろうか？　それとも、単に長い長い夢を見ていただけなのか——。

それから三日間は検査に次ぐ検査で、妻と娘はその合間にしきりに話しかけてきたが、私自身は夢ともうつつともつかない次元を漂っている感じだった。

二人の話によると、私は吉原ソープ街の路上で倒れているところを発見されたのだそうだ。脳しんとうを起こし、全身打撲を負っていたが、どこかから落ちたという形跡は全くなく、違う場所から落ちて運ばれてきたか、怪我をしながらもここまで自力で移動したものと判断されたという。財布もスマホも持っていなかったため、事件性を疑われたが、証明することができなかった。近くに転がっていた鞄に会社の社用封筒が入っていたので、身元確認ができ、すぐにパリにいる家族に連絡が取られた。妻と娘と孫は、娘婿のジャンを置いて急ぎ帰国した。私は怪我が治ってもなぜか昏睡状態から覚めず、江戸にいた期間とちょうど同じく三か月の間、眠り続けていたのだ。

（戻ってきてしまった……）

ホームシックにかかり、あれほど戻りたいと願い、会いたかった娘や孫に会えたというのに、ちっとも喜びが湧いてこなかった。

それよりも、突然の別れによる喪失感の方が大きい。

（お礼どころか、別れの言葉も言えなかった……）

蔦重、歌麿、りよ、蔦屋の面々、狂歌連のメンバーや吉原や料亭で働く人々、勝川春朗、そして……。菊乃と蜻蛉は無事だっただろうか……。

（もう、会えない……）

そう思っただけで、胸が張り裂けそうだった。これほど鮮明な記憶が、夢であろうはずはない。だがしかし、江戸の人々の記憶に、私が残っているとは限らない。

タイムスリップ物の映画やドラマによくあるように、タイムトラベラーがいなくなった途端、〝なかったこと〟になっている可能性がある。あれほど深く関わった私という存在が、蔦重や歌麿の中から消えているかもしれないなんて、一生報われない片思いをしているようだ。片思いと言えば、最後に抱き止めた蜻蛉の身体が、あんなに硬かったのはどういうわけだろう？　単に貧乳ということではない。あの身体の硬さは、男性のものとしか思えないのだが……。

いろいろなことが中途半端で、疑問をたくさん抱えたまま、あまりにも突然に終わってしまった。

全ての検査結果が出揃った三日目、『どこも異常なし』と判断されたが、念のためにと、あと三日の入院を強いられた。

人の身体というものは、三か月動かさないとこんなに機能が衰えるものなのか？　手は比較的すぐに動くようになったが、足はすっかり細くなり、最初は生まれたての子鹿のように、立つこともおぼつかなかった。病院の風呂に入ることが許され、湯船から出て土踏まずをマッサージしていると、ふやけた足の裏の皮がベロリと一枚剝けて驚いた。

ようやくまともに歩けるようになったと思い、病院の向かいにあるコンビニまで足を延ばしたところ、渡り始めてすぐに信号が点滅し始めたのに全く走れず、ショックを受けた。空の色が濁っていることも、異臭が混じり合った空気も、何もかもが不安で不愉快だった。

医者からは、「どこも悪いところがないのだから、すぐに回復しますよ」と慰められた。焦らずゆっくり養生するしかないのだろう。

私の意識が回復したのを知って、刑事が二人、病室にやってきた。当日のことを聞かれたが、桜なべ屋で飲み過ぎて、店を出た後のことは何も覚えていない、と言い張った。

警察の方でも、あの日会社で何があったかは聞きこんでいたらしく、私のやけ酒の理由までは聞いてこなかった。最後に、「被害届を出しますか？」と聞かれたが、私は「その必要はありません。命があっただけで十分です」と答えると、刑事たちは素直に引き揚げていった。

財布もスマホも江戸に置いてきたことだし、加害者はいないのだから、税金を無駄遣いしてもらう必要はない。

四日目からは、妻と娘は交互に病院にやってきた。

「パパ、何か欲しい物はある？」

亜里沙に尋ねられ、私は部屋にあるノートパソコンを持ってきてくれるよう頼んだ。

「調べたいことが山ほどあるんだ」

「それじゃあ、とりあえずこれ……」

と、娘は自分のｉＰａｄを貸してくれ、パソコンを取りに帰ってくれた。私はもどかしい思いで検索を始めた。

『つたやじゅうざぶろう』

蔦重が本当に歌麿を育てた人間なら、漢字変換などせずとも検索できるだろう。

「あった！」

『蔦屋重三郎』で『約50500件』の検索結果が出た。間違いない、蔦重は歴史に残る大人物だったのだ。

私はまず、ウィキペディアを開いた。

『蔦屋重三郎（つたやじゅうざぶろう、寛延3年1月7日（1750年2月13日）─寛政9年5月6日（1797年5月31日））は、江戸時代の版元（出版人）である』

（えッ……⁉）

そこまで読んだだけで、目の前がぼやけた。

（『1797年』って……。あれからたかだか十二年で、蔦重は死んでしまったというのか⁉）

早く先を読みたかったが、ショックで焦点が定まらず、なかなか文字が追えない。

（五十にもなっていないじゃないか。あれほど生気に満ちていた男が、いったいなぜ、そんな若さで……）

必死で目をこらし、やっとのことで続きを読み進めることができた。

『朋誠堂喜三二、山東京伝らの黄表紙・洒落本、喜多川歌麿や東洲斎写楽の浮世絵などの出版で知られる。「蔦重」ともいわれる。狂歌名を蔦唐丸（つたのからまる）と号し、歌麿とともに吉原連に属した』

(『東洲斎写楽の浮世絵』って……)

驚いた。歌麿を売り出しただけでも凄いのに、写楽まで蔦重の仕事だったとは……。

もし私があのまま蔦重のもとにいたら、写楽にも会えたということか。

この後に、吉原で生まれたことや、『吉原細見』に関わっていたこと、朋誠堂喜三二の黄表紙出版を手始めに日本橋に進出し、歌麿の名作を世に送ったことも書かれていた。ここからの記述は私の知らない蔦重の未来……いや、正しくは過去がつづられている。

『寛政の改革が始まると、娯楽を含む風紀取締りも厳しくなり、寛政3年（1791年）には山東京伝の洒落本・黄表紙『仕懸文庫』、『錦の裏』、『娼妓絹麗』が摘発され重三郎は過料により財産の半分を没収、京伝は手鎖50日という処罰を受けた』

(蔦重が摘発されて処罰を受けたって？　あんなに慎重で世渡りに長けていた男が、いったい何をミスったというんだ?)

そして、蔦重の死についてはこう書いてあった。

『寛政9年（1797年）に48歳で没。脚気であったという』

(脚気か……。白飯ばっかり食べちゃいけないって、あれほど言ったのに……)

私が江戸にタイムスリップして最初に食べた食事は、りよが用意してくれた昼食だった。大量の御飯と味噌汁、それに塩気が強すぎるめざしと沢庵。味噌汁と御飯の旨さに感動はしたものの、すぐにそれがどこの家でも食べられている一般的な食事だと知って、栄養の偏りが気になった。

それというのも、白米はビタミン類を多く含む米の外側を削って精製するからだ。現代のようにおかずをたくさん食べるのなら問題はないが、あのバランスは大問題だ。脚気の原因はビタミンB_1の欠乏のはずだ。私が江戸にいた間、時々耳にした〝江戸わずらい〟という風土病は、おそらく脚気のことだったのだ。江戸の町以外に住んでいる人はかかりにくく（地方では玄米や雑穀米を食べるからだろう）、また金持ちに患者が多いので、贅沢病とも言われていた。

私が台所を預かっていた時は、栄養が偏らぬよう、生野菜や糠漬けなどを積極的に出すようにしていたのだが……。

（あのまま私が側にいれば、蔦重が早死にすることはなかったのかも……）

もしも、などということは考えても仕方のないことと思いながら、考えずにはいられず、悔しさに涙が滲んだ。

調べれば調べるほど、知りたいことが増える一方だった。

蔦重の関連項目には、大田南畝、恋川春町、北尾重政という、私が江戸で出会った人々の名前も出てきたが、曲亭馬琴や十返舎一九、そしてなんと葛飾北斎の名前まで登場した。

（いったいどれだけのビッグネームを抱えていたんだ、あなたは……）

次に、歌麿を調べた。

歌麿は、あれから二十一年後に亡くなっていた。蔦重に比べれば長生きだが、五十三歳では長寿とは言えない。それとも、江戸時代の寿命はこんなものなのだろうか？

蔦重が私に話してくれた、多色摺りの狂歌絵本と枕絵集は、『画本虫えらみ』と『歌満くら』というタイトルで、私が消えた二年後に発売されたことがわかった。どちらも歌麿の代表作だと書かれているところをみると、相当に準備し、〝満を持して〟発売されたのだろう。

だが……。その後にショッキングな記述があった。歌麿は、寛政二年（一七九〇年）にりよを亡くしている。さぞや辛かっただろうと想像し、心が傷んだ。

蔦重と歌麿のコンビが、女性のバストアップ像を描いた『美人大首絵』というジャンルを確立し、浮世絵界を席巻したのはその翌年からのようだ。妻の死をふっ切るため、歌麿はがむしゃらに仕事にのめり込んだのではないだろうか。蔦重が罰せられて身代半減になった後も、歌麿は積極的に蔦屋から新作を出している。蔦屋の立て直しに尽力したに違いない。

ところが、写楽の登場辺りから、歌麿は蔦屋の仕事はそっちのけで、他のいろいろな版元から作品を発表している。これはいったいどういうことだろう？　まさか、蔦重が恐れていたように、歌麿が蔦重を裏切ったのだろうか。それとも、蔦重が写楽の売り出しに力を注ぎ、歌麿を必要としなくなったのか……。

歌麿のエピソードを読むと、〝傲慢〟とか〝自意識過剰〟といった記述が目立つ。『褒められるとつけ上がるタチ』と自嘲気味に話していた、歌麿の顔が思い出された。あれほど自分の欠点を自覚していながら、むざむざその方向に進むだろうか？　成功とは、それほど人を変えてしまうものなのか？　いくら考えても、事実などわかりようもないと気付き、私は一旦サイト検索を終了した。

久しぶりに液晶画面を凝視し、目が疲れたこともあって、気晴らしを兼ねて、病院のロビーへ行き、公衆電話から亜里沙の携帯に電話をかけた。

「来る前に、喜多川歌麿の画集を買ってきてくれないか？　できるだけ多くの作品が載っているものが欲しいんだ」

と頼んだ。『虫えらみ』と『歌満くら』はどうしても見てみたい。

少し中庭を散歩して再び病室に戻ると、今度は片っぱしから、江戸で知り合った人々の名前を入れて検索をかけた。勝川春章の次に勝川春朗の名前で検索し、私の目はそこに表示された名前に釘づけになった。

「春朗が……北斎⁉」

北斎は生涯に三十回以上も画号を変えていて、最初に名乗ったのが勝川春朗だったとある。なんとまあ……。歌麿に会っただけでも凄いことなのに、私は北斎とも半日を共に過ごしたのか。

（やはり只者ではなかったんだ、あの男……）

ふいにおかしくなって、私はクックと笑いをこらえきれなかった。

（私が……この私が、天下の北斎に塩辛作りを教えただなんて！）

おかしすぎて、とても声が抑えられない。こういう時、個室はありがたい。

（……ということは、蔦重は春朗のスカウトにも成功したってことだ）

いっそ写楽にも会いたかったなぁ……などと考えているうちに、私は寝入ってしまっていた。

「パパ、御飯よ」

亜里沙に起こされ、目を開けると夕食が用意されていた。

「はい、歌麿の画集。これでいい？」

亜里沙はズッシリと重い、箱入りの画集を買ってきてくれた。

「パパ、浮世絵なんて興味あったっけ？」

「ああ、仕事でちょっと……」

「仕事ってパパ、三か月も休んでるのよ。とっくに他の人が担当したに決まってるじゃない」

「いいんだ。調べ切らないと気が済まないから」

言って箱から画集を出そうとしたところ、

「ダメ。先にお夕飯を食べてからよ」

娘にたしなめられた。言われてみれば、亜里沙の前で枕絵を見るのはマズいと気付き、素直に食事を始めた。

亜里沙が帰るとすぐ、私は逸る気持ちを抑えて歌麿の画集を開いた。

そこには、初期のものから時系列に沿って作品が紹介されていた。私の知らない歌麿のデビュー作や、蔦重の眼鏡に叶わず、次期出版がしばらくお預けになった錦絵のシリーズ、そして私がどっぷり関わった、狂歌絵本『江戸爵』も、数枚だけ掲載されていた。

(そういえば……。アレは無事だろうか?)

退院したら確かめねばと思いつつ、ページをめくった。

(これが『虫えらみ』か……)

想像以上に美しい画集だった。精密に描かれた植物と昆虫が、色鮮やかな多色刷りで生き生きと表現されている。彫師の政五郎さんを始め、鱗形屋に縁（ゆかり）の職人たちが腕をふるったに違いない。

（歌麿さん、素晴らしいです！）

これが摺られてゆく過程を見てみたかったと、心から残念に思った。

次に、『歌満くら』が現れた。「枕絵界の至宝、全作品掲載」と書かれており、一ページに一枚ずつの作品が配置されていた。

第一図は有名な海女（あま）と河童（かっぱ）の絵だ。水中で二匹の河童に犯されそうになっている海女を、地上にいる海女は微笑んで眺めている。岩の上に置かれた、浮きに使う丸太と、魚籠（びく）から覗いた鮑（あわび）は、きっと男性器と女性器の象徴なのだろう。

これまでの人生で何度か目にしたことのある有名な絵ではあるが、春画というだけで凝視するのが憚（はばか）られ、こんなにじっくりと鑑賞するのは初めてだった。仲間（たぶん）がレイプされるのを、笑って見ている女性の心理はなんなのだろう？　現代の感覚からすればずいぶん悪趣味だが、『モナリザの微笑み』ではないけれど、この謎の微笑みがあるからこそ、この絵が格調高く見えるのは間違いないだろう。

第二図は、恋文を貰ったか書いたかした浮気者の若衆の胸倉をつかんで、怒りの形相で詰め寄る娘の絵。責められても軽くいなしている若衆が、なんだか笑える。

第三図は満面の笑顔で不倫に興じる人妻と間男。クシャクシャの浅草紙が捨てられて

いるところを見ると、二回戦目だろうか。人妻が男の頰にキスしているところが微笑ましい。

この後も、師匠と弟子、奥女中と家来、囲われ女と間男、後家の浮気……と、さまざまなシチュエーションと構図の枕絵が展開されていった。どの絵も人物が生き生きと描かれており、私が去った後の二年の間に、歌麿がここまで腕を上げたのかと感心した。さすがに〝枕絵界の至宝〟と謳われるだけのことはある。

ため息をつきつつ第八図を開いた時、我が目を疑った。

桜の下で青姦中の芸者と、頭に手拭いを被った男——。他の絵とは違い、この男の顔はゴツゴツしていて、やけに生々しい。

(間違いない。この男は、私だ……)

りよと絡んだあの夜、確かこういうポーズを取った記憶がある。それにこの手拭いの柄にも見覚えがある。出会った日に蔦重が巻いてくれた手拭いだ。

これは、突然消えてしまった私への、蔦重と歌麿からのメッセージなのだろうか。ともあれこれは、私が確かに江戸にいて、歌麿の記憶にも残っているという確固たる証拠だ。

(良かった——)

彼らが私を覚えていてくれている。そのことが何よりも嬉しかった。またもや涙腺を緩ませながら、私は残りの絵をチェックした。

第九図は、毛むくじゃらの男に犯されそうになり、思いっきり男の腕に嚙みつく娘の図（頑張れ！）。第十図は女が完全に背を向けて、男と接吻中の図で、男の片目が辛うじて見えているという大胆な構図。第十一図は相撲取りのようにふくよかな女房を、げんなりした顔で抱く亭主の図。そして最後はなんと、オランダ人夫婦が熱い口づけを交わしている図で、かなりグロテスクで滑稽な絵だ。

（これは……、オランダ人が見たら激怒するんじゃないか？）

そう心配しないでもないが、絵はどうあれ、この細かな巻き毛を木版画で彫った彫師の執念たるや、想像すると、気が遠くなりそうだった。私は政五郎親方の苦み走った顔を思い出し、「お疲れさまでした」と心の中で声をかけた。

（しかしまあ、なんとバラエティに富んだ作品群であることよ）

侃々諤々（かんかんがくがく）と意見を交わし合う蔦重と歌麿の様子が目に浮かび、羨ましくなった。

明日は退院という日になって、専務が見舞いに来た。会社からと社長から、そして専務自身からの見舞金を渡された。

どうして社長が来ないんだとムッとしたが、私に左遷を言い渡したことが今回の引き金になったのだから、顔を合わせづらいのだろう。

それに――。私は江戸に行けたことを心から感謝しているので、きっかけをくれた社長や部下を恨む気持ちはない。第一、私の勤務態度……若い頃はそれなりにがむしゃらにやっていたとは思うが、管理職になってからの勤務態度は褒められたものではなかったことは否めない。

「で、どうするつもりだね？」

専務が聞いた。

「……」

「まあ、意識が戻ったばかりで、すぐに決める必要はないがね。今のところ君は休職扱いだ。ゆっくり養生してもらって構わないが、復帰するならそのまま広島に行ってもらうことになるが……。特に引き継ぐこともないし」

三か月も休んでいれば、もはや私など不要な存在だろう。

「しばらく考えさせてください」

私はうなだれたまま答えた。

「ああ。そうしたまえ」

専務はそそくさと帰っていった。

（三十三年働いた散り際が、こんなもんか……）

蔦重に教えられ、私が江戸で学んできたことを鑑みれば、会社に残るという選択肢はあり得ない。だからといって、次に何をするかが決まっていないまま、会社を辞めることもあるまい。

（あと三か月ってとこだな……）

半年間の休職ぐらいでは文句も出ないだろう。その間に何をするかをじっくりと考え、決まったら逆算して、準備を整えるとしよう。

退院当日は、妻と娘が、孫と共に迎えに来てくれた。

妻が用意してくれた真新しい服を着て（洋服を着るのが新鮮だった）、お世話になった先生と看護師さんたち、それにベッドや病室にも御礼を言い、病院を出た。

（結局、専務しか見舞いに来なかったな……）

タクシーの窓から遠ざかる病棟を眺め、私は会社生活の空しさを噛みしめていた。

私は、そんなにも駄目な上司だったのだろうか？　蔦重の仕事ぶりに比べれば恥ずかしい限りだし、ゴルフだ会食だの接待三昧で、クライアントと好き放題やってきたのも事実だが、クライアントと制作プロダクションの間が上手くいくよう、立ち回ってもきた。部下を飲みにも連れてゆき、たくさん相談にも乗った。自分が受けた恩恵は、部下に還元してきたつもりだ。それに、嫌な上司の三原則と言われる、上に媚びたり、下に対して偉ぶったり、部下の手柄を横取り……、なんてした覚えもない。

(『ゲザ男』メールで身にしみたはずなのになぁ……)

それでもどこかで、あいつとあいつとあいつは見舞いに来るはずだ、と期待している自分がいた。

「おい、どこへ行くんだ？ 家はこっちじゃないだろう？」

タクシーが向かう方向が違っているのに気付き、私は女房に聞いた。

「あなたの服、少し買い足さなきゃ。痩せて、サイズが変わってしまったもの」

そうだ。三か月の寝たきり生活で、メタボ腹はすっかり引っ込み（その代わり、身体じゅうがゆるみきって、老人のようだが）、糖尿病も治っていた。このまま江戸で過ごした時のような、和食中心の食生活と、できるだけ乗り物に頼らずに歩く生活を続ければ、私の健康は維持できるに違いない。

「それにパパ、久しぶりなんだから、外でお祝いしましょうよ。おいしいお店、予約してあるのよ」

亜里沙が言った。

(外食かぁ。久しぶりにビールが飲めるな)

医者からは、急激にアルコールを取らないよう言われたが、なに、少しぐらいなら大丈夫だろう。

私たちはデパートで少し買い物をし、午後三時という中途半端な時間だったが、亜里沙の案内でイタリアンレストランに入った。

「武村です」

亜里沙が言うと、ホール係の女の子が店の奥へ案内してくれた。

「おいおい、家族だけなんだから、この辺りの席で構わないだろう」

時間が時間だけに、日当たりのよい窓際がたくさん空いている。いくら赤ん坊がいるとはいえ、そんなに気を使わなくても……と思いつつ、案内された部屋に入った途端、パーンッというくつもの破裂音が聞こえ、

「退院おめでとうございます！」

クラッカーを持った人々が一斉に私を見ていた。二十畳ほどの部屋を人々が埋め尽くしている。私の部下たちの他に、クライアントや取引先の人々もいた。

「課長！」

美人でやり手のグループ長が、私に花束を差し出した。

「なんだ君たち、会社は？」

「今日は土曜日ですよ」

彼女が答え、

「そうそう。今日のサプライズのために、僕たちお見舞いに行くの、我慢してたんです」

長年可愛がってきた部下の一人が言った。こいつもあの日、頭を下げた中の一人だ。

「でも、君たちは……」

私が左遷されて喜んだじゃないか、と続く言葉をプライドで封じ込めた。タチの悪いいたずらなら、もう勘弁して欲しい。

「申し訳ございませんでした！」

今度は部下たちが揃って、直立不動で頭を下げた。

「僕たちその……、確かに課長の自慢話がウザかったことは確かなんですが、課長のことを嫌ってたわけじゃないというか……その、むしろ親しみを込めて『ゲザ男ちゃん』と……」

「二度とその名前で呼ばないでくれ」

「すみません……」

「いろいろな不運が重なっての今回の異動だと思いますが、私たちはまた、課長のことですから、すぐに本社に戻ってこられるだろうと……」

さきほどのグループ長が言い、

「課長、辞めないでください」

「早く元気になってください」

「復帰をお待ちしています」

他の部下たちが続けた。

「そうですよ、武村さん。あなたがいないと、まとまるものもまとまらない」

若い頃からつきあいのある編集プロダクションの社長が言い、みんなが一斉にうなずいた。

「まずはそうだ、乾杯しましょう！」

お調子者の部下が言い、みなにグラスが行きわたった。ふと振り返ると、気を利かしたのか、妻と娘の姿が消えていた。

何はともあれ、久しぶりにビールを飲み（期待が大きすぎたのか、苦いばかりで思ったほど旨くはなかった）、小洒落た食事をいただいた。ワインのデカンタがテーブルを回り始めると、みんなに酔いが回ってきているのが見て取れた。日中の酒はよく回るものだ。

退院したばかりの私は、乾杯のビールを飲んだだけで、アルコールをセーブしていたために冷静だったが、皆は入れ替わり立ち替わりやってきて、私に愚痴をこぼし始めた。どうやら私の後任についた課長がカタブツで、仕事のモチベーションを下げまくるストッパータイプの人間らしく、経費節減に情熱を燃やしているという。

（まるで田沼意次と松平定信だな……）

あれからネットでいろいろと調べたところ、私がタイムスリップした時代は、賄賂政治で有名な老中・田沼意次が失脚寸前の時期だということがわかった。代わりに、白河藩主・松平定信が就任し、『寛政の改革』がスタートするわけだが、あれほど田沼政権を批判していた民衆が、締め付けの厳しさに悲鳴を上げ、『白河の清きに魚も住みかねて 元の濁りの田沼恋しき』などという狂歌が流行した、とあった。

結局のところ、何をしようがしまいが、上司というものは批判されるのだ。

私はトイレに立つふりをして店の外に出ると、専務に電話をかけた。

「お休み中にすみません。おかげさまで無事に退院致しました。……はい、ありがとうございます。……それであの、先日の件なのですが、決心がつきました。……退職します。はい、すぐにでも手続きを取っていただいて結構です。長い間お世話になり、ありがとうございました」

深く頭を下げて電話を切った。

（これでいい……）

私は『何かを捨てなければ、新しい風は入ってこない』と、蔦重に教えられた日のことを思い出していた。

蔦重という男は、およそ物に執着をしない。たとえば誰かが、蔦重の持っている片切り彫りの銀煙管や柳左の根付といった道具を褒めると、それを惜しげもなくあげてしまうのだ。それに商売柄、物を贈ったり贈られたりすることも多いのだが、気に入ったものを取っておく、ということもない。理由を尋ねると、

「俺はよ、商売に関わるモン以外、物欲ってもんを持たねえことにした。そりゃあ俺だって、こんだけいろんな品物が届きゃあ、中には気に入るモンもあらあな。だが物欲に気を取られてちゃあ、商売の判断を誤っちまう。根付や煙管だって、いい物を人にやって、俺が粗末な物を持ってたとしたら、すぐに俺に取り入りたい他の誰かが、これ幸いにと贈って寄こすじゃねえか。俺としちゃあ、あげた奴にゃあ恩を売れるし、くれた奴にゃあ株を上げさせてやれ、互いの縁が深くなる。物ばっかりじゃねえぜ。何かを捨てりゃあ、空いた隙間に新しい何かが入ってくるもんだ。そうやって風を起こさなきゃあ、いつまでたっても運は回らねえぜ」

蔦重は言い、妙に感心した覚えがある。

だから私も背水の陣を敷くことにした。休職中の基本給に執着してだらだらと日々を過ごすより、潔く会社とは決別して、運の風を入れるスペースを作ったのだ。

「辞めないでほしい」と言ってくれた部下たちの気持ちは嬉しいが、悔いはない。私は尊敬されてはいなかったが、嫌われてもいなかった。つまりはそれだけの人間だったと

いうわけだ。辞めたところで誰も困らない。

暮れなずむ空を見上げ、大きく深呼吸をした。一陣の風が、私を勇気づけるように頬を撫でていった。

《第十章》

退職に必要な書類が会社から送られてきて、手続きを全て終えた私は、二週間後、会社に挨拶に行った。

送別会も辞退したので、社長室を始め、社内を一通り回ったら終了だ。すでにまとめられていた私の荷物は、宅配便で送ってもらうよう手配もした。

「課長、何故ですか？」

すがってくる部下もいたが、

「これからの人生、もっと真剣に生きることにしたよ」

清々しく答えた。

「真面目になるってことですか？」

「いや、自分のためだけに生きることをやめようと思ってね……」

穏やかな気持ちでそう言った。クサいセリフではあるが、本心なのだからどう思われようと構わない。

『てめえの好きな仕事をやって人様に喜ばれることほど目出てぇことはねえ』と蔦重は言ってくれた。そんな私の〝天分〟を活かした仕事を始めようと決意したのだ。

妻からは、「次に何をするか決めてから辞めればよかったのに、もったいない」とか、「私に何の相談もなく、どうして自分一人で決めちゃったの？」とののしられるかと思ったが、意外にあっさりと、「お父さんがそう決めたのなら、それで良かったんじゃない」と言ってくれた。

「お父さんには十分食べさせてもらったから、隠居するなり、新しいことを始めるなり好きにすればいいわ。私は私にできることで、あなたのお手伝いをさせていただきますから」

生活が苦しい時代もあっただろうに、サバサバとそう言ってくれた妻に、心から感謝した。

（小憎らしいどころか、結構オトコマエな女房殿じゃないか）

彼女とは学生時代からのつきあいだが、同級生ゆえか、夫婦というより同志といった感じで、なんだかんだでお互いを尊重し合っていたことに改めて気付いた。

娘が明日、孫を連れてパリに帰るという日の夕食に、私は手料理をふるまった。

煎酒（いりざけ）を添えた鯛の姿造りをメインに、江戸で覚えた料理（もちろん、塩麹を使ったイ

カの塩辛は外せない）を食卓いっぱいに並べると、

「これどうしたの、パパ？」

「あなた、いつの間にこんなに本格的な和食を……」

二人は目を丸くした。

（当たり前だ。江戸の料亭仕込みの腕前だぞ）

内心で思いながら、

「独り暮らしが長引いて不便だったんでな、『男の料理教室』ってものに通ってみたんだ」

しれっと嘘をついた。

「不便ってあなた、私がいても、お夕食はほとんど外食だったじゃない」

妻が呆れたように言ったので、

「いや、さすがにメタボが気になってな。おまえへの当てつけなんかじゃないよ」

とフォローした。

「さあ、食べてみてくれ。その上でおまえたちに相談があるんだ――」

私は二人に、パリ郊外のどこかで食堂を開きたい、と打ち明けた。

海外にある和食の店と言えば、本格的な日本料理の店か、寿司屋、天麩羅屋、居酒屋か、うどん、蕎麦、ラーメン屋などの類いだろう。私がやりたいのは、旅館の朝食に出てくるようなメニューを出す店だ。白い御飯に味噌汁と漬け物、魚に煮物、卵と豆腐料理など、旬の食材を使った、ヘルシーな定食屋をやりたい。

蔦重が見つけ、育ててくれた、私の天分——。これを活かし、社会に貢献してみたい。日本の伝統的な食文化を海外に伝え、私の料理を食べてくれる人に喜んでもらえ、健康でいてもらいたい。日の丸を背負ってフランスに渡り、いずれは日本とフランスのかけ橋になる！

それが私の定めた『あがり』だった。

「簡単には行かないだろうし、失敗するかもしれない。それでも、父さんはチャレンジしてみたいんだ」

二人はしばらくキョトンとしていたが、

「だったら店のことはジャンに任せて。日本のラーメン屋をパリでオープンするのを手伝ったこともあるし、向こうでできる準備は整えておくわ」

亜里沙が言った。

「このマンションを売ることになるが、許してくれるか？」

妻に尋ねた。

「それにおまえには、店を手伝ってもらいたいんだが……」

「あらまあ……」

妻はつぶやいたまま笑い出し、

「じゃあこれからも、ジェラールの側にいられるのね」

孫の寝顔を見て微笑んだ。


こうして、武村家の移住が決まった。

私たちは、陶磁器で有名な、パリ郊外のセーヴルという町に店を出すことにした。娘婿のジャンが、地代と環境が見合う場所を調べ、いくつか候補地を送ってくれた。そこから蚤(のみ)の市(いち)で有名なモントルイユかセーヴルかに絞り込み、現地を見に行って決めたのだ。

セーヴルはセーヌ川沿いの、パリとヴェルサイユ宮殿をつなぐ路線上にある閑静な住宅街だ。多少予算はオーバーしていたのだが、決め手となったのは、フランス国立陶芸美術館で、日本の浮世絵を写した陶磁器を見たからだった。それだけのことではあるが、浮世絵と関わりがある町、というだけでも心強く思えた。

出店の準備が全て整い、いよいよ今夜の便でパリに旅立つという日の早朝、私は妻に黙って上野の寛永寺に来ていた。

実は江戸にいた頃、私はこの広い敷地内のとある場所に、壺を埋めたのだった。壺の中身は、歌麿が「焚(た)きつけに使ってください」と私にくれた『江戸爵』の、ボツになった下絵だ。あまりのもったいなさに懐(ふところ)に隠したそれを、私は誰にも内緒で埋めた。

歌麿の枕絵に私が描かれている以上、あの時代と現代がつながっている可能性は高い。ということは、誰かに見つかったり、戦火で焼けたりしていなければ、壺はここにあるはずだ。

入院中から壺のことが気にかかっていながら、今日まで掘りにこなかったのには理由があった。壺が、なければないで諦めがつくが、もしあった場合――。私はそれをどうしたいのだろうか?

思い出に所持している分には構わないと思う。だがしかし、これからかなりの資金を使い、店の経営が順調に運べばいいが、そうでなかった場合、売れば数千万円は下らないと思われる下絵を、私は手放さないでいられるだろうか? またそれを持っていること自体が、精神的な甘えにつながるのではないか?

ならいっそ、壺の存在をなかったことにすればいいのだが、それもできずに悩んでいたのだ。

江戸にいた頃、世話役の佐助さんに、何度か寄席(よせ)に連れていってもらった。

そこで聞いた落とし噺(ばなし)(落語のことだ)のひとつに、非常に印象深いものがあった。

当時は『ぬす人』という演目だったが、ネットで噺のキーワードを入力して調べたところ、現在は『水屋の富』として演じられているようだった。

どういう噺かというと……。

重労働で貧しい独り暮らしの水売りが、ある日千両の富くじに当たる。これで裕福な暮らしができると喜ぶが、水売りは毎日決まった時間にお得意先に水を売りに行かなければならないので、律義な男は、代わりが見つかるまではと金を床下に隠し、毎日商売に出かけた。

だが、法外な大金を持ったものだから疑心暗鬼に駆られ、周りがみんな盗人に見えたり、留守中は誰かが盗みに入るんじゃないかと気がかりで、商売に身が入らない。夜は夜で、強盗に遭う悪夢にうなされる日々が続いた。

そうこうするうち、水売りの挙動不審を疑った隣家の男が、こっそり水売りの家を覗き、床下の金を確かめるところを目撃する。翌日、水売りが仕事から戻って来ると、隣家の男によって金はすっかり盗まれていた。そこで水売りは一言。

「あー、これで今夜からぐっすり眠れる」

まさしく私も、これに近い心境だった。あるから落ちつかず、かと言って自分の手でなきものにもできず、なければ安心するという……。

ようやくここに来る決心がついたのは、もしも下絵があった場合、私がパリに骨を埋(うず)めたりしたら、国の宝が永遠に失われてしまうであろうことを恐れたからだ。それでなくても浮世絵の名品は、幕末にパリで起こったジャポニスム・ブーム以降、大量にヨーロッパに流出してしまったというのに。

(ともあれ、日本の銀行の貸金庫に預けていくとしよう)

この方法なら、これからセーヴルに住む私が簡単に金に換えることができなくなるし、私に何かあったとしても、わざわざ貸金庫に預けるような品物だからと、誰かが下絵の価値に気付いてくれるはずだ。

私は、ビニール袋からスコップを取り出し、とある木の根元を掘り始めた。

五十センチほど掘ると、コツンと堅い物に当たる手応えがあった。誰かに見られぬうちにと急いで掘ったところ、果たして壺の蓋が現れた。蓋の隙間から水や虫が入らぬように、接合部は蠟(ろう)で固めてある。

スコップの先で蠟を割り、恐る恐る蓋を取った。

「あった!」

壺には確かに、柿渋紙(かきしぶがみ)の包みが入っていた。それを取り出すと、ビニール袋に包み、壺に蓋をして土を戻した。足早にその場を立ち去り、上野公園のトイレを探し、スコップと手を洗った。

鏡を見ると、興奮で顔が火照（ほて）っている。法律を犯しているわけでもないのに、犯罪者になったような気分だった。

冷静にならねばと顔も洗い、自販機でホットコーヒーを買い、ベンチに腰掛けた。禁煙に成功していなければ一服つけたいところだったが、ここで破る気もないので、ゆっくりとコーヒーを味わった。

（よし）

呼吸を整え、ビニール袋から柿渋紙を取り出した。

（あれ？）

さっきは焦るあまり気付かなかったが、中身がやけに分厚く、重い。不審に思いつつそっと開くと、中から古くなった財布とスマホ、蜻蛉を救ってくれたデジタル時計、それに、幾重（いくえ）にも畳まれた手紙が出てきた。歌麿の下絵は入っていない。

（知っていたのか……）

蔦重の仕業（しわざ）でしか有り得ない。

私は急いで手紙を広げた。

『タケへ

この手紙を読んでいるってことは、無事におめえの世界とやらに戻れたんだな。怪我はなかったか。

おめえがいなくなったとあって、あの後は大騒ぎになったぜ。

俺が「ドブで溺れていたタケを助けただけで、何者かは全くわからねえ」ってすっとぼけてたら、おめえの正体は天狗か仙人で、どこかへ飛んでいったんだっていうことでカタがついた。

まあ、はっきり消えるところを見たのは俺だけだったし、おめえ、嘘っことはいえ、不思議な技も使えたしな。

こっちは、菊乃も蜻蛉も無事だから安心しな。

菊乃の方は、左手がちっと不自由になっちまったが、その分、怪我の治療代を上総屋からたんまりせしめ、見世を引かせてやって、今じゃうちの看板娘だ。

上総屋のせがれは、百敲き(ひゃくたた)の上、所払(ところばらい)になったから、もう二度と江戸の土は踏めねえだろう。

ところでおめえ、蜻蛉が男だって気付いたから、あの時驚いて手を放しちまったんだろ。さぞかし気になってんだろうな。

このことは、吉原連の中でも一部の連中しか知らない、秘密の話だ。今だからおめえにも教えてやれるんだが、実は蜻蛉は、ある旗本の嫡子(ちゃくし)で、源内先生の想い人だった男だ。長崎に行った時に源内先生が惚れ込んで、かどわかし同然に江戸に連れてきちまった。見つかりゃあ当然、旗本家の恥と切腹させられるだろう。源内先生の周りにも見張りがつくから、ってんで相談され、俺から大文字屋に頼んで、蜻蛉を匿ってもらうことにしたんだ。松の位の花魁に仕立てちまえば、気に食わない客を断っても差し支えはねえから、男だとバレずに済む。源内先生は、ナカで仕事の段取りを組んでるフリをして、蜻蛉と逢瀬を重ねてたのさ。源内先生が生きている間は、先生から相応の揚げ代をもらって蜻蛉を養えていたんだが、死なれちまった時は俺も大弱りだった。

そこで一か八か、男も嗜む喜三二先生に相談したところ蜻蛉を気に入り、後ろ盾になってくだすったというわけだ』

ここまで一気に読んで、私は一度、手紙から目を離した。

（そういうことだったのか……）

蔦重に借りがあるのはもちろんだが、吉原に出入りする方便として、平賀源内は『吉原細見』の序文を書いたのだ。

蜻蛉が自分の誕生日を知らないと言ったのは正体を隠すためだろうし、蔦重が蜻蛉に惚れた私を叱るどころか、気の毒がって菊乃を差し向けてくれたのも、男であったからだとわかれば得心がいく。初めて蜻蛉を見た時、美青年顔だと感じた私の直感は正しかったのだ。

(男だと知っていたら……さすがに惚れてはいなかったな)

自身の内に問いかけると、もはや蜻蛉への恋心は残っていなかった。

『それと、歌麿だけには、おめぇが未来から来た人間だってことを教えてやったぜ。仰天はしてたが、腑に落ちるところはあったようで、「いつか目にすることがあるかもしれませんから、タケさんの絵をどこかに描いておきましょう」だとよ。

おめぇが残してったもんは、着物は壺に入らねぇんで無理だったが、他のもんは返すぜ。代わりに、歌麿の下絵は没収だ。

おめぇがこれを埋めに行った日、俺は偶然、早足に歩くおめぇを見ちまった。顔つきがおかしかったんで、これは何かあるな、と思ってつけてったら案の定、このザマだ。

こりゃあ、お稲荷さんが俺に教えてくれたんだな、と思ったぜ。おめぇ、歌麿が将来大人物になるって言ってたからな。元の世に帰ったら、こいつでひと儲けしようと思ったのかもしれねぇが……。

気持ちはわかるが、やっぱりズルはいけねぇ。それに、おめぇはこんなモンに頼らねえでも、もう大丈夫だ。実のところ、おめぇはよくやってたじゃねぇか。おめぇから見りゃあ二十も下の若造のもとで、はらわたが煮えくり返ることもあっただろうに、逆らいもせず、一生懸命仕事に取り組んで。

実際、おめえの作る飯はうまかったぜ。みんなも喜んでたしよ。

兎にも角にも、元の世がどんなところかは知らねえが、てめえの命を投げ出して、蜻蛉を助けようとした心意気がありゃあ、どんなとこででも生きていけるはずだぜ。

なんてったっておめえは、お稲荷さんと、この俺のお墨付きなんだからよ』

嬉しさに胸が熱くなった。

蔦重が、こんなにも私のことを認めてくれていただなんて……。

（お稲荷さんと蔦重か――。最強の後ろ盾だな）

この後が少し空いているのでよく見ると、継ぎ紙がしてあった。紙の色が若干変わっているところを見ると、時を置いて書き足したもののようだ。


『よう、タケ。

そっちの暮らしはどうだ。おめえが消えてから、早いもんでもう八年が経った。再びこの壺を掘り返す日が来るなんて思っちゃいなかったが、実は、おめえに知らせておきてぇことがあってな。

おめえも未来とやらに帰って、俺たちのことを幾分は調べただろうから察しはついてると思うが、この八年は怒濤のようだったぜ。

歌麿を売り出したはいいが、俺の目論見以上に歌麿人気に火がついて、お上から目をつけられちまった。俺たちが売り出すもんに次々と禁令が出て、その度にお上の裏をかき——。

それはそれで面白かったんだが、錦絵に気を取られていたら、うっかり黄表紙で引っかかり、俺は財産を半分取り上げられちまった。

まあここまではおめえに関係ねえんで読み流してくれていいんだが、おめえに伝えてえのはこっからだ。

おめえ、勝川春朗と芝居小屋に行った時、春朗が慕ってる大道具方がいたって話してたろ。

あの話が妙に頭の隅に残ってたところに、春朗が去年、斎藤十郎兵衛って能役者を連れて、俺を訪ねてきたんだ。そいつが「この絵を買ってもらえまいか」って役者絵を見せたんで、「これを描いたのは、あんたじゃなくて大道具方だろ」ってカマぁかけたら、二人とも顔色を変えやがった。

春朗を問い詰めると、野郎、あっさり白状したぜ。大道具方より役者が描いたって言った方が、高値がつくと思ったんだとよ。小賢しい真似しやがって。

そこで日を改めて、その大道具方の爺さんを店に連れてこさせ、目の前で絵を描かせてみたら、役者の癖を捉えた奇怪な絵を描きやがるじゃねぇか。こんなもん役者のご贔屓が買うわきゃねえと思ったけどよ、そこがおもしれえんじゃねえかって閃いたんだ。

　考えてみりゃあ、どれほど人気のある役者でも、ご贔屓の数より贔屓じゃねえ人間の数の方が多いんだ。ならそいつらに向けて売れるもんを作りゃあいい。役者の人気に左右されねえ、版元と絵師の力量で売れる役者絵だ。

　こいつが売れりゃあ、さぞかし胸がスッとするだろうと思ってよ。

　画号は『写楽』に決めた。〝しゃらくせえ〟の〝しゃらく〟だ。この画号は、蔦屋に住み込みで働いている男で、ちょいと腕を見込んで戯作も書かせてる、十返舎一九って野郎に考えさせた。滑稽話が得意なだけあって、なかなか洒落た名前をつけたもんだ。けどよ、爺さんの絵は愉快だが、しょせんは素人絵だ。そのまんまじゃ売り出すまでに至らねえ。だから、爺さんの描いた似顔絵を春朗に真似させて、役者絵として見劣りしねえモンを仕立てた。摺りも、色数が限られている分、背景を黒雲母で潰して立派に見せて、二十八図を一気に売り出すってな豪気な仕掛けだ。

　まあ恐らく、無名の爺さんの絵を、こんだけ手をかけて売り出した版元なんざ、他にいねえだろうな。

写楽が、爺さんと春朗の合作だってのは秘密にした。その方が話のタネになるし、絵師が役者やご贔屓の怒りを買わなくて済むからな。何より爺さんがそれを一番恐れていて、芝居小屋を追い出されたら困るから、正体を明かさないでくれ、だとよ。

おかげさんで、写楽の絵は大評判になったぜ。ただ、騒ぎがでかかった割には、売れ行きの方はいまひとつだったけどな。

案の定、役者と贔屓筋から苦情が殺到したが、俺としちゃあ、無名の写楽を一躍有名にできたんだから、とっかかりとしちゃあ悪くねえ。流派じゃねえとこから役者絵に切り込むんだから、これっくれえの思い切りは大事だったってことよ。

俺はよ、この先役者絵で、お上に取り上げられた蔦屋の身代を取り戻してみせるぜ。一世一代の神輿を上げるんだ。

すでに第二弾の彫摺は始まってる。

おめえの時代にも、写楽の絵が残ってると信じてるぜ』

……なんということだ――。

写楽の正体が、あの大道具方の初老の男で、春朗こと北斎との合作だったとは――。

(歴史的大発見だな……)

ただし、この手紙が蔦重の真筆だと証明されれば、の話だ。だがこの手紙には、署名も何もない。元々荒唐無稽な話の上、蔦重の名前さえ書かれていないのでは話にならない。

また、明治時代に始まった言文一致運動を待つまでは、この時代の人間が、話し言葉で手紙を書くなどあり得ない。私にわかるように書いてくれたと推測されるのと、考えられる理由はもう一つ——。

「私があなたからの手紙を売るとでも？　見くびらないでくださいよ」

天に向かってそうつぶやいた。


『そうそう、春朗は師匠の勝川春章が死んですぐ、勝川派を抜けたぜ。今の画号は……書いたっておめえにはわからねえだろうから、ここでは春朗で通しておく。春朗もいずれ、蔦屋で売り出してえのは山々だが、なにせ俺の言うことをきかねえ頑固者でな。今回のことを素直に手伝ったのが不思議なくれえのもんだ。爺さんが相当金に困っているらしく、よっぽどなんとかしてやりてえんだろうな』


ここから、また文の間が少し空いていた。

だが今度は、継ぎ紙の跡がない。ただ単に、書くのをためらった〝間〟のように思えた。

『最後に……歌麿のことだ。

こいつは、おめえに伝えるかどうか迷ったんだが、書かねえで妙に誤解されるのも嫌なんで、書いておくことにした。

おめえが俺たちのことを調べたとしたら、この時点で歌麿が、もはや俺ンとこにいねえのはわかってんだろ。おめえには何でも話したから、俺の懸念通り、歌麿が俺を裏切ったって思ってんじゃねえか。もしそうなら、あまりにも歌麿が気の毒だ。

人の気持ちってのはままならねえもんだな。お互いが良かれと思ってやったことが誤解を生んで、最後には憎み合う羽目になっちまうことがある。

蔦屋が身代半減の憂き目に遭った後、あいつはそれは一生懸命、立て直しを手伝ってくれた。

だが、歌麿だってお上に睨まれているのは俺と同じだ。俺たちがいつまでも一緒にいたんじゃ、いずれ共倒れになっちまう。

それを気がかりに思ってたところに写楽が現れたんで、俺は歌麿を自由にしてやることにした。「もう十分稼がせてもらったから、他の版元と組んで、伸び伸びやんな」ってな。たとえ俺に駄目だと言われた図案でも、歌麿が描いてくれるんだったら何でも出す、ってな版元はたくさんいるはずだ。

売れ行きを気にせず、描きたい物を描く――。

そろそろ歌麿は、そういう立場にいていいと思ったし、すでにそれが許されるほど、大物になってやがったからな、あいつは。

ところが、だ。あいつは俺の勧めを、用済みになって捨てられた、と勘違いしやがった。「ここまで蔦屋に尽くしてきたのに、何故だ」ってこった。そうじゃねえって言っても納得せず、俺たちはそのまま袂(たもと)を分かつことになった。

俺への当てつけもあってか、奴はいくつかの版元から次々に新作を出し、益々評判を取っていった。こう言っちゃなんだが、なかなかの名作揃いだったぜ。

やっぱり、怒りや恨みってぇ感情は、人を突き動かす力になるもんだと感心しながら、俺はこれでも心底、脂の乗り切った歌麿の仕事っぷりを喜んでたんだぜ。あいつを手放したのは間違いじゃなかった、ってな。

ただちぃとばかし、噂に聞く歌麿の様子が、褒められたもんじゃねのぇが気になってはいた。あれだけ教えたのに、俺ってぇ箍(たが)が外れたとたん、図に乗りやがったか、ってな。

俺は俺で、写楽を大々的に売り出したはいいが、さっきも書いたように、売れ行きが思わしくはなかった。すると歌麿は、こともあろうに写楽の悪口を、てめえの美人画の中に書き込みやがったんだ。

俺はさすがに怒り狂って、一年ぶりに歌麿の屋敷に乗り込んでった。どういうことだと怒鳴りつけると、奴は、「どうか私に絵を依頼してください。一言、助けてくれと頭を下げていただければ、私は他の全ての仕事を擲ってでも、命がけであなたの仕事に取り組みます」ってなことを言いやがった。

「それがおめえの望みか。そんなに俺に恩を着せたいのか。さんざん鼻っぱしらをへし折ってきた俺を、おめえを使い捨てた俺を、おめえの前にひれ伏せさせてえのか」って俺が罵ると、「違う、謝ってほしいわけじゃない。一言でいい、『頼む、歌』と……」ってな。奴は必死の形相で食い下がった。

俺は頭に血が上り過ぎてて、奴の言葉をわかってやろうともしなかった。

「人の性根ってのは変わらねえもんだな。誰がてめえになんざ頼むもんか。金輪際、その思い上がったツラァ見せんじゃねえぞ」って捨て台詞を残して、絶縁してきちまった。

そしたらある時、蜻蛉から奴の真意を打ち明けられたんだ。

りよが死んでから歌麿の馴染みになった女が、元は蜻蛉付きの新造だった花魁で、歌麿はその女にだけは本当のところを話していたらしい。

歌麿は、俺を恨んでたわけじゃねえってよ。

それどころか、てめえが汚れ役になることで、俺に世間の同情が集まるように仕向けてやがったんだ。

あいつはわざと高飛車にふるまって、「蔦屋を見捨てた恩知らず」と版元連中に思わせたんだそうだ。今の歌麿なら、どんなに仁義を外れた嫌な野郎と思われても、欲に駆られた版元連中が依頼をためらう、なんてこたぁねえからな。

逆に、もしもあいつが版元連中の情けを買って、俺を悪人に仕立てたとしたら、連中は身代が傾いて弱ってる俺を、ここぞとばかりに潰しに来たに違いねえ。

写楽の悪口も、考えてみりゃあ売れゆきが下火になった頃に出たもんで、それが世間の噂の的ンなって、しばらくは息を吹き返せた。

奴はその花魁によう、てめえの手で、蔦屋の窮地を救いたいって言ってたんだとよ。だから俺に必要とされるよう、もっともっと腕を上げるんだ、ってよ。

——なんてえ、面倒臭ぇ思いやりなんだろうな。

第一この俺が、世間の同情なんてモンを欲しがるかよ。

けどこうなったのもよ、突き詰めてみりゃあ、俺があいつを信じなかったせいだよな。とことん奴を信じてりゃあ、苦境を最後まで一緒に乗り越えようとしたはずだからな。

てめえが信用されてねえってことをわかってたから、歌麿はこういう手段に出るしかなかったんだろうよ。

なあタケ。

おめえの「あがり」は定まったか。

俺がいっち最初におめえに教えたのは、人生を逆算しろってことだったよな。

世の中にゃあ俺みてえに、富士山のてっぺんみてえなところに「あがり」を定める奴もいりゃあ、「あがり」を五合目に置いて、平穏無事に、世間様とうまく慣れ合って生きていくのが性に合っている奴や、七合目に置いて、人様よりちいと上の幸せで満足している奴もいる。

何が幸せかなんざぁ人それぞれだ。

そもそも富士山が見えてねえ、見ようともしてねえ奴らだって大勢いるが、考えようによっちゃあ、そいつらの方が幸せかもしれねえぜ。

人には分相応ってもんがあるし、てめえに勝つことは、人に勝つことに比べりゃあ、何倍も何十倍も難しいからな。

そんな苦しい思いをしてまで……って思うこともあるだろうが、どうせ一回こっきりの人生なら、一度はてっぺんに登ってよ、全部を見定めた上で、てめえにとって居心地のいい場所を見つけるのが納得ずくの、悔いのねえ人生ってもんだと俺は思う。

俺はたとえ一人になろうが滑り落ちようが、這い上がってでもてっぺんに居続けたい……いや、叶うことなら空の上から、富士山の頂上さえも見下ろしたいと思う人間だが、歌麿はちぃと降りていって、てっぺんに手が届く場所にいられりゃあそれでいいってぇ男だ。

おめえはさしずめ、てっぺんまで来たら、ポーンと飛び降りちまう人間かもしれねぇな。

いずれにせえ、タケよ。

上から見下ろす眺めはよ、下から見上げる眺めとは、遥かに違うと思わねえか』

「……──」

堰を切ったように涙が膨れ上がり、ボタボタと地面に落ちた。

なんなんだ、なんなんだ、なんなんだ、これは……！

感情が揺さぶられ過ぎて、もはや何に対して泣いているのかさえもわからない。

蔦重と歌麿が決別していただなんて。それも、互いのことを思いやった挙げ句のすれ違いで……。

蔦重の、左足の付け根にあった黒子(ほくろ)──。あれを見つけた時に蔦重の告白を聞いて味わった、切ない感情も甦ってきた。

（江戸に戻れるものなら、今すぐ駆けつけていって二人の間柄を取り持ちたい……！）

けれど蔦重の手紙からは、〝誤解が解けたところで、歌麿の手を借りるつもりはない〟という確固たる意志が伝わってくる。

二人が再び縁を結ぶとしても、それはきっと、蔦重が江戸一番の版元に返り咲いてからのことだろう。

……だが史実によれば……、この後三年も経たないうちに、蔦重は死んでしまうのだ。

せめて蔦重の死の間際には、どうか歌麿の姿があってほしい――。

そう、切に願わずにはいられない。

それから私は小一時間かけて、手紙を何度も何度も読み返した。読み返すたびに江戸でのさまざまな出来事が甦り、ほとほとと涙が頬を伝い落ちた。

ポケットティッシュで思いっきり洟(はな)をかんだところ、蔦重に出会った夜、ゴワゴワした浅草紙で手づから洟をかましてもらったことを思い出し、再び涙にくれた。

朝っぱらからいい歳をしたおっさんが号泣するさまを、通学途中の子供たちが不思議そうに眺めていた。

やるせない思いに包まれたまま、自宅に戻るとすぐに、

「お父さん、どこに行ってたの？」

妻が大きな包みを手に持って駆け寄ってきた。私は咄嗟にビニール袋を背後に隠した。

「出発前に、氏神様にお参りしておこうと思ってね」

「氏神様って、あなた……お正月の初詣も行かないくせに」

「さすがに最後だと思うとね。これまで無事に暮らさせてもらったのだから」

「それなら誘ってくだされば良かったのに。心配したのよ」

「起こすのも悪いから」

「それよりほら、警察に預けられていた、あなたの荷物を受け取ってきたの。取りにいかなきゃと思いながら、移住の準備が大変で、すっかり忘れてたのよ。良かったわ、思い出せて。明日以降だと、受け取れないところだった」

お気楽なものだと呆れたが、私も気付かなかったのだから同罪だ。

私たちは、居間のテーブルの上で包みを開けた。マンションは、家具ごと居抜きで人に譲ることになっていた。

袋の中身は、私が通勤に使っていた鞄と……！

「佐和子！　私が発見された時って、この着物を着ていたのか⁉」

思わず問い詰めていた。

「どうしたの急に？　そう言ったじゃない、不思議ねぇって……」

「聞いてないよ‼」

（そんなまさか――、すっかり諦めていたのに……）

私はもどかしい思いで、着物一式が入っている透明な袋を開けて中身を探った。

「アレは？　どこにあるんだ⁉」

「アレって何ですの？」

着物の袂を探り、鞄の中身をひっくり返したが、目的の物は見つからない。私が大文字屋の二階から落ちた時、アレはどこにしまっておいただろうか？

（まさか、江戸に置いてきた、なんてことはないよな。……あ、ゴミだと思って捨てられたか、どこかに飛んでいったのかも……）

手帳を逆さまにして振ったり、書類封筒の中身も全部出した。

「クソ！　どこにあるんだ⁉」

何が起こったのかわからず、おろおろする妻を尻目に、泣きたいような気持ちに囚われながら、私はもう一度外袋の中を改めた。

「あった！」

小さな袋に、ボールペンと江戸で大活躍したソーラーパワーの電卓、そして……もはや歌麿の描き損じなど意味をなさないほどに、細かな文字で埋め尽くされた紙が入っていた。

それを握り締め、私は崩れるようにしてソファに腰を落とした。

「なんなの、それ？」

妻が怪訝な顔をして聞いた。

「これか？　これは蔦重の教えを書いた、私の宝物だ」

「つたじゅう……？」

私は誇らしげに胸を張った。

「蔦屋重三郎。……私の師匠だよ」

《終章》

「Merci（ありがとう）」

「C'est bon（良かったよ）」

「ゴチソウサマデシタ」

最後の客が席を立った。

「ありがとうございました！」

私は日本語で、

「A la prochain（また来てね）」

妻の佐和子(さわこ)はフランス語で言い、深々と頭を下げた。

英語も満足に話せなかったくせに、佐和子は驚くほどフランス語の上達が早い。話せない頃は堂々と日本語で話し、覚えたフランス語は、発音や文法が滅茶苦茶でも臆せず使う。照れたり恥じたり卑屈になっていては、外国人とのコミュニケーションが始まらないということを、私は佐和子から学ばせてもらった。

U字型のカウンターがあるだけの、日本のカレーショップのような造りの小さな店。

パリ郊外にあるセーヴルという街で、私が生家と同じ店名の『日の丸食堂』をオープンさせてから早や十か月。ようやく常連客が安定し、店の収支がトントンになるところまで漕ぎつけた。

元いた広告代理店の部下たちが、旅行代理店やガイドブックの出版社に紹介してくれたおかげで、昼間は洋食に飽きた日本人観光客も来てくれるようになった。

また社長を始め、社員や取引先の人たちは、パリ出張があると店まで足を延ばしてくれるので、会社にいた頃よりも彼らと気さくにつきあえるようになったし、リクエストをすれば、日本製のラップなど、足りないものを日本から持ってきてくれるのでありがたい。

メニューは焼き魚や煮魚、刺身や天麩羅や生姜焼きといった定食がメインだが、夜は日本酒と焼酎を出し、小鉢やおつまみを提供している。

さすがに食料自給率百パーセントを超えるフランスだけあって、魚介類や野菜がどれも新鮮で、私が江戸で編み出した塩辛や、蔦屋での夜食の定番、『づけ茶漬け』などは、夜の人気のメニューとなっている。

主に現地在住の日本人向けの裏メニューとして、リクエストに応じてオムライスやナポリタン、焼きうどんなどを出すこともあるが、こちらは佐和子の管轄だ。

けれど、日の丸食堂の一番の名物メニューは、何といっても娘婿のジャンが提案してくれた、『おぼろ豆腐』だった。それも、客の目の前で豆乳ににがりを加えて固めるのだ。

「パパさん、これだとお祈りしている間に豆腐ができ上がるので、ちょうど作りたてが食べられます」と言ってにがりをくれた時には、ジャンもジャンなりに、私たちを待たせることを気に病んでくれていたのだと胸が熱くなった。

試しに、おぼろ豆腐を小鍋仕立てでフランス人客に出してみると、

「Magnifique！（素晴らしい！）」

「Délicieux！（おいし～！）」

と大絶賛で、なんと定休日には、フランス人向けの料理教室まで頼まれるようになったのだ。

店を始めた頃は、覚悟していたとはいえ、滝のように流れ出る支出の勢いに背筋が凍る思いをしたものだったが、この料理教室分が、今では丸々黒字となっている。

そのうち娘が孫を預けて、店を手伝えるようになったら、佐和子を料理教室に派遣すれば、生活に余裕も生まれてくることだろう。

近々、おぼろ豆腐の評判を聞きつけたフランス国営の情報番組が、店を取材に来てくれることになっているので、今後は客足の伸びも期待できそうだ。

『日本の伝統的な食文化を海外に伝え、私の料理を食べてくれる人に喜んでもらえ、健

康でいてもらいたい』と定めた「あがり」に向かって、私は今、着実に梯子を上っている。

ジャンのおぼろ豆腐以外は、全て私が「あがり」から逆算し、自分から働きかけたことによる成果だった。

店の片付けを終え、レジの現金を財布にしまった。

財布の中にはいつも、今や買い物時の必需品となったソーラーパワーの電卓と、蔦重の教えを書いた歌麿の反故を畳んで入れてある。和紙というものは案外強いもので、何度も開いては読み返しているが、よれはすれども破ける気配がない。

店を出る前に、U字型のカウンターの内側に入り、ガスの元栓をもう一度チェックした。

私と佐和子はいつも、この客席から見える位置で、心を込めてお客様をもてなし（〝おしぼり〟のサービスがとても喜ばれている）、安全できれいな味の料理を作り、お客様からの笑顔をいただいている。

客席の背後の三面の壁には、それぞれ一枚ずつ、（本物はとても手が出ないので、浮世絵専門のギャラリーで購入した）復刻版の錦絵が飾ってある。

右の壁には喜多川歌麿の代表作の一枚、『寛政の三美人』。三角形に配置された女性たちにはそれぞれモデルがいて、富本節の富本豊雛(とよひな)、水茶屋の看板娘の難波屋おきたと高島屋おひさと言われているが、私には蛸蛉と菊乃とりよに見える。

左の壁には、東洲斎写楽の『三代目大谷鬼次(おおたにおにじ)の江戸兵衛(えどべえ)』。首を前に突き出し、懐から開いた両手を出した有名な作品だ。

それぞれ、歌麿の錦絵は白雲母(しろきら)で、写楽のものは黒雲母で背景を塗りつぶした作品なので、パール調に淡く光るさまが上品で、外国人にもウケがいい。このあたりは復刻版ゆえの美しさで、本物だと褪色(たいしょく)したり雲母が剝げ落ちたりでこうはいかない。

そして、正面の壁に飾ってあるのは、歌川広重の『名所江戸百景　深川洲崎十万坪』だ。

この作品だけは、蔦重が亡くなって六十年後に発表されたもので、当然蔦屋から出たものではない。だが、複製版画店でこれを見つけた時、一面の雪景色を見下ろす大胆な構図の鷲の絵に、大川沿いを歩きながら、「人間以外の何かに生まれ変われるなら鷲になりたい」と言い、手紙の最後に「空の上から、富士山の頂上さえも見下ろしたい」と書いた蔦重そのものを感じた。

歌麿、りよ、蛸蛉、菊乃、写楽（春朗こと北斎＋大道具方の爺さん）、そして蔦重に見張られ……いや、見守られていることで、私は彼らの息吹を感じ、江戸で過ごした当時の、自身の意気込みを持ち続けられている。

手紙の最後で蔦重は、「上から見下ろす眺めはよ、下から見上げる眺めとは、遥かに違う」と教えてくれた。

『あがり』にたどり着いた時、そこから見える眺めは一体どんなものだろう。

蔦重や歌麿が見た景色と、果たして同じものが見えるのだろうか。

またその先で、私はどんな選択をするのだろう。

梯子を一段ずつクリアしている手応えを感じ、『あがり』に近づけば近づくほど、そのことを考えると夜も眠れないほどワクワクしてくる。

——人生は、こんなにも面白い。

名所江戸百景
深川洲崎十万坪

廣重画

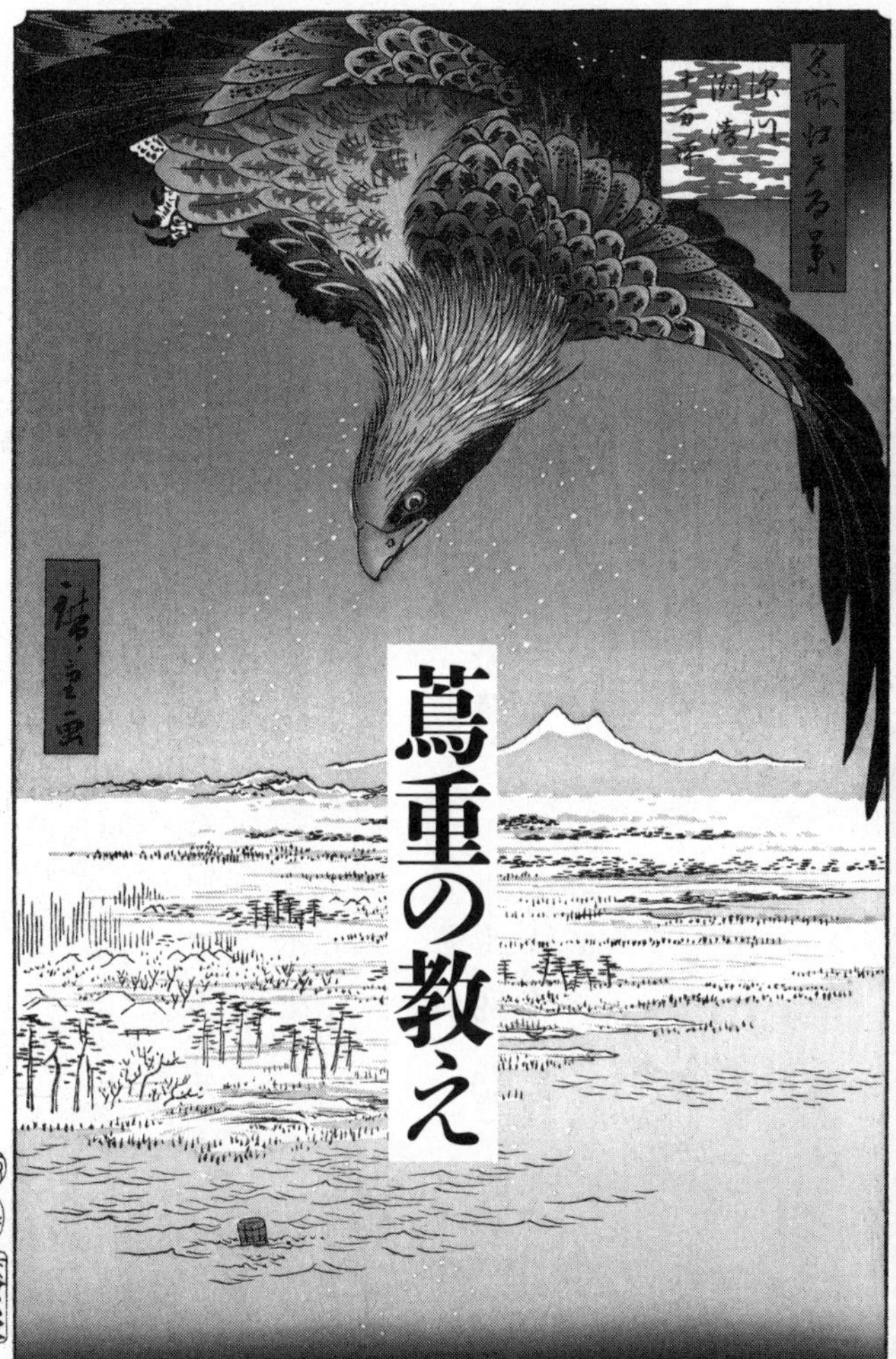

蔦重の教え

物事を逆から考える――38ページ

「宝引きの話の醍醐味はよ、じゃあどうやったら裏に回れるかって知恵を絞るとこにあるんだよ。向こうは裏を見せちゃくんねぇぞ」

「大当たりの出尽くしたクジなんざ、誰も買わねえだろうが。俺なら、大当たりにつながる一本だけは束の手前のとこで切っちまって、誰にも引けねえようにしとくがな」

人生は知恵比べ。考え抜いた方が勝つ――39、40ページ

「知恵を絞った奴に騙されたんなら、引っかかった方が負けなんだよ。騙されて悔しけりゃ、知恵を絞って騙し返せばいいし、でなきゃあ己の馬鹿を呪って、二度と騙されないように用心すりゃあいい」

「知恵ってもんはよ、『あがり』に行くためだけじゃなく、騙されて『ふりだし』に戻らねえためにも絞るもんなんだよ」

付加価値を高める――――69ページ

「（吉原）細見の丁数（ちょうすう）をおよそ半分にし、浮いた紙の仕入れ代や手間賃を使って、美しい絵柄のついた、細見を入れる外袋を作りました。すると、最初は細見を馬鹿にしていた江戸っ子たちも、中身ではなく袋欲しさに細見を買うようになったのでございます」

一流の人間（ブランド力）を使う――――70、72ページ

「蔦重は細見の序文を、その頃〝時の人〟であった、平賀源内に書かせたのです」

「この花の絵を描いたのは当代一の売れっ子の絵師の北尾重政（きたおしげまさ）で、よくもまあ、注文ひっきりなしの重政が、並みいる版元を差し置いて、新参者の若造の依頼を引き受けたものだと……」

生まれた地に貢献する――――72ページ

「蔦重にはこの吉原に、以前の栄華を取り戻させる、という大きな目的がございました。それが吉原に生まれ育った自分の使命だと」

情報収集を怠らない――90ページ

「商売柄、世間の評判は常に耳に入れておきたいんでな。俺は出かける先々で、できるだけいろんな町の湯屋に行くようにしている」

相手に期待をかけて頑張らせる――95ページ

「つまり蔦重はあなたに、『できる』という期待をかけて問いかけたわけですから、あなたは期待に応えるべく、なんとかしなければと思わされてしまったのです」

気の合わない人間ほど丁寧に接する――99、100ページ

「気心が知れないからこそ、用心されているのでございます。相手の意に沿わぬことをして、隙や借りを作りたくないというのが一つ。また、必要以上に丁寧に接していれば、敵視されることも、今以上に親密になることもなくて済みます。つまり、『他人行儀』という幕を張って、相手との距離を保つのでございます」

「さらにもう一つ、大きな理由があります。接待名人の蔦重と気が合わないということ

は、何かしら癖のある相手であることが多うございます。そういう方は、たとえ本人はどうあれ、思わぬ大人物とつながっている可能性が高いと考えられます」

断る可能性が高い誘いはすぐに断る――――101、102ページ

「回答を引き延ばせば延ばすほど、いざ断った時に、相手は自分が何かの後回しにされたと、気分を害するものでございます」

「礼を尽くした上ですぐに断れば、相手は他意を感じることもなく、本当に都合が悪いのだと思ってくれますから、失礼には当たりません」

進言は素直に聞く――――104ページ

「あなたのためを思って、根底に〝情〟があるゆえの行いなのではありませんか？　私もそのことに気付くのが遅れたために……。最初から素直に蔦重の進言を聞いていれば、私が世に出るのに、五年もかからなかったでしょうに」

世の中の全ての人を、悪人だと思え――106ページ

「周りを全て悪人だと思えば、甘えが消え、人に騙されなくなります。また、善人に出会って親切にされた時には、期待していなかった分、感謝の気持ちが何倍にも膨れ上がります」

「三方よし」の関係をつくる――112ページ

客人からすれば気分よく遊ばせてもらえ、蔦重からすれば、遊興費用さえ持てば、原稿料など払わずに大衆が求める本が出版でき、歌麿からすれば、名だたる文人に認められた絵師、という肩書がもらえることになる。まさに〝三方よし〟の関係だ。

わざと厳しく叱る――143ページ

「そこまですることはないというほど叱ったからこそ、あなたに同情し、庇(かば)う人が現れたのでございます。それに、使用人を厳しく躾(しつ)けているという、蔦重の信用にもつながりますからね」

人脈を生かし、口コミを使う――――153ページ
「歌麿が描いたモンは、あのまま作者にくれちまったよ。客人たちがそれぞれに、あの絵をどこぞでみせびらかしてくれりゃあ、それはそれで歌麿のいい宣伝になるしな」

己の天分を知った上で仕事に活かす――――157ページ
「天分ってのは、お天道(てんと)さんが与えてくださった才覚だ。俺は、そいつを大事に使わねえ奴は嫌えだ」

人は得意なことで失敗する――――160ページ
「それと、いい機会だから教えておいてやる。天分に甘えちゃならねえ。人ってのはたいがい、得意なモンや好きなモンで大きな失敗をするもんだ」
「好きだから、得意だからできて当然だと思ってなめてると、足元をすくわれて痛い目を見ることンなる」

悪い予感は天からの忠告と心得、なおざりにしない――――162ページ
「何かがヘンだと感じる時や、悪い予感がする時があるだろう？　あれがそうだ。ありゃあお天道さんが〝気ィつけろ〟って教えてくだすってるんだよ。その声を素直に聞いて、ちゃあんと手を打ちゃあ問題ないが、悪い予感を気のせいだとか、まあ大丈夫だろう、なんてほっとくと、後で大変な目に遭うことになる。そん時は何事もなくても、実はてめえの知らねえところでえらいことになってたり、評判を落としていたりするもんだ」

三方向から見る目を持つ――――166ページ
「実際にてめえが見ている目と、相手からてめえがどう映っているかってえ目、最後に、天から全部を見通す鳥の目だ。この三方から物事を見りゃあ、失敗しないし、騙されねえし、新しい考えも湧くってもんだ」

半歩先をゆくために保険をかけ、節約して資金を作る――――168、194ページ

「一歩先じゃあ速すぎて、世間様はついてこれねえ。その点、半歩先ならじきに周りは追いついてくる。ただし、追いつく速さが読めねえのと、仕掛けに手間がかかるんで、その間を持ちこたえさせるモンが必要なんだ」
「おめえは俺のことをケチだと思ってるだろうがな、やりてえことをやるための資金繰りができるまでは、てめえの快楽のために使う金なんざ一銭もねえって思った方がいいってことよ。やりてえことがあっても、先立つもんがねえと何も始まらねえからな。それに、銭があればあるほど、やりてえことができるんだ。俺は、やりてえことをやって銭を儲ける」

人の言葉を否定しない――182ページ

「てめえの道をてめえで塞いでどうする？〝でも〟とか〝しかし〟なんて言ってる奴は金言を逃すし、人様に可愛がってもらえねえぞ。知ってる話や納得できねえ話でも、ひとまず〝なるほど〟って聞いてから判断したって遅くはねえだろうが」

好きな仕事で人の役に立つ――183ページ

「てめえが好きでやってる仕事が人に喜んでもらえるなんてよ、こんな日出てぇことはねえと俺は思うぞ。それこそ天分を活かす、ってやつだ。俺が版元なんて商売を始めたのも、てめえの好きと、人様を驚かしてえ、喜ばしてえって気持ちが合致したからだ」

「あがり」を定めて人生を逆算し、梯子をかける——185、186ページ

「てっぺんに行くためにはいつまでに何をしなきゃなんねえかってことを『あがり』から逆に考えてって、支柱に踏み子をかけるんだ」
「あとはほら、よそ見せずにまっつぐ上を見て、下から順に梯子を上っていきゃぁ、必ず『あがり』に辿り着くって寸法だ」
「この踏み子の一本一本の期日を決めて、約束ごとにするんだよ」

相手にとって何が幸せかを考えれば騙されない——188ページ

人は儲けたい、得したい、損をしたくない生き物だ。なぜなら——ハッピーになりたいから。

根回しをする――――192ページ

「世間様が俺の策に乗っかるかどうかは歌麿の人気次第だ。そのために俺は今回の『江戸爵』で、歌麿の価値を上げるべく、お歴々や北尾重政の力を借りて、しっかりと根回ししてきたんだ」

目標を持つ――――193ページ

「俺はよ、出版の可能性をもっともっと広げてえんだ。冬んなって、富士山のてっぺんから裾野に向かって、だんだんと雪化粧が降りてくみてえによ。それには、読んだり観たりする側の人間を増やさなきゃなんねえ。小難しい本ばっかりじゃなく、女子供や、字が読めねえ奴らにも楽しめるモンも作らねえとな」

恩送りをする――――198ページ

「『情けは人のためならず』って言うだろう？　おめえが前を向いている限り、俺はできるだけ後押ししてやるよ。今の俺も、そうやって支えてくれた人様のおかげでこうしていられる。『恩送り』とも言うがな、かけてもらった恩は下に送らなきゃなんねえし、人にかけた情けは、いずれてめえに返ってくる」

時代の流れに気を配る――250ページ

「今の美人画の潮流は、北尾派から鳥居派に移っている。北尾重政の貫禄のある美人画が飽きられて、伸びやかで明るい鳥居清長の美人画が全盛だ。今歌麿が打って出たところで、清長を脅（おびや）かすにゃ至らねえ。世間がもっと、清長の美人を見飽きてからじゃなきゃ駄目なんだ」

物や場所にも挨拶をする――254ページ

「挨拶ってのはよ、人にだけすりゃあいいってもんじゃねえぜ。出かける時の『行ってまいります』も、帰ってきた時の『ただいま戻りました』も、余所（よそ）へ行った時の『お世話になります』も、家や土地にもきっちり礼を尽くさなくちゃな。おかげさんで俺たちは生かされてんだからよ」

万物と先祖、未来に感謝する——258ページ

『お陰様』に感謝するということは、目の前にいる人だけでなく、その人を形成した親や先祖、八百万の神々に感謝するということで、『今日様』に感謝するということは、この瞬間から始まる未来に感謝するということだ。

知識ではなく経験で語る——259ページ

『やりもしねえで、知ったようなことをぬかすんじゃねえ』は、蔦重がよく使う小言の一つだが、まさしくその通りだと思う。人は知識を振りかざされると反発するが、経験で諭されると得心がいくものだ。

約束を守り、相手の信用に報い続けていれば信頼される——264ページ

「あの方にあれだけ人望があるのは、約束は必ず守る、というその一点を貫かれているからでございます」

何かを捨てなければ、新しい風は入ってこない——315ページ

「何かを捨てりゃあ、空いた隙間に新しい何かが入ってくるもんだ。そうやって風を起こさなきゃあ、いつまでたっても運は回らねえぜ」

解説

松崎未來

「浮世絵の黄金期」と呼ばれる時代がある。田沼時代の後半に当たり、天明（一七八一～八九年）・寛政（一七八九～一八〇一年）の頃を指す。江戸に錦絵（多色摺の浮世絵版画）が誕生して程なく迎える、美人画・役者絵の全盛期だ。蔦屋重三郎は、寛延三（一七五〇）年の生まれだから、三十―四十代の壮年期に、この黄金期を駆け抜けたことになる（残念ながら、彼が五十代を迎えることはないわけだが）。そして彼は、浮世絵黄金期の二大スターである歌麿と写楽を世に送り出した。書店兼出版社「耕書堂」の経営者、蔦重の偉業は枚挙に暇がないが、やはり両者を見出した功績が、今日まで最もよく知られている。

さて、改めてここに物語の時代背景、そして中心人物となる蔦屋重三郎と喜多川歌麿について整理しておきたい。本作の主人公・武村竹男（タケ）がタイムスリップしたのは、天明五（一七八五）年。数え年三十六歳の蔦重に出会い、蔦重からさまざまな人生訓を得る。この時点までに蔦重が何をしてきたかは、第二章で歌麿が概説してくれる通りだ。吉原で生まれ育った蔦屋重三郎は、同地で小さな本屋を開業。初めは義兄の引手茶屋の軒先を借りていたが、二十五歳のときに吉原のガイドブックである「吉原細見」の編集者に抜擢され、自身も出版業に着手し、流通を押さえ、わずか十年足らずで日本橋通油町に店を構えるまでに成長する。生まれながらの廓者であった蔦重は、妓楼をスポンサーにつけ、その事業を通じて「文化発祥の魁の地」としての吉原のブランディングに大きく貢献した。耕書堂は、いわば吉原の地域活性化事業のメディア戦略部として機能していたのであり、広告代理店勤務の主人公は、奇しくも二百年前の先達のもとに転がり込んだというわけである。

そして蔦重が三十路を迎えたあたりから、彼に伴走するのが絵師の歌麿である。当時の歌麿はまだ無名である。彼は耕書堂に寄寓し、雅号に蔦重の養方の「喜多川」を名乗り、寛政の前半まで、ほぼ蔦屋の専属絵師のような状態で活動する。狂歌連の面々をはじめ、多くの通人の支持を得ていった歌麿が、蔦屋から美人大首絵の代表作を次々に発表するのは、寛政五（一七九三）年前後のこと。実に十余年の歳月をかけて、蔦重は歌麿を育て上げ、美人画の絵師の頂点に押し上げるのだ。また、蔦屋のブランド戦略に対する歌麿の深い理解があればこその十余年でもあったろう。そしてこの蔦重と歌麿の二人三脚の関係に変化が生じていくのと時を同じくして登場するのが、謎の絵師・写楽だった。本作の蔦重が、タケ宛に二通目の手紙を書くのは、この頃である。

写楽が現代においてなお注目されるのは、独特の似顔表現のみならず、その彗星のごとき登場と短い活動期間による。寛政六（一七九四）年五月、蔦屋から東洲斎写楽という一人の絵師が描いた役者大首絵二十八点が一挙に版行される。全点、黒雲母摺の大判錦絵。あれだけ慎重に歌麿を売り出してきた蔦重が、出自不明の絵師の珍妙な役者絵を特別待遇で売り出した。歌麿のヒット作の連発と写楽の異例のデビュー。これまで常に時代の半歩先を進んできた蔦屋の動向に注目していた江戸っ子たちは大騒ぎである。このとき多くの人の脳裏には、三年前の事件が過ったのではないか。寛政三（一七九一）年、蔦屋から刊行された山東京伝の洒落本の内容が禁令に触れるとして、蔦重は財産の半分（あるいは一部）を没収された。京伝と蔦重の処罰は、寛政の改革における一種の見せしめであり、ここで絵本類の出版は下火になってゆく。しかし蔦重は折れず、すぐさま出版の軸足を錦絵に移した。そしてこの蔦屋の逆転劇ともいうべき寛政半ばの精力的な錦絵の出版が、浮世絵黄金期のピークを形成することになるのである。

ここで少々私事になり恐縮だが、数年前、高橋克彦先生原作のテレビ時代劇『だましゑ歌麿』の美術製作のお手伝いで、寛政前期の耕書堂の店先に並べる浮世絵作品のリストアップや小道具作りに関わったことがある。メインは歌麿の美人画だった。この時期、歌麿は蔦重以外の版元からも美人画を出版するようになるが、彼の代表作、美人画の名作として我々が思い浮かべる作品は、ものの見事に蔦屋版に揃っていた。美術館のように額にこそ納められてはいないけれど、撮影セットは、さながら「歌麿美人画名品展」の会場だった。これを興味深く思い、歌麿の美人画を版元ごとに眺めてみると、歌麿にとって、蔦重とのタッグがいかに特別なものであったかがよく分かった。絵師・彫師・摺師のチームワークによって生み出される錦絵は、個々の職人の技能はもちろんのこと、版元のディレクションが作品の出来を大きく左右する。蔦屋版の歌麿作品は、描線がのびやかで、女性たちの表情が潑剌としていて、しかも品がある。また彫も摺も、当時の最高水準である。蔦屋以外では、鶴屋喜右衛門（仙鶴堂）から出された美人画に優品が多いけれど、京都発祥の老舗を凌ぐクオリティの商品を制作していたのだから、蔦重恐るべしである。きっと蔦重の周囲にいた人々は、今ここに新しいムーブメントが起きているという高揚感に酔いしれたに違いない。

本作の中で蔦重は、タケに対して、まず「あがり」を設定し、「あがり」へ向かう方法を組み立てていくことを説く。この発想は、やがて錦絵の名作を数多く手がける蔦重らしい。錦絵の制作工程においても、この逆算の思考はとても重要だ。錦絵の版下絵を描いた絵師は、続いて「色さし」と言って、多色摺に必要な版木を彫るための色指定の作業を行う。ただしここで絵師が徒らに色数を用いては、制作費も日数もかかってしまうため、一定の制約があった。一概には言えないが、黄金期の錦絵は概ね版木五枚以内で完成する（板の両面を用い、一面に複数の版を収められれば十版以上も可能）ように出来ている。当時の奢侈禁止令への対策もあったと思われるが、庶民に手頃な販売価格や、歌舞伎興行に合わせた納期の都合から、自ずと割り出された平均値だったのではないか。絵師や版元はこの制約の中で少しでも理想に近い絵づくりに知恵を絞り、彫師・摺師は移り気な江戸っ子たちの旬を逸すまいと、限られた日数で一気呵成に作品を仕上げた。蔦重がすごいのは、「あがり」へ登る梯子を綿密に設計し、他所と大差ない踏み子の数で、より高みに到達する点だ。蔦屋版は、美人の唇のほんのわずかな紅色の一版を惜しまず、背景に雲母を混ぜた絵具を使用するなど、随所に工夫を凝らしている。おそらく物事の効率を考えるとき、一般的には工数を削る方法を考えるものだろうが、蔦重という人は、まず費用対効果を上げる方法を模索していたように思う。蔦重の仕事は、高い「あがり」を目指して妥協しない。

この浮世絵の黄金期は、これまで小説、漫画、映画とさまざまなジャンルの作品で描かれてきた。正体不明の写楽は言うに及ばず、歌麿や蔦重についても、知名度に比してその人物像についてはほとんど記録が残っておらず、我々は残された彼らの仕事から、どんな人物だったのかを推し量り、想像を膨らませるほかない。十人十色の歌麿像、蔦重像が生まれてきている。

それでも歌麿については、いくつかの象徴的な出来事から、繊細で、プライドの高い、フェミニストといったようなキャラクターが比較的定着している。例としては、歌麿の身内の女性（妻と考えられている）が亡くなった寛政二（一七九〇）年の夏以降、筆が執れなかったのか、およそ二年近くほとんど作品が確認できないこと。蔦重と距離を置くようになった寛政後期（蔦重没後の可能性も）、「錦織歌麿形新模様」（鶴屋喜右衛門版）という連作の画中に、美人画の大家としての自負や、同時代の絵師や版元に対する批判をストレートに書き込んだことなどが挙げられるだろう。情念を原動力に制作する、一人の絵師の姿がそこにある。

対して蔦重像は、往々にしてステレオタイプな遣り手商人のキャラクターが充てがわれてきたように思う。さらに映画やテレビドラマでは、蔦重の実年齢よりだいぶ年上の俳優（映画『写楽』のフランキー堺、テレビ時代劇『だましゑ歌麿』の岸部一徳は、いずれも撮影当時六十代）によって、経験豊かで老成した人物として演じられてきた。特にエンタテインメント性の強い作品では、破天荒型の絵師たちとの対比という点でも致し方ない演出だし、蔦屋の手堅い経営や的確な時流の掌握を考えれば、妥当なイメージではある。が、当時一流の粋人たちとのネットワークを築き、常にイノベーションを起こしてきた蔦重は、もっと人間味があって人好きのする一面を持ち合わせてはいなかっただろうか。そんな思いを漠然と抱いていたから、本作において、快活で目端が利き、やや粗雑だが面倒見が良く、妙に律儀で、そして孤独な蔦重像は、非常に腑に落ちるものがあった。

私が本作の蔦重像に共感を覚えるのは、人間の多面性をデフォルメ化せず、かつ蔦重の墓碑が伝える人柄を丁寧になぞっているからだ。蔦重の墓碑にはこのように記されている。「為人志気英邁不修細節」。つまり、意欲に燃え才知に長け、些細なことにはこだわらない人物であった、と。多少、故人の思い出が美化されている可能性を差し引いても、こうした蔦重の人間的な魅力があればこそ、その人脈にも事業の成功にも合点がゆく。そして本作は、実にいい塩梅に人間臭くて懐深い蔦重という男を描き出している。さらに墓碑の文面はこう続く。「接人以信（人に接するに信を以てす）」。時代を超えて人々の心を掴む男の魅力は、まさにこの点にあったと言えよう。第六章で、なぜ自分の面倒を見てくれるのかと尋ねる主人公に、蔦重は答える。「おめえが、俺を裏切ることのない人間だからだ」。私はこの二人のやりとりに、蔦重の「信」を見たように思った。そして本作は、蔦重と歌麿の関係や、主人公と上司や部下、家族との関係を通じて、信頼、信用、自信、信仰、あるいは信念といったさまざまな「信」を問いかけてくる。また「信」は、便りの意味も持つ。物語の終盤、現代に戻った武村の手元に、二百年の時を超えて蔦重からの手紙が届く趣向に、私は思わず膝を打った。最後まで「信を以て」蔦重はタケに語りかける。

蔦重の手紙が寛永寺の敷地内の土中に埋まっていたという設定は、さすがにロマンチックではあるけれど、さりとて全くあり得ない話とも言い切れない。二十一世紀に入っても、歴史は掘り起こされ、浮世絵の黄金期は再発見されているからだ。二〇〇六年にはフランスの個人が所蔵していた歌麿の肉筆画「芸妓図」(岡田美術館蔵)の存在が確認され、翌年には栃木で歌麿の「女達磨図」(とちぎ蔵の街美術館蔵)が発見された。そして二〇一二年には、半世紀以上行方不明になっていた幻の作品、歌麿肉筆画「雪月花」三部作の一つ「深川の雪」が見つかった。同作は、本作の単行本初版が刊行された二〇一四年の春、箱根・小涌谷の岡田美術館にて公開されている。ここ最近では、北斎の肉筆画や錦絵の版木が相次いで国内で発見されており、英国では『万物絵本大全図』の挿絵一〇三点が発見され、大英博物館のデータベースで全世界に公開された。

こうして、この数年の間にも、浮世絵の歴史は少しずつ塗り替えられている。海外の美術館の所蔵品データベースが充実し、各国の研究者同士の交流が盛んになったことで、我々は浮世絵師たちの活動や江戸の出版界の動向を、より俯瞰的に見られるようになった。作品の制作年代の特定はかなり精度が上がってきているし、作品の解釈も当時の社会情勢を踏まえた合理的な新説が発表されている。一方、研究が進むことで、過去に展開されてきた写楽の正体をめぐる様々な推論や、数々の文芸作品で描かれてきた人物像を否定する材料も出てくることになる。が、史実に則しているかを検分するように小説を読み映画を観るのは、ただの野暮というものだろうし、本作の蔦重像は、新資料によって補強されることはあっても、大きく覆されることはないのではないかと私は思っている。それこそ、蔦重が思いの丈を綴った直筆書簡や、耕書堂の奉公人の覚書がいずれ発見されたとしても、だ。それだけのリアリティ、人生を謳歌し、浮世絵の黄金期を牽引した人間のしなやかさを、本作の蔦重は持ち合わせている。

蔦屋重三郎生誕二七〇年の二〇二〇年、蔦重を敬愛してきた私のもとに、「お陰様」で、この解説の執筆の依頼が舞い込んだ。未曾有のパンデミックによって、これまでの日常が奪われ、様々な計画が白紙となり、ある意味、多くの物事が「ふりだし」に戻った一年の最後の最後に、「今日様」の光が射したのだった。「空いた隙間に新しい何かが入ってくるもんだ」。いまだ事態は収束していないが、いずれ我々はこの困難な時代を乗り越えて、それぞれ「あがり」の再設定をしなければならなくなると思う。そのとき、ここで学んだ蔦重の教えは、きっと役立つことだろう。

まつざき・みらい（ライター／浮世絵ポータルサイト「北斎今昔」編集長）

・この物語はフィクションです。
・本書は2014年2月に飛鳥新社より刊行された同名の単行本を加筆修正し、文庫化したものです。
・協力　いつか事務所
・351ページ図版提供
（公財）アダチ伝統木版画技術保存財団
「歌川広重 名所江戸百景 深川洲崎十万坪」

双葉文庫

く-29-01

蔦重の教え

2021年3月14日　第1刷発行
2024年12月13日　第3刷発行

【著者】
車浮代

【発行者】
箕浦克史
【発行所】
株式会社双葉社
〒162-8540 東京都新宿区東五軒町3番28号
［電話］03-5261-4818(営業部)　03-5261-4831(編集部)
www.futabasha.co.jp(双葉社の書籍・コミックが買えます)
【印刷所】
中央精版印刷株式会社
【製本所】
中央精版印刷株式会社

【フォーマット・デザイン】
日下潤一

落丁・乱丁の場合は送料双葉社負担でお取り替えいたします。「製作部」宛にお送りください。ただし、古書店で購入したものについてはお取り替えできません。［電話］03-5261-4822(製作部)

ISBN978-4-575-52455-0 C0193
Printed in Japan